玛拉和莫洛克

"玛拉和莫洛克"系列三部曲

[俄罗斯] 利亚·雅顿 著
陈建桥 译

前传
500年前

МАРА
И МОРОК
500 ЛЕТ НАЗАД

新世界出版社
NEW WORLD PRESS

图书在版编目（CIP）数据

玛拉和莫洛克.前传：500年前／（俄罗斯）利亚·雅顿著；陈建桥译.－－北京：新世界出版社，2025.7.－－ ISBN 978-7-5104-8084-3

Ⅰ.I512.45

中国国家版本馆CIP数据核字第20254PN945号

北京版权保护中心引进书版权合同登记号：图字01-2024-4984

©Leah Arden,2021,2022
First published by Eksmo Publishing House in 2020. The simplified Chinese translation rights arranged through Rightol Media（本书中文简体版权经由锐拓传媒取得Email:copyright@rightol.com）

玛拉和莫洛克（前传）： 500年前

作　　者：	（俄罗斯）利亚·雅顿
译　　者：	陈建桥
责任编辑：	周　帆
责任校对：	宣　慧　张杰楠
责任印制：	王宝根
出　　版：	新世界出版社
网　　址：	http://www.nwp.com.cn
社　　址：	北京西城区百万庄大街24号（100037）
发 行 部：	(010)6899 5968　　(010)6899 8705（传真）
总 编 室：	(010)6899 5424　　(010)6832 6679（传真）
版 权 部：	+8610 6899 6306（电话）　nwpcd@sina.com（电邮）
印　　刷：	天津中印联印务有限公司
经　　销：	新华书店
开　　本：	880mm×1230mm　1/32　尺寸：145mm×210mm
字　　数：	269千字　　　　　　　印张：12
版　　次：	2025年7月第1版　2025年7月第1次印刷
书　　号：	ISBN 978-7-5104-8084-3
定　　价：	58.00元

版权所有，侵权必究

凡购本社图书，如有缺页、倒页、脱页等印装错误，可随时退换。

客服电话：（010）6899 8638

夏季。

树木葱茏，

鼓声咚咚，

人们欢聚夏至日的温暖夜里，

迎接节日！

莫洛克！

他在苦苦寻觅某人！

歌声夹杂叫喊，武器发出悲鸣，

玛拉感觉相逢如梦中。

宿命之夜深留记忆里，

黑色面具和金色眼睛。

森林和野兽默默无声，

另一边的凡人无法幸免。

黄金暗淡，幽冥苏醒，

亡灵起身，传说再续。

玛拉挺身而起，

还有莫洛克，以及众神，

他们将在前路邂逅。

本书
献给所有
不想埋没
玛拉和莫洛克的人

亲爱的读者！

本书是《玛拉和莫洛克》丛书的第三册，但它与《玛拉和莫洛克（卷一）：世仇》及《玛拉和莫洛克（卷二）：异影》构成的两部曲有所区别。

感兴趣的读者可以安心地读完第二册后就终结本丛书的阅读，因为两部曲是已经完结的故事。第三册是前两册的补充，是为那些想更多了解书中世界的读者们准备的。

这里有新的人物、新的麻烦和另外的故事。本书故事发生的时间虽然比两部曲更早，但有助于读者了解两部曲。只有读完本书才能更清楚两部曲中的某些对白和故事细节，否则有些内容是无法理解的。

希望您在阅读本书时获得享受！

目 录

引　子	/ 001
第一章	/ 003
第二章	/ 011
第三章	/ 020
第四章	/ 038
第五章	/ 044
第六章	/ 053
第七章	/ 060
第八章	/ 076
第九章	/ 086
第十章	/ 096
第十一章	/ 102
第十二章	/ 118
第十三章	/ 130
第十四章	/ 137
第十五章	/ 145
第十六章	/ 156
第十七章	/ 165
第十八章	/ 178
第十九章	/ 195
第二十章	/ 222
第二十一章	/ 231

第二十二章　　/ 250

第二十三章　　/ 272

第二十四章　　/ 290

第二十五章　　/ 314

第二十六章　　/ 322

第二十七章　　/ 328

第二十八章　　/ 334

第二十九章　　/ 343

第三十章　　　/ 351

第三十一章　　/ 361

尾　声　／368

引　子

　　我曾漫游各地，收集关于玛拉和莫洛克的各种历史、传说、轶事，甚至是无稽之谈。我有次碰巧发现了一个有趣的事件。

　　我越发掘这个事件，就找到越多令人惊奇的巧合。我直到现在都无法真正确信自己的结论是否正确，因为事件的细节被人为地抹掉了，而这个玛拉的事件乍看上去毫不起眼，甚至让人觉得有些莫名其妙。

　　这个女孩儿生活的时间大约在所有玛拉消失前三百年。那时还没有塞拉特和阿拉肯王国。当时在这两个王国的土地上有五个公国并立：两个在北方，三个在南方。起初几个公国之间战争不断，王公们相互竞争。但随着时间的推移，由于文化差异、信仰不同及生活习惯的区别，在不同气候条件的影响下分为了北方公国和南方公国。

南方的亚拉特公国（首都为亚拉特）、索伦斯克公国（首都为索伦斯克）和阿拉肯公国（首都为阿拉肯）开始相互扶助，开展合作，共同对抗北方公国。北方则有阿绍尔公国（首都为阿绍尔）和塞拉特公国（首都为塞拉特）。

这个玛拉的故事发生在那个不平凡的年代。当时所有公国都处于巨变前夕，而传说中的大多数事件都是真实的，每天就发生在普通人身边。虽然如今玛拉们已不复存在，但和那时相比，现在的鬼物给人们造成的麻烦根本微不足道。现在的城市人口众多，石头城墙坚固厚实，火把甚至彻夜不熄，驱赶着残余的鬼物，让它们无法在暗处栖身。

旧时代的人们在家中悬挂护符，去湖边时也不敢忘记带上苦艾，防备可能出现的美人鱼[1]。另外人们相信，如果不戴头饰，就可能被幽灵抓走。

我了解了这个玛拉的苦难命运后，再次确信，任何规则都有例外。如果规则牵涉众神，那这些例外则更多是随机的，而非有意所为。不管别人怎么认为，我都坚信，她的经历本身就是引人入胜、与众不同的，因为在我的记忆中，这个玛拉的家人们是唯一没有搬家，离开故乡的。而这条规则正是为避免年轻的女神侍从突然想要跑回家。所有谜团都归结为一点：这个小姑娘到底是个什么样的人。

玛拉基·佐托夫
《玛拉和莫洛克轶事》

---

[1] 在斯拉夫神话中，美人鱼通常是年轻女性溺水身亡后变成的水鬼，所以形象为年轻美丽的女性人鱼，居住在水里，一般不会主动伤害人类，但有时半夜里也会从水里爬出来袭击男人，把他们拖进水里。——译者注（本书注释如无特别说明，均为译者注）

第一章

狗屎！

我没想骂人，但当我一头扎进腐烂的树枝和潮湿的苔藓后，这句话不由自主地脱口而出。我很幸运。如果再向右偏上两厘米，我的脑袋就会撞在石头上。我双手撑在地上，两个手掌一下子沾满了污泥和枯败的树叶。

"别说脏话。"雅斯娜的话里透着嘲笑。

我刚翻身滚到一旁，一心想咬住我喉咙的吸血鬼就一头撞到了石头上。它的鼻子、下颌和几颗牙齿被撞碎，黏稠的脓血从它的口里滴落。当它跳起来，想再次扑向我时，我也跳了起来，几乎只比它快了两秒钟。

我的目光在苔藓地上扫过，搜寻着掉落的武器。我左躲右闪,避开吸血鬼尖利的牙齿和已经折断但仍然很长的指甲。如果它抓住我的话,会很高兴地把指甲插入我的皮肤和肉里。

雅斯娜没过来帮我。总共有三个吸血鬼,她正毫不费力地把短匕首插进一个吸血鬼的脖子里。这个吸血鬼直到现在才发现,这里并非只有一个玛拉,而是两个。姐姐撕开吸血鬼脖子上薄薄的皮肤,然后一刀割断了它的生命线,鬼物随之倒在她脚下。雅斯娜厌恶地抖着拿匕首的手,想把上面的脓血抖掉,但她的衣服已经被弄脏了。

"能屈尊帮个忙吗?"我嘲讽了她一句,然后用力一脚蹬在离我最近的吸血鬼的小腿上。吸血鬼晃了一下,摔倒在地。

我来不及踢碎它的脑袋,因为第二个吸血鬼正向我扑来。我跳到一旁,有意绕过一棵歪脖松。雅斯娜看着我像老鼠躲猫一样左躲右闪,笑了起来。虽然她比我年长八岁多,但是她十八岁以后外貌再没什么变化。

"我不帮忙你也很开心啊。只剩两个了。"她恬不知耻地回答。

地上的松针里闪过斧刃的白光。我拼命在树丛里穿行,身上的红色披风刮擦着灌木丛的枝条。我在跑动中猛地弯腰,抓住了小手斧的橡木柄,忽地旋回身,手中的武器砍向紧跟在我身后的怪物头上——小斧头画了一个大圈,斧刃砍中了吸血鬼的额头正中。吸血鬼的灰白眼睛来回转动着,被撕裂的嘴巴又开合了几次,然后才"扑通"一声倒在地上。

"生命线。"雅斯娜高声提醒,我则向她丢了个眼神,因为我已经拉住了它的生命线。

我今年正式结束了九年的学习期。我学了这么长时间,不可能记不住这最主要的战斗规则。吸血鬼的生命线只要没断，就有可能再站起来。

这个吸血鬼的三根生命线中还有一根闪着鲜活的金色，但被我用刀割断后，就不再闪亮了。生命线闪了一下就不见了，身体则变成了一堆半腐的骨肉，摊在我脚下。刚才被我一脚蹬倒的第二个吸血鬼摇摇晃晃地站了起来。现在它不只下颌被撞碎了，就连颅骨也撞坏了。它倒下时又摔在了石头上。但这并不妨碍它再度发动攻击。我挥动小手斧，砍掉了它朝我的脸伸来的一只胳膊，把匕首扎进了它的眼窝里。我不由自主地吸入了半腐血肉的味道，一阵恶心涌上喉头。我不久前刚吃过饭，根本没想到会遇上吸血鬼。

"太棒了！"雅斯娜夸奖着我，笑得很开心。

我则一脸阴沉地回应她："感谢你的援手，姐姐。"

"别这样，我可确实帮过忙了。"雅斯娜噘起嘴巴，给我展示着被弄脏的袖子。

我不再理她，低头检查刚干掉的吸血鬼，割断它的生命线。如果在平时，我们会把这些尸体堆到一起，点火烧掉，或把它们埋掉，免得让村里的孩子们踩到它们。但我现在既没时间，也没心情处理这些死尸。

雅斯娜似笑非笑地看我嗅着空气，琢磨着该向哪个方向走。我们很清楚附近的几个湖在哪里，但我需要找到那个需要的湖。我闻到一股淡淡的椴树花的甜香，马上快步向那里走去。姐姐跟在我身后，一句话也没问。

我踏着弹性十足的苔藓，朝林子边缘走了五分钟。当我看到湖边一棵鲜花盛开的大树下站着几位长发姑娘时,马上跑了起来。它们是美人鱼,刚开始没发现我跑近,但当我抓住其中一个的头发,粗暴地把它从树枝上拽下来以后,其他美人鱼一哄而散,朝各个方向跑开。这个美人鱼发出了尖厉的叫声,它的姐妹们也随着它发出哀叫,虽然我根本没碰它们。我把这个坏蛋的褐色头发紧紧攥在拳头里,它则毫不客气地把我的胳膊挠得伤痕累累。它像野兽一样吱吱乱叫,双脚乱踢。我冷不防被它一脚踢中肚子,疼得"哎呀"大叫,松开了手。美人鱼趁机要跑,但我怎么会放过它。我探手向前,抓住了它的生命线。美人鱼马上停了下来,一动也不敢动,知道现在最好老老实实地待着。

它的姐妹们跳进水里,游到了安全距离以外,冲我恶狠狠地叫着,想来支援自己的亡灵朋友,但雅斯娜站到我身边,抽出了短匕首。

"闭嘴!"雅斯娜用命令的口吻说道,美人鱼们马上停止了尖叫,也不再龇牙咧嘴,开始认真打量我们身上的红色衣服。

当它们的漂亮脸蛋上露出了越来越多的迟疑和恐惧时,我满意地点点头。现在它们胆怯地挤在一起,离我们越来越远。有些则躲进了齐腰深的水里,随时准备逃走。

"你这个坏蛋!"我晃动着美人鱼的生命线,冲它骂道。

它开始苦苦哀求,号啕大哭,大把的珍贵眼泪掉落在镶花边的白色连衣裙上。其他亡灵姑娘也穿着类似衣服。它看上去大约十七岁,长着一双天蓝色大眼睛,褐色长发像绸缎一样顺滑,下嘴唇委屈地抖动着。它的两只光脚丫揉搓着脚下的草地,等待机会偷偷溜走。它这种天真的假象骗不了我。因为我只要稍一分神，它就会又放声尖叫，双手指甲抓向我脸上。

"我看你在苔藓地上号叫、翻滚，才把苦艾从你头发里拔了出来！你是怎么报答我的？！"我气得手不停颤抖，勉强控制着自己，没有拉断它的生命线。

这个美人鱼和它的姐妹们一样，三根生命线中还有两根在闪光，但无论如何，这种水妖是邪祟生物。它们是被杀死的，或者是在这个湖里淹死的。尽管美人鱼更接近于冥界生物，但我们不会刻意杀死它们。人们通常认为它们有一定的智商，不会故意作恶，大多数喜欢捉弄普通人。我们严格禁止它们杀人，如果发现它们有类似行为或失去理智的情况，变得性格残忍，同时村民们请求我们除掉它们，我们也会照做。

那我为什么会鬼使神差地去帮助这个美人鱼呢？

它那时不敢碰头上的苦艾，就让它接着号哭好了，让苦艾烧灼它的头皮。这大概也是它罪有应得。它大概偷偷接近了某个人，而那人手上正好有一把苦艾，正好是为了防备像它这样的鬼物而带的辟邪物。

"放过它吧，玛拉。"一个美人鱼迟疑地向前走了两步。它大概是这些美人鱼里最年长的，"它没有伤害你，也没有把活人拖下水过。现在是我们的节日，人们甚至允许我们在美人鱼周[1]时去村里！"

"把偷的东西还给我。"我一字一句地冲美人鱼说道，没理会它姐姐。

---

[1] 根据斯拉夫神话，每年初夏，大约在六月的第一周时为美人鱼周。在此期间，人们允许美人鱼到陆地上活动。

它屈服了，抬起颤抖的手，慢慢张开手指，露出了我丢的项链。中央的挂件是一个银色半月[1]，固定在一个圆环里，挂绳是用皮带穿起来的一串珍珠。其他美人鱼都"哎呀"了一声，激动地窃窃私语起来。

"你疯了吗？！"年纪最大的美人鱼朝被我抓着的那个吼了起来，"你脑子进水了吗？谁会去偷莫拉娜侍从的东西？"

我没放开手里的俘虏，从它手里抓过自己的项链。它哭得更厉害了，还口齿不清地辩解着。

"它闪闪发光，我不……不知道，它太漂亮了……"

旁边的雅斯娜听着它的号哭，无力地叹了一声。我们两人都知道，美人鱼不会感到羞愧，也不会后悔，它只是害怕被杀死而已。它知道要激起别人的怜悯心，但我们不止一次见识过这种伎俩。

"傻瓜！她们大夏天身上都冒着寒气，永远不要想着从她们身上偷东西！"她姐姐骂了它一句，然后转头看我，"原谅它吧，玛拉。它是个大笨蛋。你看下它的头发！它头发里一点儿绿色都没有，它是刚淹死的。"

我不情愿地看了一眼美人鱼的褐色头发。它说得对。美人鱼死的时间越长，它的头发颜色就越绿。这个美人鱼看起来和活人很像。甚至就连它的脸颊都是绯红的，只是皮肤和活人相比显得有些苍白。这些并没有让我的心情平静下来，不过我一开始也没打算杀死它，只要能吓住它就够了。

"以后不许这样了。"我冷冷地警告它，放开了它的生命线。

---

[1] 一种半月形饰品，是女性和丰饶的象征。——作者注

美人鱼几秒后就麻利地跳进水里,潜入了避风港,只在水面上留下一片泡沫。其他美人鱼也随着它潜入水里,担心我们改变主意。只有年纪最大的那个久久地凝望着我和雅斯娜,在其他美人鱼消失后,才慢慢潜入水中。

我垂下双肩,感到身体在跑了一整天后变得疲惫无力。离日落还剩两个小时。我们出来只是为了采浆果和草药。无论是我,还是雅斯娜,都没想到会遇上美人鱼。我们救了它,它却偷了我的东西来报答我,还掩盖了足迹,让我们撞上了吸血鬼。姐姐走到湖边,在水里洗着手,搓着袖子,想把上面的血迹洗掉。美人鱼们肯定不喜欢她这样,但现在连头都没露出水面。我又朝那棵开满鲜花的椴树转过身,湖里的怪物们喜欢坐在这棵树的枝杈上。

"这是他的吧,所以你才这么生气?"我们沉默片刻后,姐姐小声问道。

她没看我,好像是不经意间提出了这个问题。但我相信,她知道答案,知道这个项链对我来说有多重要。

"是的。这是他做的,是他最后的礼物。"我的语气很平静,努力不去回想过去。

"银饰有的地方发黑了。"雅斯娜走近我,用挑剔的目光打量着饰品,"既然美人鱼能从你脖子上轻易把皮带扯断,那它也该换了。我把它交给米拉吧,你也知道,她处理饰品很仔细。"

当姐姐慢慢地从我手里抽出项链,把它藏进红色披风里面的口袋时,我大声呼出了一口气。

"别说……"

"我不会说这是你哥哥的。"

我一张嘴,她就明白了我的意思。"不过你把这个保密,以为她们猜不到,确实有点儿愚蠢。"

"我不想让她们以为我又处理不了这事。"

雅斯娜温柔地笑着,淡蓝色眼睛里露出了无声的支持,从我散乱的发辫里捏出几个碎木块。我郁闷地打量着被弄脏的衣服。我的衣服和她身上的很像,乍看上去像是收腰的连衣裙。我们以前确实穿过连衣裙,但由于反应不够快或跑得不够快,有可能让我们付出生命代价,所以我们会在裙子里面穿上长裤,同时在连衣裙的大腿两侧做出开口,免得行动不便。我们有时也会穿男装——偏领衫[1]和长裤,但这会让村民们感到不自在。所以我们只能又发明了一种衣服,衣服两边的开口被披风挡住,看起来像平时穿的萨拉凡[2]。但美人鱼们说得对——已经是夏初,随之而来的将是美人鱼周,夏至日也快到了。天冷时我们会穿厚披风和长袍,但很快就连穿着薄披风都让人觉得热不可耐了。

"我们回家吧,贝拉。"雅斯娜提议,"没必要去采浆果了,季节还早。"

我心不在焉地点点头,姐姐习惯性地抓起我的一只手,坚决地拉着我朝着我们的神殿,向着东方走去。我又回头看了几次湖水。水面很平静,说明只要我们不走远,水妖们就不敢从水里探出头来。

---

[1] 一种俄式服装,类似长袖T恤衫,但衣领不是开在中间,而是开在侧面。

[2] 一种斯拉夫妇女的传统服装,形状为无袖长裙,较为宽松,一年四季均可穿。

第二章

13 年前

我从家里那棵橡树最下面的树杈上掉了下来。树杈不算低,我如果不走运的话会摔破脑袋,但最后只是在树皮上擦伤了手掌。我摔到了潮湿的地上,弄得长袍上都是泥。前一天晚上下了一场春雨,曾让我和哥哥十分开心。

我哭了起来,不是因为摔疼了,而是被吓坏了。我泪眼模糊,看不见眼前的事物,不停地号啕大哭。我的鼻子被堵住了。我张开嘴,一边大声喘气,一边抽泣着。有人在喊我的名字,身边的人声也多了起来。

"贝拉,这只是小擦伤!别哭啦!"哥哥巴拉德紧张地环顾四周,发现大人们走了过来,他担心又要因为纵容我爬树而受到处罚,"嘘——!没什么事。我帮你拍一下。"

他向上拉我,让我站了起来。这出乎我的意料,让我磕了一下牙齿,所以我有几秒钟时间忘了哭泣,但过了一会儿又哭了起来。

"别哭了,贝拉!"巴拉德拖长声音恳求我,拍了几下我的衣服。

他看到我抽抽搭搭的,喘不上气来,目光中透出了慌乱。

"你看那棵橡树,你刚从那上面掉下来。你看那是什么鸟儿?多黑的鸟儿。"

我仰头看去。哭还是要哭的,但不妨碍我对别的东西好奇。我透过朦胧的泪水和浓密的树冠,勉强看清了树上的一只黑乌鸦。鸟儿正梳理羽毛,没注意号啕大哭的我。我认得它。它是帮父亲送信的鸟儿。哥哥喜欢照料鸟儿,说能够训练它们。我想让他给我看下如何训练,但他不肯,怕我毛手毛脚,被乌鸦啄了眼睛。

巴拉德拍着自己的衣兜,手忙脚乱地找着什么。他找到东西后,夸张地在我面前摇晃着。这个东西叮当作响,反射着太阳光,闪闪发亮。我停下哭声,不再盯着鸟儿,聚精会神地打量着饰品。

"好了。你只要不哭,它就是你的了。"哥哥一边劝我,一边在我鼻子前面使劲晃着那个东西,"这是我自己做的,本来想以后送给你。"

我又犹犹豫豫地抽噎了几下,眨着眼睛挤掉泪水,盯着挂在一条皮带上的不断晃动的银色半月形饰品。项链上面的淡水珍珠闪着鲜艳的光晕,吸引了我的全部注意力,以至于我都没发现保姆们是什么时候走过来的。

"你们又爬树了？！会摔断脖子的。"阿丽娜数落着我们。她帮着哥哥拍打我身上的衣服，不过我倒无所谓，因为已经拿到了饰品。

我不哭了，所以项链归我了。

"王子，不能太娇惯妹妹！您也知道，她哭得太厉害，有时会因为忘了顺气而晕倒。她正处在淘气、不听话的年龄段。她虽然知道什么是不应该做的，但如果想逃避处罚就会大哭，装委屈！"奥丽佳随声附和。

"长袍和头发全脏了，晚上还要来客人呢。"阿丽娜扶正自己头上的薄头巾，嘴里仍在数落着。巴拉德强颜欢笑，听着她们说教。以前我们可以随心所欲地玩耍，现在无论做什么都是错。"趁你们妈妈还没看到，赶快收拾好。"

我把半月项链捂到胸前，不想让别人看到。我和哥哥睁着一模一样的绿色眼睛，看着两个女人。她们知道我们脑子里转着什么念头，都叹了一口气。

"我们不会向你们妈妈告状的，但公主现在得去洗澡。得重新挑选整套衣服！我们去烧水，客人们也快到了。"奥丽佳烦躁地举起双手，提醒我们。

她们早上就给我们洗过澡了，还给我们换了新衣服，就等着迎接塞拉特王公和他的家人们。人们在计划一件大好事。阿绍尔公国和塞拉特公国很早就停战了，也没什么争端。大家想联合起来，觉得这样更容易对抗南方邻国：亚拉特公国、索伦斯克公国和阿拉肯公国。

大家都在悄悄议论两个公国联合，以及阿绍尔公国的巴拉德和塞拉特公国的艾莉娅联姻的事。据说,哥哥巴拉德出生时家里来了一群巫师。他们预言整个北方将前程远大,繁荣昌盛,会被一位叫巴拉但[1]的大公[2]统治。

哥哥不久前满了十岁,而艾莉娅只有八岁。今天他们将第一次见面,再过几年就正式结婚了。至于两个公国的联合,看大人们窃窃私语的样子,感觉是件麻烦事,要花很多年时间。

"那你们帮一下贝拉。"哥哥半是请求,半是命令。

保姆们一边嘟哝着,一边抓着我的胳膊,把我架起来,走向浴室。我不想再洗一次澡,但阿丽娜和奥丽佳说得对,父母会生气的,甚至可能会把我锁在屋子里来惩罚我。我想看看塞拉特的公主,而且人们还做了很多美食,厨房里整晚都叮当作响,王公府邸里从早晨就香味四溢,宴会马上要开始了。

保姆们有点儿着急,担心误了时间。洗澡水还没烧热,我反抗着,不想进入温凉的水里。

"你如果不把头发弄脏,就不用洗了!"奥丽佳一边嘟哝着,一边把我推进黄铜澡盆里,往我头上哗哗地浇着水。

"头发还是黑色的呢!根本看不出脏来。"我仍在嘴硬,却换来了两个女人的一顿数落。

她们唠唠叨叨,说我不懂事,解释这次会面有多重要。她们提到了王公父亲的什么事,提到了哥哥的什么事,说了对公国有什么好处。但对我来说,所有这些都是废话:我很快就不再听她

---

[1] 巴拉但是巴拉德名字的变形。这个名字很古老,在《圣经》中出现过,为古巴比伦国王。

[2] 大公是王国的最高统治者,比统治公国的王公高一等。

们讲话,而是扭头看着从弄脏的长袍的口袋里露出的闪着微光的礼物。阿丽娜给我的头发打上了香皂,而我则想着怎么把项链藏起来,不让别人发现。我不知为什么不想让别人看到它。

她们把我擦干净,给我换上了一件带花边、绣花和珠子的白色连衣裙。她们把我的长发梳好,往我头上戴了一个发箍。发箍两侧的长线上缀着许多驱除邪祟和鬼物的小铃铛,这些邪祟和鬼物有可能趁人们沉迷于欢庆而偷偷附到人身上。

当保姆们给我换好衣服后,已经到了傍晚。我们发现院里空无一人——大家都去了举行庆祝活动的庄园。

"客人们到了。"奥丽佳说出了我的心声,拉起我的手,领我去了庄园。

我的另一只手插在干净的新长袍的衣兜里,攥紧了礼物。我把它像宝贝一样藏着。这个秘密莫名地烧灼着我的心,就好像我知道了别人不知道的事情一样。

我在保姆们严厉的目光下提起了裙边,小心地绕过所有泥污和水洼,免得弄脏了红色小靴子。奥丽佳领我从后门走进饭厅,不想让客人们注意到我们迟到了。

"这是我们的小公主贝列达!"我的父亲,也就是阿绍尔王公一看到我就打了个招呼,毁掉了我们的全部计划,他"嗒"的一声把盛着蜜酒的杯子放到桌上,"你要知道,拉多维德,她虽然只有六岁,但肯定会长成大美女的。你是不是还有儿子,可以娶我女儿?"

母亲推了一下父亲肋部,弯下腰,在他耳边说着什么,然后挥了下手,让我坐到桌旁。一个胡子剪得整整齐齐,长着栗色头发的男人爽朗地笑着，赞同父亲的说法。

"我要是有儿子的话，韦列斯特，我肯定马上同意。但我要是你的话，有这样的女儿会十分担心。她的头发像夜色一样漆黑，可别让莫拉娜把她选成自己的侍从。"

"你就是夸人都这么奇怪！"父亲马上回应，不过声音里没有不快，而更多的是赞许和骄傲，"现在是春天。希望莫拉娜今天晚上正在睡觉，听不到你的话。"

我打量着各位客人。这里有很多男人，几乎没有女人。大多数人我都不认识，大概是和塞拉特王公拉多维德一起来的客人。最尊贵的客人坐在我们旁边，单色头发里没有一根白发，但和其他男人相比显得十分瘦弱，甚至有些病态。我扭头寻找他的妻子，她应该坐在他旁边，但我没有看到。

我一眼就认出了塞拉特的艾莉娅——王公的独生女。人们安排她和巴拉德坐到了一起，这不仅是为了让他们能说上两句话，也是向大家展示，两个公国将会联合，他们将永远手拉手地坐在一起。以前是我和巴拉德坐在一起的。

哥哥穿着一件漂亮、贵重的红衬衫，上面绣着黑色图案，长袍上有金色刺绣，领子上衬着貂皮。他的黑发显然被梳过好多次。他坐得笔直。他是父亲的独子，就是说，他以后会成为阿绍尔或塞拉特的王公。如果一切顺利的话，就像大人们决定的那样，这两片领土将会统一。

艾莉娅公主像太阳一样灿烂。她的金色卷发比烛光还要明亮。眼睛的颜色接近淡褐色，有点儿像橙色，就像母亲的琥珀首饰的颜色。我的目光离不开艾莉娅，甚至没有发现母亲把我最喜欢的菜粥和白菜馅饼放到了面前。我着迷地盯着艾莉娅，目不转睛，眼睛眨都不眨，哪怕已经闻到了旁边飘来的我喜欢的格瓦斯的味道。

她很漂亮，比我在阿绍尔见过的所有女孩儿都漂亮。但她的漂亮像灌木丛里游动的蛇一样让我着魔：我既喜欢看她，又一动也不敢动。

"贝拉，吃饭。"母亲小声招呼我。

我听话照做，用木勺舀着粥，但眼睛仍盯着公主。哥哥向她倾过身子，说着什么，艾莉娅脸上浮现出腼腆的笑容。巴拉德胆子大了起来，一边更用力地挥着手，一边继续说着。公主小声笑着，用手礼貌地捂着嘴。

"我的血脉中断了，韦列斯特。"拉多维德小声地向父亲说道。其他客人都吵吵嚷嚷地喝着酒，吃着东西。哥哥和艾莉娅没注意其他人。我没有仔细听，却因为坐得近，所以听到了这些话。

"我的妻子难产死了，我又总是生病。我已经感觉贵族们想瓜分我的地盘，但他们暂时还有些廉耻心，只是悄悄地，背着我去做。"

父亲的表情一下子变得很严肃，伸出舌头舔去嘴边的蜜酒泡沫，但没把目光转向谈话人，免得让别人注意他们。

"虽然我们以前有分歧，但你成了我的好朋友，我也爱自己的女儿。"拉多维德继续说道。

"你确信他们只会悄悄地做吗？要不要把女儿留在我们这里，直到她成年？"父亲问道。

"我确信现在还能保护艾莉娅。我知道,如果我们把领土统一的话,你的阿绍尔城将会成为首府。它很漂亮,这我承认。城墙高大,道路宽阔,周围的土地也很肥沃。我看了太多你们的石头神庙、坚固的房子和窗框上精致的雕刻。韦列斯特,我也看到了你宫墙上鲜艳的朱砂和闪亮的金箔。"拉多维德若有所思地转动着手里的金杯,"以前我桌上的水果也是盛在铜托盘上的,蜜酒是倒进银杯和金杯的。"

"我知道你的情况和连年歉收的问题,也知道你的东部地区有活尸,但我不能再压低粮食价格了。"

"不需要。虽然今年我们的饭桌不会被食物压坏,但估计不会再有饿死人的情况了。我感谢你提供的援助。但不管我如何努力,我都明白,只有联合才对我的人民有利。只是我的家族是骄傲的。我的先人们统治了山下的这片土地很多年,所以请你让人们保留对我的公国的回忆。"

"我会的,朋友。"

"我就认为这是你的承诺吧。如果你不遵守诺言,我会知道的,会在莫拉娜那里等着你,向女神说你撒谎了。"

父亲脸上没有笑意。他说出的仅是一个承诺,另外拉多维德即使手持长剑也不见得有什么威慑力。不过父亲听着对方的话,却皱起了眉头。大家都知道,莫拉娜不喜欢撒谎的人,即使是王公们也不敢拿死神开玩笑。

"那你保重,为了女儿和我们的约定把控好权力。"

"我会的。韦列斯特,我向你保证。我的女儿会嫁给你的王子。我的土地是留给巫师们预言的大公的。"

我没注意到自己是如何一勺勺地往嘴里塞着食物，却没尝出半点儿味道。我又看向了哥哥和艾莉娅。我不知道看着他们时自己感觉到了什么，但确信不喜欢这种新感觉。

"巴拉德，给你未婚妻看一下你给她准备了什么礼物！"父亲的声音低沉有力。我猛地向他转过头去，发箍上的缀子叮当作响，撞到了我脸上。"是他自己做的！"

大多数客人都被王公话里的骄傲所吸引，转头看向年轻的王子。我和大家一样好奇巴拉德做了什么。当哥哥从怀里掏出一条项链后，男人们都齐声赞叹，高声叫喊，以至于墙壁和桌子都在颤动。礼物和我的半月项链一模一样，只是用黄金做的，上面还有一圈小铃铛，另外皮带上昂贵的海水珍珠很多，几乎看不到皮带了。有些客人开始跺脚、拍手表达赞美，知道一个十岁男孩做出这样的礼物并不轻松。我在震耳欲聋的喧闹声中把勺子放回粥里。艾莉娅送了未婚夫一条精心编织的饰绦作为谢礼，之后我们的女裁缝会把它缝到哥哥的长袍上。

所有人都兴高采烈，我则继续心神不宁地看着艾莉娅手里的金色半月项链，我一点儿也不喜欢的感觉变得越来越强烈。

第三章

我在神殿中自己的房间里醒来。我绝望地哀叫着，从木床上坐了起来。我没料到昨天夜里会梦到那些遥远的回忆，但偷走我的半月项链的美人鱼却扰动了那些我以为再也不会烦扰我的过往经历。

已经过了十三年了。

已经无从改变。

从那个可恶的日子开始，一切过往都已经无法避免。

我今年已经十九岁了。我接受了全部训练，所以在神殿里有了一个独立卧室。房间里有一张普通木床，几个放衣服和书的箱子，一张带镜子的小桌子和一把普通椅子。虽然城里和乡村的房子大多是木制的，但我们的神殿是用石头建造的。神殿建筑是全新的，是七年前建成的。我哪怕在王公庄园里都没见过这么高的天花板。墙壁很厚，再加上房间里有壁炉，让房间的抗寒能力倍增。现在正是夏初，打开窗户通风后，房间里凉爽宜人。

我双脚踩到地上铺着的兽皮上，往窗外看了一眼。上午窗外浓雾密布，让人看不清现在是天色刚亮还是已经旭日东升。湿气像浓厚的幕布一样遮盖了一切，只能勉强看到包围着神殿的森林。

这是让人觉得懒洋洋的静谧的清晨时分。

我怀疑已经有姐妹起床了。也可能只是神殿女执事们起床了。她们都是走投无路的妇女。我们收留了她们，她们则操心着神殿的卫生，做饭并在花园里种菜。虽然我们的大部分食材是由知恩图报的居民们馈赠的，但自己的菜园是当遇到荒年时能活下来的额外保障。女执事们让我们摆脱了枯燥的劳作，我们则给她们提供保护和自由。

我伸了个懒腰，向后弯身，活动着睡醒后有些僵硬的肌肉。我打了个哈欠，觉得自己没睡够，但没敢再躺回床上，担心又陷入回忆中。

我决定在训练前先散会儿步。我们有两个小玛拉。一个十八岁，另一个只有十四岁。虽然我有时懒得训练，但我们得给小玛拉做个好榜样。唯一可以放松的是鲁斯兰娜。她现在是最年长的玛拉，看上去不到四十岁，实际上已经九十多岁了。我们衰老得很慢，比普通人的寿命长一倍。

我在黑衬衫外面套了件红色长袍，束紧腰带，往皮带上挂了把匕首——神殿附近很安全，但多年的习惯很难改变。我揉了揉眼睛，看了一眼自己在那面老旧的镜子中的形象。我垂下目光，看到小桌上的半月项链时并没有感到惊讶。就像雅斯娜许诺的那样，银饰已经焕然一新。米拉确实擅长打理金属——她清洗这件饰品时十分小心。我想送点礼物给姐姐，向她表示感谢。我准备稍晚去趟附近的村庄。

我把半月项链戴到了脖子上。我差不多有几年时间都没摘下它，因为不戴的话，就感觉身体少了一部分。我梳了下头发，懒得编成辫子，就让它披散在肩后。

我知道木门会发出"吱嘎"声，所以尽可能小心地打开门，离开房间，沿着走廊，静静地从其他人房前走过。当我走到城堡内的小庭院后才松了一口气。庭院里精心种植的丁香花芳香怡人，露珠在浅紫色的花朵上闪闪发亮。我微笑着，享受着丁香花的香味。今年春寒料峭，所以丁香树六月初才刚开花。我走出了神殿正门。几个神殿女执事看着人员进进出出，向我点点头，但没问什么。我已经可以自由进出神殿。如果我想的话，甚至可以去任何王公那里住上一段时间。

我们尽管被禁止结婚，但神殿人员都理解我们和外人的关系，因为这让我们的生活更加平静。另外大家都知道，还没出现过玛拉怀孕的情况。据说有人尝试过，当然，最终没有成功。

我们已经和家人天各一方，被赋予了永远的战斗责任，脖子上挂着各种禁令。应该给生活找点乐趣，特别是在训练结束后。所以神殿并不禁止大家接受那些转瞬即逝的享受，只要提前把出行的事通知姐妹们即可，她们通常不会阻拦。唯一的限制是离开时间不能超过一个月，免得让其他玛拉陷于危险。我们只有七个人，如果需要清除邪祟生物的话，最好一起行动。

传闻曾有几个玛拉想逃跑,感受一下自由的滋味。但后来都回了神殿,因为不知道在这样的命运之下该如何自处。没有一个村庄,没有一个城市,甚至没有一个家庭想接受这些逃跑的人,因为他们害怕莫拉娜女神的怒火。玛拉们只能寄希望于家人。但根据规定,被女神选中的女孩的父母需要背井离乡,免得让刚刚成为玛拉的女孩心存幻想。

但我家是个例外。我是贝列达,是韦列斯特王公的女儿,阿绍尔公国的公主,是已故的阿绍尔王子巴拉德的妹妹,他本来应该把两个公国统一成一个王国的。

我父亲是整个公国的王公,但我的家人们已经所剩无几。所以当我在十岁半时被玛拉们带走后,我没想过回家,而且我出行时总会绕过阿绍尔城及其附近领土。姐妹们都知道这些,所以从不带我去那里。

我走过神殿前面的林间空地,走进了森林深处。皮靴一下子被潮湿的苔藓和露水打湿,变成了深色。清凉的雾气打湿了皮肤,头发也变得有些沉重。我搓了搓手,感觉没考虑天气情况有点失策。我应该穿上披风的。我信步前行,一边听着叽叽喳喳的鸟语声,一边习惯性地看着脚下和两侧,寻找草药和浆果。我们很少出来散步,但如果找到有用的东西,都会带回神殿。我伸展双肩,想清除脑子里多余的念头,放松一下心情。我沿着小路转向北方,漫无目的地走了半个多小时,享受着无拘无束的动作。以往的回忆也融化在雾里,让我生活在现实中。

右边小溪的潺潺水声让我分了下神,我决定沿着河边走一走。雾气中的阳光仍然朦朦胧胧,但前面到了林带边缘,空地上应该更暖和些。我刚走到林边,就马上停下脚步,看着河雾中的一个侧影。那是有个人站在齐胸深的河水中。我不知道那是什么人,但知道在这里经常会遇到一些少男少女,孩子们有时也来这里。我想叫他一声,告诉他这条河不适合游泳。河底有很多滑溜的石头,河岸几米远的地方有陡坡。我有两次还在这里看到了美人鱼,所以在美人鱼周期间绝对不能下水。下游更安全些。

不过我还没来得及叫出声,那个人就向前走了一步,大概是脚下滑了,一下子没入水中。我下意识地向前走了几步,听到了拍水声,等着他或她钻出水面。我屏住呼吸,仔细倾听,等着再度出现拍水声或呼喊声,但周围是一片死寂。

一,二,三,四,五,六。

我狠狠地骂了一句,跑向河边,一边跑一边解下拴着匕首的皮带,把它扔到了沙地上。我扯下靴子时,差点儿栽倒在地。没时间脱下萨拉凡了,因为我没穿长裤,而且我怕倒在水里的是孩子。我跳入水中,尽可能地激起水花,希望能吓走美人鱼,如果刚才是它把人拉进水的。

河水清澈、冰凉,寒气马上进入了我的骨头里。衣服沾到了双腿和身上,让我在水里的活动十分费力。当河水升到胸口位置时,我一猛子扎了下去,但还没来得及在水里睁开眼睛,脑袋就撞到了什么东西。似乎是我的脑袋顶到了某个人赤裸的后背上。我立刻想钻出水面,在河床上站起来,却因为意想不到的撞击没反应过来,身体又失去了平衡,身子一歪,第二次倒进了河水里。水立刻灌进了我的鼻子和喉咙里。

有人抓住我的胳膊,猛地把我拉了起来。这不是小男孩,也不是姑娘，而是个年轻的成年男子。我第一眼看到的是一个因困惑不解而低下来的脑袋和好奇的目光，看来我们撞在一起让他也吃惊不小。河水从他的长发流到了赤裸的胸膛和双肩上，但他不动声色地盯着我，看着我一边咳嗽，一边从嘴里往外吐水。我咳嗽了大约一分钟时间。他一脸平静、似笑非笑地看着我，一句话也不说。周围被我们搅乱的河水慢慢平静下来。

"这里很危险。"我说话时喉咙不太舒服。

年轻人的双眉挑起，双眼迅速扫过我被河水打湿的双肩。我在河水中站稳双脚。河水没到了我的锁骨，而只到他胸部。

"是的。那你为什么钻进河里来了？"他原地不动，张口问道。

"我想……你滑倒了或者美人鱼……雾里看不清楚。我以为你可能是小孩儿呢。"就连我自己都觉得这些解释像是胡言乱语，但他却若有所思地闭着双唇，随着我话语的节奏点着头。

"确实，雾里确实可能让人产生错觉。"他的一双天蓝色眼睛看着我，目光惊人地明亮，他的双唇露出善解人意的微笑，"但你要相信，我很早就不是小孩了。"

无赖。

他脸上带着假笑，用甜得发腻的声音说着，让我不再恍惚。不过他手上的动作更快。他的左手从河里举起一个网兜，给我看了里面不停扭动身子的几条鲤鱼。

"我在捉鱼。"他的解释很简短。

我差点儿张口赞同，说他选的地方不错——这里的坑比较深，而且我们自己有时也在这里捕鱼，但我马上伸手捂住了嘴。

我自以为是地想要帮忙，却全身湿透地站在水里，看起来像个傻子，而对面的人却厚颜无耻地冲我笑着，整个神情都像在说，他知道我的行为有多蠢。

他的胸膛和双肩的皮肤上有勉强可见的鸡皮疙瘩，我的身体也开始颤抖。早晨有些凉，现在洗澡还太早。

"我们走吧。"他稳步绕过我，走向岸边。

我不想听他指挥，但继续留在水里则是个愚蠢至极的做法。我刚一转身，脚下又在石头上滑了一下。这次我掌握住了平衡，没有一头栽进水里，但又激起了大片水花。年轻人转过身，向我伸出了一只手。

"抓住我的手，这里很危险。"他脸上礼貌的微笑很和善，虽然没有掩盖转述我刚才的话时带有的嘲笑。

我没理会他的嘲笑，抓住了他伸过来的手掌。我相信，如果我做出恼羞成怒的样子会让他更开心，但我不准备给他这个机会。他小心地握着我的手，拉着我走向岸边。他的头发长可及肩，应该是浅褐色的——头发是湿的，看不出本来的颜色。他的眼睛是天蓝色的，脸上的短须应该留了有一周了。他身体强壮，肩膀很宽。我打量着他久经锻炼的后背，猜测他是干什么的。

铁匠？

有可能，但他太年轻，不超过二十三岁。

守林人？

我感觉他的手掌和指头上满是茧子，但猜不出是因为拿斧头还是握剑磨出的。他身体强壮，可以轻松成为某个王公的卫队成员。那他一个人在这里做什么呢？

哈哈。

他在捉鱼。

我知道自己的猜测没有任何意义，于是嘲笑着提醒自己。他是什么人，关我什么事？

陌生人快从水里走出来了。他身上只穿着黑色长裤，布料紧贴在小腿、大腿和臀部上。我马上抬起双眼，决定不再向下看。当他转过身，用审视的目光毫不拘束地打量我的身体时，我知道自己的衬衫和萨拉凡也是这样的。

他这人不讲体面。

但对于一个普通的农家青年来说，他的表现又太正常了。

"走吧。我去生个火。"他的脸色突然变了一下，提了建议后，就朝下游走去。

他不再拉着我的手，我捡起了自己的鞋子、匕首，听话地跟在他身后。我不是想继续和这个陌生人待在一起，但我现在冷得发抖。我现在离神殿太远了，最好先烤干衣服再回家。

他带我来到了一个圆形的小小林间空地上。在一棵松树旁歇着匹黑马，鬃毛、马头和双腿几乎都是黑色的，但马身却是深灰色的。

我继续猜测他是干什么的。并不是每个人都养得起马。但我什么都没问，不想显得对他感兴趣。他身材健壮，面庞迷人，所以除了厚颜无耻外，应该还非常自命不凡。

年轻人走近此前准备生火的地方。他把放在旁边的干树枝拿过去，用火石打着火以后，点燃了干树枝。我走近他。陌生人把刚捕获的鱼拉到身前：有一条鱼还在不停地抽搐，不想死去。他抓过一块石头，一脸淡定地把鱼头砸碎，不让它再受罪。当我没掩饰好对这个场景的厌恶表情时，他抬起了目光。他看到我的反应后微微一笑，把鱼放进一个包里藏了起来，再放到一边。

"黑发，红裙，嗓音悦耳。"他一边用细木棍翻动着篝火，让火烧得更旺一些，一边突然大声说了起来。我没回应他，没表示同意，也没反对。

"你是哭灵人[1]？"

我忍不住对他嗤之以鼻。哭灵人确实会披散头发，她们的声音确实很好听，但……

"或者是裁缝？裙子很漂亮。"他继续用平淡的语气说着，不过勉强忍着再次露出坏笑，他在刻意刺激我，"不大可能是贵族。她们不会一个人在森林里闲逛，也不会跳进河里。"

这话有些伤人。 我故意对他的挑衅视而不见，只是歪着头。

"你是玛拉。"他肯定地说道，不再开玩笑。

"玛拉。"我确认了他的话。

让人奇怪的是，他的反应很平静，和刚才没什么两样。许多人至少会局促不安，竭力恭维或想尽快离开我们。死亡女神让人既敬又怕，大多数人不想过早和死亡女神有什么关系。

我尽量不去盯着他赤裸的上身，但目光总是不由自主地在他身上的几处伤疤处停留。有一个伤疤在肋骨处，还有一个在肩膀上。这实际上也不值得大惊小怪，但我的谈话人发现了我关注的目光。我看着他站起身，走向马儿，在鞍袋里翻找着什么。

---

[1] 一个古老的职业。受雇在葬礼上恸哭，向逝者表示哀悼的妇女。——作者注

"脱衣服吧。"他又毫无顾忌地说道，把一条干燥的长裤和一件衬衫扔到我面前的草地上。

"你真想……真想……"他知道我是什么人，仍这么明目张胆地提出这样的建议。我惊讶得说不下去了。

陌生人根本不在意，把另一套衣服丢在自己脚下，开始解腰带和裤子上的带子，看来是想在我面前换衣服。

"怎么了？"他一下子来了兴致，"想看的话可以看。"

我觉得他在虚张声势，但他的手指解开了裤子上最后的带子后，就毫无停滞地去扯湿透的裤子。我咽了一口唾沫，转过身去。我听到他低声一笑后就脸红了，但这更多是因为恼怒，而不是因为难为情。我全身起了一层鸡皮疙瘩，搓着双手，走近火堆。火苗散发着热量，但热量不够——我的牙齿很快就丢人地打起战来。这个铁匠或守林人或者随便什么人应该更开心了。

"据我所知，玛拉也是普通人。你们也会生病，也可能死掉。"他一边继续换衣服，一边口气严肃地说着，"我相信，一个倒霉的渔夫不应该因为一件湿衣服而死掉。如果你脱不下来，我可以帮你割开它。"

"这些建议一个比一个棒。"我没转身，嘴里嘟哝着。

"你喜欢这个建议？"他的话里透着刻意的兴奋，"那么我们割开它？"

他穿着一条干燥的黑长裤和一件斜领衫，在火堆对面的草地上坐了下来，往脚上套着皮靴。他的头发慢慢被烤干。我相信自己猜对了他的发色，他的头发果然是浅褐色的。

"我是认真的。我不想让一位女神的侍从因为我的过错而死，不想触怒她。如果你脱不下来，我可以帮忙，但我可没打算纠缠你。"

他一本正经地转过脸去。我又琢磨了几秒钟，还是不想穿陌生人的衣服，而且还是件男装，但寒冷已经渗入了我的肌肉里，这确实会让我病倒。我费力地解开腰带，拉下紧贴在身上的萨拉凡和衬衫，因为潮湿的皮肤被微风吹过而皱起了眉头。陌生人没打算偷看，安静地坐着，听着衣服发出的窸窣声。

"我好了。"

他转过身，天蓝色眼睛看着我笨手笨脚地卷起长长的袖子。对我来说，他的衣服太大了。裤子没有掉下来，纯粹是因为他给了我腰带，但看上去十分可笑。他的衬衫散发着篝火和森林的味道，没什么特别之处。谁知道他在野外过夜多少天了。他大概不是本地人，很早就身在旅途中了。

"谢谢！"我拢了一下正在变干的头发，向他道谢。

"你叫什么，玛拉？"他看着我脖子上的半月项链，突然来了兴致。

"玛拉。"我一边回答，一边把项链藏进衣服里。

"不对。我听说每个玛拉都有自己真正的名字。"

"我叫玛拉。"我固执地撒着谎。

我被玛拉们带走后，韦列斯特王公散布消息，说他的女儿贝列达公主死掉了。在我假死之前就有很多流言提到了我的健康状况。这位渔夫大概没听说过这些传言，但我不想冒险，不想向任何人透露我的真名。如果姐姐们外出或者和别人相识时，大家也都这样做。我向所有人介绍自己时，都自称玛拉。

"那太巧了。"他一脸假笑地回应我,对我的话明显一句都不相信。

"你叫什么名字?"

"伊莱。"他看着我的眼睛,回答得很流利。

"你从哪儿来的,伊莱?从哪个方向来的?"

"从北方来的。从塞拉特公国来,但出生在阿绍尔公国。"

这个消息对我来说不太好。在父亲的公国内出生的人可能还记得贝列达公主。我从头到脚慢慢打量着他,想换个话题。

"身体强壮,衣服考究,喜欢开玩笑。"我模仿着他刚才挖苦我的语气,若有所思地数说着。伊莱抬起目光,等我说下去,但我故意停了一会儿。"你是流浪艺人[1]吧?"

他听完我的话,有些失神地眨了两次眼,然后爆发出爽朗的大笑,头后仰露出了脖子。几只鸟儿被突如其来的声音惊起,从树枝上飞走了。

"流浪艺人需要强壮的身体吗?"他收起笑声后问道。

"我觉得跳舞、娱乐观众可不是件轻松的事,有时还要从王公卫队手上逃跑。"

他目光不善地笑着,一声不吭,但一脸嘲笑地点头回应我的每句话,等着我说下去。

"你是克米特[2]。"我很自信。

但我看到他无耻的表情后,就明白了。

---

[1] 流浪歌手、乐师和喜剧演员。——作者注
[2] 克米特是勇士/志愿军人的同义词。这里用来指代骑兵,最强大的兵种。——作者注

我猜错了，猜错了两次。

他不是克米特，我应该选择其他类似职业的。

"克米特？我没想到会让你有这么好的印象。"

"你有马。"我想粉饰一下自己的错误，"它被照料得很好，而且明显是匹好马。王公和他的卫队们都骑这种马。"

"玛拉也是。"他加了一句。

"玛拉也是。"我同意他的意见。

王公们会把马匹当作礼物馈赠给我们，虽然只是偶尔为之。这些礼品让我们的生活变得更轻松，能更快到达需要的地方。

"我是骨雕师。"伊莱突然不再玩这种低级的语言游戏了。

我无法掩饰自己的惊讶，但我确实猜不到这个。我听说过这种职业，但从未见过真正的骨雕师。这是耐心细致而又十分考究的活计。骨雕师不仅需要掌握这种极为罕见的技能，还要有耐心和特殊天赋。他们为医生雕刻骨针，为各个阶层雕刻各类护符，为贵族雕刻饰品。他们的职业与死亡有关，因为他们通常还是优秀的猎手，利用捕获的动物骨头干活。有些人害怕骨雕师，但尊敬他们，知道他们的作品是最强力的护符。有人相信，他们的天赋是众神的恩赐。王公和勇士们不仅为妻子和孩子们向他们购买项链，有时还从他们那儿购买匕首手柄，医生则会购买骨刀和骨针，而普通人如果能从他们那里买到小雕像就会很高兴。

骨雕师通常居无定所，而任何城市或乡村的每个人都乐于为这些人提供落脚之处和食物，只是为了获得一个护符作为回报。

我还没来得及提出下一个问题，肚子里就咕咕叫了起来。我抬头看天，琢磨着我已经错过早饭多长时间了。

"如果你愿意的话，我可以送你回家。"伊莱没等我回答，就站了起来，把篝火扑灭。

我不想拒绝他的帮忙。我身上还是很冷，不想步行穿过森林。骨雕师把东西都收进了鞍袋里。他给了我一个袋子，让我把湿衣服放进里面。我偷偷看了一眼他的武器。他有一把直刃剑，几把长匕首，一把小斧头，一张弓和一筒箭。我现在理解他为什么要带这么多武器了，因为他经常狩猎。

伊莱上了马，朝马屁股上挪了一下，把张开的手伸向我，让我坐到前面。我没马上同意，但最终还是接受了他的帮助，而当他把自己的披风披到我肩上以后，我不由自主地向后靠紧他温暖的胸膛。不管怎样，我确实不想生病：我身上爬满了鸡皮疙瘩，而伊莱则散发着温暖和健康的气息。他没问我该往哪里走，他知道路，拍着马走向南方。

骨雕师沉默着，我也一言不发，但内心里却感到一阵失望。我意识到，虽然他满嘴挖苦和嘲笑，但和他聊天很有趣，我想多了解一点儿他的行业。他去过哪里？听到过什么事迹？曾在哪些王公的家里过夜？但我很怀疑这样做是否理智，也不应该向他打听阿绍尔王公的事。如果他到过我父亲家里，那么大概听说过关于我的不太令人愉快的消息，有人也可能说漏嘴，提到玛拉们迎接未来姐妹的事情。伊莱明显不傻，我不想给他任何提示。

他的心脏在我后背处跳动着，马儿均匀的步伐也让我感到放松。我的身体暖和起来，不知不觉打起盹来。我通常不会这么轻信他人，但昨晚的噩梦让我没休息好，而现在陌生躯体的温暖有着惊人的镇静效果。

"到了。"

耳边的低语让我哆嗦了一下,我从半睡半醒的蒙眬中钻了出来。陌生人的一只胳膊揽着我的腰,不让我从马上掉下去。

"我们到了,玛拉。"伊莱又重复了一句。我抬起眼睛,目光聚焦在神殿的灰色高墙上。

年轻人很谨慎,在离大门很远的地方就停下了马匹。我发现神殿大门敞开了,几个女执事正探头向外看,猜测客人是否会进门。雅斯娜看到我以后,推开她们,迅速朝我走来。

我从马背上滑下来,感谢伊莱把我送回家。他递给我盛着湿衣服的袋子。

"如果你能等一会儿的话,我换上衣服后,把你的东西还你。"我想起还穿着他的衣服,于是说道。

"不用麻烦了,玛拉。那不是新衣服,留在你那儿好了。"

我不同意他的说法,衣服看上去很整洁。骨雕师不给我反驳的机会,弯下腰,把另一个盛鱼的袋子递给我。

"两个都拿上吧,谢谢你打算搭救我。"他又露出那种嘲讽的表情,我则翻起了白眼儿。

我记得袋子里有三条鱼,虽然是鲤鱼,但个头都不大。鱼骨他还有用,而我们的食物很充足。

"你留下吧,我不太喜欢吃鱼。"

他惊讶地挑起双眉,不过把鱼袋收了起来。

"那你拿上这个吧,就当是给女神的供品。"伊莱从马上低下身子,把一个小篮子伸到我鼻子底下。我还没看清里面有什么,就下意识地接过了篮子。"现在大多数浆果还不到季节,我只找到了一点儿草莓。不要拒绝。"我刚要张嘴,他就语气坚决地说道,"这可是莫拉娜的神殿。有人为我的幸运转生做了祈祷,我想确认死神将会仁慈地对待我。"

许多人向我们赠送食物时都会这么说,但我从不喜欢人们在生前,在身体还很健康时就谈到自己的死亡。我通常会一语不发地听他们说完,但这次没忍住,开口纠正道:

"这要等你的大限到了以后。"

"当然,只能等大限到了以后。"他在马鞍上直起身子,拨转马头向北走去,在雅斯娜走近我们之前,就消失在树林中。

"哇,草莓!"姐姐很高兴,我马上把小篮子递给她,"茵嘉和米拉肯定很高兴。她们都盼着夏天到来,等着草莓成熟呢。"

我不知为什么仍然盯着密林,就好像伊莱会返身回来,跟我说忘了什么东西。但几秒钟过后,雅斯娜看到了我的愚蠢举动,于是我挥手赶走脑子里的荒唐念头。

姐姐大声地用鼻子吸着气。"你头发里有河水的味道,妹妹。现在去洗澡可有点儿奇怪。"她用手摸了下我身上陌生人的衣服,脸上露出了戏谑的表情,"或者你们一起游泳了?你还没告诉我在和谁约会。"

"我没约会!"我有点儿激动,觉得脸颊在发烧。我根本没想到会穿着男人的衣服回神殿。

"那是一夜情?贝——拉。"姐姐甜甜的声音拖得很长,"你在那场失败的初恋后好像对这种逢场作戏深恶痛绝。"

姐姐把几颗草莓扔进嘴里,眼睛却一直盯着我,让我觉得两只耳朵在发烧。我的初恋确实不太成功。我在庆祝活动上喝多了，而那个年轻的卫队战士长得很英俊，举止也彬彬有礼。我本来不会被花言巧语所迷惑，但酒精却让我变得毫无戒心，过于兴奋。我后来把实情告诉了雅斯娜和米拉。姐姐们先是安慰我，后来都笑了起来，说我没必要自责，没必要拒绝唾手可得的爱情。当我成为玛拉后，就不再是公主了，没必要再执着于以往接受的教育。我不可能结婚，也不可能有孩子和家庭，所以没必要拒绝昙花一现的爱情。

"什么都没发生。我倒在河里了，他就把自己的衣服给了我。"我干巴巴地说道，知道不能给雅斯娜说太多，否则她会胡思乱想的。

"他是谁？"姐姐一边低头看着篮子里的草莓，一边又问了一句。

"伊莱。"

"先给了你衣服，再告诉了你名字。是按这个次序吗？还是先介绍自己，再……"

"他是骨雕师。"

现在是雅斯娜的脸惊讶地拉长了，和刚才的我如出一辙。我"哼"了一声，很高兴刚才的话让她措手不及。

"太棒了！你打听到他住哪儿了吗？"雅斯娜目不转睛地盯着我，顺手又把几颗浆果丢进嘴里。

"没有。他居无定所。"我听到雅斯娜的问题后，因为自己不知道他住哪里而有些沮丧。哪怕问一下也好，我们可以从他那儿买一些新骨针。

"真遗憾。不过我可以向女神祈祷，让他再给我们送些礼物来。"

我忍不住低声笑了起来。雅斯娜看来是想和骨雕师多接触一下，她觉得他很对胃口。聚在门口的神殿女执事们一边四散走开，一边高声交谈着，向我们投来好奇的目光。姐姐把自己的红披风披到我肩上，把我身上的男装盖住。我闻了下干透的头发，因为上面的鱼腥味皱起了眉头。

我准备先洗个澡。

第四章

"你听说过幽冥和莫拉娜的故事吗,公主?"

巴拉德径直坐在温暖的壁炉前珍贵的兽皮上。聚会还在进行,而我们三个孩子则躲进了厨房,想一起玩会儿,相互熟悉一下。我和哥哥喜欢听恐怖故事,我觉得他知道世界上所有的故事。

艾莉娅起先犹犹豫豫地摆弄着用海珍珠穿成的长长的项链,过了一会儿才坐到哥哥对面。我第三个坐下来,更靠近巴拉德一些。他向我转头笑了一下,把奥丽佳给我们的盛着馅饼的小篮子放到我们中间。保姆们认为我们今天可以过节,也就是说可以比平时睡得晚,也可以想吃什么就吃什么。

"那些南方人讲的故事吗?听过。"艾莉娅看巴拉德点头确认后说道。

"你相信两个传说中的哪一个？是相信因为贪婪的亡灵纠缠女神，所以幽冥自己站了起来，还是相信莫拉娜自己割下了脚下的影子，让幽冥缓解她的孤独？"巴拉德提出了那个经常向别人提起的问题。

　　我们听到这两个故事后，一直到现在都在争论，到底哪个故事是真实的。哥哥相信是莫拉娜自己割下了脚下的影子，我则认为是幽冥主动站了起来，想保护女神。

　　艾莉娅还没来得及咽下馅饼，就被这个问题搞了个猝不及防，嘴里含着馅饼愣在那里。这没什么奇怪的。哪怕是成年人被巴拉德问到后，都会绞尽脑汁，猜测哪个传说更接近真实。如果哥哥听到的是他不喜欢的答案，就会开始争辩，即便是那些大贵族和父亲的朋友们都扛不住巴拉德的执拗，最后会拒绝回答他的问题，只要小王子能让他们安静一会儿就好。

　　"我想是女神自己割下了脚下的影子。"公主腼腆地回答。

　　"我也是这么想的！"巴拉德很兴奋。

　　"不是的！"我不由自主地提高了声音，想吸引他们的注意力，"是幽冥自己站了起来，想保护女神！"

　　我不满地盯着艾莉娅，感觉自己比几分钟之前更多余。

　　"我妹妹不知为什么相信这个。"巴拉德对艾莉娅的耳语声很大。他在嘲笑我，故意刺激我。当我一拳打在他肩膀上时，他没有惊讶，相反，哈哈大笑起来。

　　我力气很小，所以他连眉头都没皱一下，知道我只有这么大的力气。

　　"别犯傻，贝拉。如果幽冥是莫拉娜的护卫，那么莫洛克应该也是玛拉的护卫。但大家都知道，莫洛克是怪物。"

"不是！"

"那莫洛克不是怪物吗？"巴拉德故意瞪大绿色的眼睛。

"是怪物！"这句话从我嘴里迸出后，我自己也糊涂了，"不是……他们可是……女神有危险时，幽冥会保护她。而莫洛克……他们不……"

巴拉德看我语无伦次地说着，装腔作势地嚼着果酱馅饼。但我不知该如何说清脑子里的想法。我要证明他说的是错的。哥哥经常帮我和别人争论，但他现在成了我的对手，让我感觉到了真正的挫败。

"不是！"我又喊了起来，只能把否认作为证据。

艾莉娅疑惑不解把目光从我身上转到巴拉德身上。

"莫洛克是怪物。父亲说过，他们会偷走男孩，用他们来举行黑暗仪式。"公主附和哥哥的说法。

我大声吸了一口气，觉得这个公主不是我的朋友。我不喜欢她，她的在场让我恼怒。我把盛着馅饼的篮子拉到身前，让馅饼远离她。艾莉娅刚开始因为我明目张胆的蛮横行为瞪大了眼睛，但公主虽然看上去很柔弱，实际并不简单。她抓住篮子的另一边，把篮子拉向自己。艾莉娅也很执拗。

哥哥又哈哈大笑起来，伸手勾住了我的脖子。我向后挣去，但他年龄比我大，力量也更大。他学射箭已经好几年了，也开始学习剑术了。

"贝拉爱生气，特别是如果你反对她的话。"哥哥解释了我的行为。他知道，我会浑身颤抖，直到累了以后才平静下来，乖乖地坐着。

"那你们听说过奥泽姆和苏梅拉[1]吗?"

我和巴拉德马上停了下来,一动不动地看着客人。我趁哥哥分神的机会,从他胳膊里钻了出来,但本来梳得很整齐的头发变得蓬乱不堪,发箍也掉了下来。我趁恶灵们沉醉于节日享乐,还没来得及进入我的身体,匆忙抓起发箍把它戴回头上。

"他们是冥界之神。我们对他们的了解不多,因为我们离山区很远。"巴拉德好奇地答道,"你讲一下吧。"

"奥泽姆和苏梅拉守护着地下宝藏,守护着金矿、银矿和铜矿。他们手里的宝石足够全世界人使用。奥泽姆和苏梅拉的衣服都是用纯金做的,但这些闪光的珍宝却无法让他们高兴,因为他们总是为宝藏担心。他们认为,世人总想从他们这儿偷点儿东西。"

我和哥哥向前倾着身子,入迷地听着新故事。艾莉娅也向我们探过身子,声音低得像密谋时的耳语。她的金发闪着光,一点儿也不逊色于金耳环和她已经挂在脖子上的半月项链的光泽。我的半月项链还藏在衣兜里。我不想让别人看到它。

"他们不喜欢人类,死人和忠实的仆从除外。"公主继续说着,"他们有次看到人类的生命线闪着金光,就想得到它们。如果他们抽出人类身体里的生命线,人们就会死掉,而生命线会马上变暗,不再闪着金光。"

我没发现自己是如何吃惊地张开嘴巴的。一想到神灵会从

---

[1] 奥泽姆和苏梅拉是冥界之神,是一对夫妻,奥泽姆为男神,苏梅拉为女神,共同守护着大地母神的珍宝。

人体中抽取东西后收藏，就不由自主地颤抖起来。我知道生命线确实藏在人体中的某个地方，于是观察着自己的双手，寻找生命线，寻找皮肤下闪光的东西，但什么都没看到。

"所以在他们的地下王国中就堆满了尸体，就在那些宝藏旁边。"

"你从哪儿听到这些的？为什么你们都相信这些？"哥哥好奇地问道。

"我们更了解他们，因为我们就住在高山旁边。我们的工人开采矿石时有时会被塌方压死。我们知道，这是奥泽姆和苏梅拉干的，他们仇视人类。也有人说，山岭是越不过去的，但他们说得不对。"

"你知道秘密通道？"巴拉德看了眼通向走廊的门，看是否有侍卫或保姆站岗。他知道，如果这些人听到了艾莉娅给我们分享的信息，肯定会阻止我们谈论这些的。

我和公主也跟哥哥一样侧耳倾听，但只听到了远远传来的大笑声。大人们还在饭桌上狂欢呢。

"北方有个不太宽的山口，很危险，是被一条窄河冲开的。"客人又说了起来，"部分河流穿过洞穴。传说如果挨着河边走的话，就能走到山的另一边。"

"你去过吗？"巴拉德很好奇。

"没有！"艾莉娅吓了一跳，慌忙摆手否认，"那里的人活不了！根据古老传说，以前山那边有几个公国，有人生活。现在那边只有森林、城市和村庄的遗迹了，没人活下来。"

"只有活尸。"巴拉德自信地点点头。他肯定知道某个故事，不过还没给我讲过。

"嗯。"艾莉娅同意自己未婚夫的意见,"那条把我们这边和山那边的土地连起来的河在很早以前是很清澈的。那是活尸还没出现的年代,那时人们死后会直接到女神那里转生。但有一天,山那边的河底突然颤抖起来,裂开了一条缝。裂缝很深,让冥界都抖了一下。接着出现了一个假湖,可以通向奥泽姆和苏梅拉的领地。所以第一批活尸爬到了地面。那条河也被污染了,被称为秽水河[1]。"

---

[1] 东斯拉夫神话中的一条河,将阳间和冥界分开。

第五章

"秽水河真的有一股活尸的臭味吗？"最小的玛拉艾卡眼睛里满是天真，好奇地问道。

她十四岁，脸蛋儿长得很漂亮，声音温柔，一头黑发紧紧地扎成了辫子。小姑娘已经知道很多故事，包括关于幽冥的传说，知道该离远莫洛克。她长着一双褐色眼睛，目光正从靶子上移到和她谈话的兹拉塔身上。

兹拉塔十八岁，明年就可以毕业了，每个玛拉都这样。她已经成年，但个子却出奇的小。我自己个子也不高，然而她却比我矮半头。再过一两年，艾卡都要比兹拉塔个子高了。不过我们不认为个子矮是麻烦。兹拉塔身手敏捷，可以轻松地钻到活尸胳膊下面，不会被它们抓住。

虽然艾卡的老师是茵嘉，但为了培养兹拉塔的责任心，我们让她照顾小玛拉。而负责教育兹拉塔的是我们中最年长的鲁斯兰娜。只有我、雅斯娜和米拉现在还没有学生。

我和雅斯娜今天被安排照顾小玛拉们的学习。我们都站在主殿后面的训练场上。这里的地面被专门平整过，有长椅，有放着训练武器的架子、稻草人和靶子。

天气很棒，蔚蓝的天空中万里无云。临近中午时太阳变得炙热。风儿吹向我们，吹来了丁香花的香味。今天我发现，花儿在慢慢凋谢。

"不知道，我没见过。"兹拉塔一边给小玛拉纠正姿势，一边回答道。她在聊天时都要求小玛拉稳稳地握好弓，眼睛不能从靶子上移开。

坐在旁边长椅上的雅斯娜停下了打磨匕首的动作，开始倾听她们的谈话。我也侧耳倾听，但目光没有从手里的木块上抬起。它会被做成一个斧柄，以前的烂掉了。茵嘉姐姐把一块木头削成需要的形状，并且把它磨光了，让我在上面刻出符文和护符图案。

"我们以后会去那里吗？有座桥跨过那条河，那里有我们的女神。我们能遇到她吗？"艾卡接着问道。雅斯娜因为她孩子式的天真微微一笑。不过这有什么大惊小怪的……大概我们每个人都提过类似的问题，询问过找到女神的道路。

不过这些都是无稽之谈。而在一代代玛拉之间流传的手稿对此描述得更准确些。秒水河上可能确实有一座卡林诺夫桥[1]，但它

---

[1]　卡林诺夫桥——阳间和冥界之间的桥。据说其名称源自古俄语词"烧红"。意思是这座桥被火烧得通红。

并非连接着阳间和冥界。找到莫拉娜女神的道路只有一条——通过自己的死亡。而且谁又能走过被烧得通红的桥呢?

"没什么桥,艾卡。只有一个通往冥界的湖。"兹拉塔回答道,"射箭吧。"

小玛拉听从了命令。箭矢刺破空气,发出轻响,正中稻草人胸部。兹拉塔满意地点点头,让艾卡重复刚才的动作。她教艾卡如何快速开弓和对准目标,提醒她活尸不会像稻草人一样立着不动。

"那能通过这座湖到女神那儿吗?"艾卡还是出奇的固执。

我和雅斯娜相顾无言,开心的微笑久久没有从脸上消失。听别人苦口婆心地教导小玛拉很有意思,因为我们暂时还不用头疼这些。

"通过这座湖只能找到奥泽姆和苏梅拉。"兹拉塔双手叉腰,大声打断艾卡。但艾卡没有看她。小姑娘知道,只要不分心的话,就可以接着聊天,所以按着刚才的吩咐,两只眼睛只盯着靶子。

"事情真的是因为他们才开始的吗?"艾卡仍然没有放弃,"鬼物们真的是因为他们才出现的吗?"

雅斯娜扑哧一笑,但马上又在兹拉塔严肃的目光之下用拳头堵住嘴,咳嗽起来。我深深地低下头,更加用心地用锋利的刻刀雕刻着护符,免得让兹拉塔看到我脸上的笑容。

艾卡上课时已经听过这些传说。但她仍会提出很多问题,有些故事喜欢听上好多遍。我们一开始不明白她为什么这么做,但后来明白了,这只是孩子的好奇心作祟而已。鲁斯兰娜希望她这种劲头儿能很快过去,目前只有茵嘉和兹拉塔操心这事。

当雅斯娜抬起头,看到兹拉塔的湛蓝色眼睛中满是恳求的目光后，马上不再嘻嘻地笑了。现在轮到我快忍不住要哈哈大笑了。雅斯娜受不了别人哀求的目光，总会主动去帮忙。我摇摇头，吹去木屑。

"艾卡，过来，坐我旁边。"雅斯娜和往常一样，重重叹了一口气，很快就投降了。

小玛拉放下弓，顺从地坐到长椅上，和姐姐坐到一起。

"我给你讲个故事。你好好学习贝拉和兹拉塔的动作，不要分神。"

我听到自己的名字后，不满地看着雅斯娜，她则肆无忌惮地笑着，朝训练场点点头。

太好了，把我也扯了进来。

我放下还没完工的斧柄，站起身来，拿起了木剑。我本来没准备训练，所以一边叹气，一边整理着长裙的下摆：穿着它不太方便。

"很久以前，山这边和山那边的人们都能平静地生活。西边的土地更肥沃，用于耕种的平原更多，所以大部分人都迁居到了这边。而那边，山岭、茂密的森林后面有一些村庄，可能还有城市。"当我和兹拉塔面对面地站好后，雅斯娜开始了讲述——兹拉塔只比我小一岁，所以我不用让着她，也不用担心伤到她，"人们生活得无忧无虑。没有吸血鬼，没有恶魔，也没有隐身怪，甚至没有美人鱼。没有莫洛克，甚至没有玛拉。"

"怎么会没有玛拉？"艾卡困惑地叫了起来。雅斯娜温和地嘘了一声，小玛拉又把注意力转回到我和兹拉塔身上。

我起手一记挥砍，抢先发动了攻击，等兹拉塔挥剑挡开后，不等她回击，就闪到了一旁。靴子踩到了清新、嫩绿的草地上，青草气息变得更强烈了。穿着裙子的兹拉塔行动也不便利，没法迈出迅捷的大步。

"不需要玛拉，是因为人死后三条生命线都会断开；每个人直接去女神那里转生。但奥泽姆和苏梅拉看到人身上的金色生命线闪闪发亮，就想夺走它们。他们开始把生活在附近的活人拖到自己的王国里。但不管他们抽取了多少次生命线，想放进自己的宝库里都无法成功。不过冥王和冥后没有放弃。于是冥界的尸体堆得越来越高。但奥泽姆和苏梅拉并不总是扯断三根生命线，有时他们只抽取其中的一根或两根。如果人身上哪怕只剩下一根生命线时，会怎么样呢？"

"死人会站起来。"艾卡马上回答。

我和兹拉塔继续绕着圈子，寻找着对方的弱点，等待有利的进攻时机，但妹妹和我一样，也在认真听着雅斯娜讲故事。我故意退后，踩到一块小石头上，兹拉塔马上向前扑过来，想从侧面攻击。我举剑，把对手的剑挡到一边。妹妹箭步穿刺，而这正是我想要的。我没有后退，而是向前迈了一步。兹拉塔的剑从我身边刺过，差点儿刺中我的腹部。她瞪大了蓝眼睛，明白自己失误了，中了我的圈套。我抓住她的手腕，猛地一拧。她手中的剑落在地上，疼得弯下了腰。

"艾卡，为什么贝拉的招数对吸血鬼没用？"雅斯娜突然换了话题，想检查小玛拉是否在观察我们的对练。

"因为疼痛。兹拉塔能感到疼痛，吸血鬼不会。"小姑娘稍一思索就答了出来。

"正确。"雅斯娜满意地点点头,"你就是把吸血鬼的胳膊扭断都没多大用处。"

我则小心地放开兹拉塔,免得她手腕脱臼。兹拉塔抖着手,缓解着残余的疼痛,拿起训练剑,又站回位置上。

"当山那边出现湖泊后,水灌进了奥泽姆和苏梅拉的地下王国,而被大地震动惊扰的活尸们站了起来,来到了外面。"雅斯娜又讲了起来,"这一切发生在夏季,那时莫拉娜还没在大地上巡视,没有用白雪把森林和田野遮盖。因为活尸们是在山那边爬出来的,所以它们首先攻击的是临近村庄。人们不知道如何对付邪祟生物,很快就一败涂地了。他们成群地死去,大量腐烂的尸体把土地和河流都污染了。死亡像瘟疫一样向四面八方扩散。越来越多的活尸站了起来。由于人们死亡的原因不同,所以出现了各种邪祟生物。水里的尸体成了溺水鬼或美人鱼。公墓里的尸体变成了恶魔。在未被安葬的尸骨上号哭的灵魂变成了幽灵……"

兹拉塔因为败了一个回合,所以现在更加卖力,而且有些愤怒,我对此微微一笑。我被迫后退,挡开她不停的攻击。由于木剑不停地撞击,雅斯娜的几句话我没听到。

"污染沿着秽水河,从东方传到了西方。秋天结束后,那边已经再也没有活人了。于是闻到了热血味道的活尸也来到了西边。是莫拉娜救了大家。女神带着初冬的严寒来到大地上,被发生的惨剧震惊了。那些应该去她那儿的死灵仍在大地上徘徊,制造着死亡,提前结束了他人的生命。奥泽姆和苏梅拉很高兴,因为他们只需要死人。莫拉娜看到他们趁她不在时做出的勾当而震怒,惩罚了肇事者,然后选中了七个长得很像她的姑娘。"

"我们为什么要长得很像女神？"艾卡插了一句。

"因为奥泽姆和苏梅拉害怕莫拉娜，却分不清我们和莫拉娜。"我咧嘴一笑，高声答了一句，从兹拉塔的剑下躲开，"所以他们害怕玛拉，不知道站在他们面前的是莫拉娜还是她选中的普通人。"

我讲完后，幸运地及时蹲下，兹拉塔的剑从我头上刺过。但她打了我一个措手不及，踢中我的双腿，我猝不及防地脸部着地。

"贝拉说得对，不过不要学她犯的错，艾卡。要时刻盯紧对手的腿。"当雅斯娜看我翻身滚到一边，不让兹拉塔把武器搭到我喉咙上时，差点儿笑了起来，"女神选中了玛拉，让我们帮她清理这边土地上的邪祟生物，拯救那些还活着的凡人，安抚那些本不应该留在大地上的亡灵。莫拉娜还弄塌了部分山脉，遮住了山口，把已经沦陷的东部和西部分隔开来。我们这边的活尸数量少一些，但大地已经被污染了，所以它们现在成了我们生活的一部分。我们玛拉能做的事就是减少鬼物的数量，不让它们攻击活人。"

我看着自己被弄脏的衣服，决定以牙还牙，故意把兹拉塔击倒在地。兹拉塔看着萨拉凡上被绿草弄脏的地方，恼怒地用鼻子吸着气。

"奥泽姆和苏梅拉现在还很危险吗？"突如其来的风儿让我勉强分辨出了艾卡的问题。

"现在不了。"雅斯娜蛮有把握地说，"他们不会离开自己的地下宫殿。以前冥王和冥后只在冬季睡眠，认为人们无法穿过冰冻的土地找到他们的宝藏。但在莫拉娜大怒之后，他们再也不敢到地面上来了,怕再碰上她。"

"莫洛克也是怪物。但我们遇到他们以后为什么要躲开呢?他们也杀死其他鬼物啊。"

艾卡的问题让雅斯娜无言以对,沉默了一会儿。我趁着这个时间又和兹拉塔斗在一起。我们的战斗持续时间很长,让人疲惫。我呼吸沉重,黑色的发绺粘到了汗湿的脖子上。我决定结束对练,一连几个箭步,全力发动了几次攻击,直到把对手的剑击落,把剑尖指到了她的喉咙上。

兹拉塔和我一样费力地喘着气,意识到自己被打败了,停了一会儿,然后哼了一声,抬手把我的木剑从喉咙边推开。

"莫洛克是最危险也是最凶恶的人。"雅斯娜脸上带着嘲笑,看着我疲惫的样子和弄脏的衣服,解释着,"他们虽然是怪物,但也会杀死怪物同类。从这方面来讲,幽冥之仆甚至是对我们有利的,因为他们做着和我们一样的事情。而从另一方面来讲,我们也要听从老师们的教诲。我们虽然不清楚莫洛克面具后面是什么,但玛拉前辈们提醒过一件事:看到莫洛克之后要跑开。我们也是这么做的。"

"你们看到过某个莫洛克吗?"

"是的。"雅斯娜回答说。

兹拉塔的目光落在我身上,但我一脸平静,只是嘴巴闭得更紧了。

"他的面具怎么……"

"我们跑开了,艾卡。"雅斯娜用严厉的语气打断了她的新问题,"我们照着年长玛拉的吩咐去做了。你要记住这堂课。"

小玛拉发现了我们情绪的变化。谈话中的轻松感消失了，气氛变得有些紧张。艾卡感觉应该结束这个话题了。她嘟嘟哝哝地道了歉，说了声"明白了"，以后遇到莫洛克她就跑开。雅斯娜让女孩儿去厨房帮忙，我则又拿起了斧柄和刀子。手里的活计越多，就越能逃避回忆。

第六章

塞拉特王公和女儿要在我们这儿做客一周。以前空闲时会和我一起玩耍的哥哥现在每天哄着艾莉娅,我经常见不到他。他们开始还带我一起玩,后来就经常忘记等我,甚至忘记提醒我他们的计划。

保姆们看到我心情不好,每天都很委屈,都孜孜不倦地提醒我他们未来联姻的重要性。她们坚称,巴拉德刚一出生,巫师们就预言他和艾莉娅的联姻极其重要。他们将会改变一切,最终把两个北方公国统一成可以对抗南方邻国的强大王国。我哥哥的后代将传承他的王位,让我们的家族获得荣光。

我什么都知道。我总是听母亲说起这些,也看到了父亲骄傲的目光。但这些都只是说说而已,我心头一直真切地感到一种说不清、道不明的沉甸甸的不安。

我和巴拉德以前总是形影不离——保姆陪我的时间比哥哥要少。和其他人相比，他最会照顾我。我们哪怕是争吵和打闹都让我心情愉快。我没有其他朋友，也不需要其他朋友，在此以前我从未感到过孤独。

所以当母亲说艾莉娅公主会和她父亲提前离开时，我从内心里感到高兴，不过并没有表现出来。我知道自己的日常生活、与哥哥的玩耍将会回到我已经习惯的轨道上，所以恭顺地点着头，心里却在欢呼。

当客人们准备离开时，我从头到脚都感到轻松愉悦。我微笑着，没有掩饰。我没有操心他们为什么会在黄昏时刻出发，虽然客人通常是在早晨，当太阳照亮前途之后才会上路。我没有问妈妈，为什么王公和公主只带了几名护卫就上路了。我也毫不在意，为什么和他们一起来的客人有一半留在了我们庄园里。我甚至没有问巴拉德，为什么我们的客人都换了衣服，就好像站在我们面前的不是王公，而是带着女儿的小地主。

我很高兴他们能离开，根本没去探听父亲和拉多维德王公的谈话。没有琢磨为什么人们匆匆而别。像这样尊贵的客人，通常是所有人一起欢送，而这里只站着我们家的人和几个护卫。

第二天，我和哥哥在院子里玩耍，高兴了一整天。太阳已经相当灼热，保姆们让我们把织锦长袍换成了轻薄的衣服。鲜花盛开，鸟儿们一整天都在叽叽喳喳。晚上我心满意足、面带微笑地躺下，感到因为艾莉娅到来而造成的烦恼正离我而去。我几乎都没回想巴拉德送给她半月项链的事。那个项链更漂亮，是由真金和海珍珠制作的。

我被喊声和轰隆隆的响声吵醒,就好像我们家的房子裂成了碎片。木制房架倒塌的轰隆声和火焰燃烧的声音交织在一起。哀号声伴随着怒骂和惨叫声。我闻到了空气中的焦煳味,想喊叫其他人,但喉咙被恐惧攫住了。我浑身哆嗦,从床上爬了下来。

我和巴拉德几年前就分房睡了,卧室第一次让我感到了极端的恐惧。我在黑暗中摸索着衣服,直接在睡裙上套了一件长袍。我知道,现在虽然是春天,但晚上还很冷。

木地板被杂沓的脚步踏得不断颤抖,好像所有人早就醒了。我浑身颤抖,尽可能悄悄地走出房间,去寻找哥哥和父母。走廊里的浓烟更加呛人,叫喊声也更大了。我后背贴着墙,慢慢走向巴拉德的卧室。我的双脚勉强在挪动,但当一楼的喊声小了一点儿后,我沿着走廊飞奔起来。我冲进熟悉的房间,马上被什么东西绊到猛地摔倒,下巴撞到了地板上。

我没察觉伤口的疼痛和渗出的鲜血,只是胆怯地环视着一片狼藉的卧室。箱子被砸开了,椅子被摔坏了,被子扔到了地上,床上空无一人。橘色的光线从窗外照进来,在墙壁和天花板上跳动着。

"巴—拉—德。"我声音颤抖地叫着,猜测哥哥是不是藏到了床底或柜子里。

我弯腰看向昏暗的桌子下面。房间里被窗外火光照得相当明亮,所以我不会看错。哥哥不在这里。

地板上有个东西在闪亮,被地上的被子盖住了一半,吸引了我的注意力。我伸手想把它拾起来,手上却沾满了某种黏稠的东西。我还没明白自己在害怕什么，哭号声就从我喉咙里冲了出来。我缩回手，盯着鲜红的手掌，继续大哭着。鲜血顺着手掌流下，滴到了衣服上。我拼命想把血液抖下去，摆脱这种黏稠的感觉，神经质地甩着手。

"公主！"

我听到了熟悉的奥丽佳的声音，不再哭号，转头看向保姆，然后又开始抽泣。

"我们得出去，贝拉！"她头上没围平时的头巾，以往总是编成整齐的辫子并且盘在头上的淡褐色头发披散着。她脸上还有泥污和黑色的痕迹。

她抓住我的胳膊，把我拉起来，拽着我走到房间外面。奥丽佳只是看上去很平静，她的手指却抓得我的手腕生疼。她在走出房间前，紧张地倾听着，因为自己脚下地板发出的吱嘎声而神经质地抽搐着。

"巴—拉—德。"我一边抽噎，一边伤心地嘟哝着，提不出一个完整的问题。

"王子不在了，贝拉。"保姆的话里满是同情，但回答得直截了当，"得找到王公和你母亲。"

我没明白她的意思。我有哥哥，他怎么会不在了？

我来不及提出这个问题，也来不及站稳双脚，不让她拖着走。她怎么能这么说呢？！我有哥哥！

浓烟从一楼爬上来，向上升腾，升到天花板以后，沿着走廊蔓延。我不停地咳嗽着，奥丽佳几乎是拉着我跑下了楼梯。我勉强跟得上她的脚步，但仍在最后一个台阶上绊了一跤，之后奥丽佳把我抱了起来。我被抱高以后,不由自主地吸入了更多烟雾,又忍不住咳嗽起来,泪水也流了出来,几乎什么都看不到了。一楼要热得多,我被面前的熊熊大火吓得大哭起来。

奥丽佳跑过空旷的食堂,穿过门厅,径直冲向屋门。她推开了屋门。嘈杂的喊声和叫骂声、木头燃烧的爆裂声、武器撞击声和战马的嘶鸣声向我们迎面扑来。嘈杂声震耳欲聋,男人们喊叫着,下着命令,我却一句也听不懂。夜晚空气有些凉,刚开始让我觉得一阵轻松,但随后身上起了一层鸡皮疙瘩。大火是从四面八方烧起来的。我们的浴室、武器库,甚至马厩都在燃烧。有人把马匹放了出来,于是受惊的马儿在院子里乱跑,想躲开火焰和手持武器的人们。有人猛推奥丽佳,所以我们没能顺利走下楼梯,而是直接栽了下来。保姆放开抱着我的双臂,我尖叫着掉到了污泥里。漂亮的院子变成了烂泥塘。我们庄园的一堵木墙也在着火,被马蹄践踏得疏松的黑土和用来灭火的水掺和在了一起。

我抬起头,尖叫着从一具被砍掉了胳膊的尸体旁爬开。我转头看向奥丽佳,她正抱着摔断的腿在痛哭。她的腿骨露在外面,让我想呕吐。但保姆没能哭很久。一个男人举剑插入她的喉咙,她的哭声戛然而止。我一声也发不出来,也没法闭上眼,不去看眼前的惨剧,没法忘掉这一幕。

"公主在这里!"那个男人朝身后的某人喊了一声,"我们杀掉王子了,可以把她带回去了。"

"哪个公主?"另一个人一边杀死地上的人,一边问道。

"阿绍尔的,黑辫子的。塞拉特的还在找。"杀死奥丽佳的那个人一边回答,一边向我走过来。

第六章

057

他不是父亲的人，我不认识他。陌生人抓住我的长袍，想把我扛到肩上，但我双脚乱踢，冲着他的耳朵大叫。

"见鬼！差点儿聋了。"他骂了一句，又把我扔到了烂泥里，摸着被震得发疼的耳朵，检查是不是流血了。

我拼尽全力，一脚蹬在他膝盖上。他"哎呀"叫了一声，我趁机转身跑开。我绕过庄园左面，跑进了空旷的后院，但这里更糟糕。很多人在战斗，更多的人已经死了。一个男人想抓住一匹惊马，但被牲口踢了一脚，摔倒在地。之后被惊马踩到了身上，把他的骨头踩断了。我看到了这个人被踩裂的头骨，吓得喘不上气来。我大哭着，四面张望，寻找父母和哥哥。

有人揪住我的长袍，把我向后拉去，奇迹般地躲开了另一匹马的蹄子。我倒在燃烧的房梁上，头发被火点着了，大叫起来。那个男人用一块沾满泥的布料拍打着我的后背和肩膀。火苗烧到了我的长袍上，舔着我的后脖颈。我挣扎着，没有马上明白，那人是想拍灭我身上的火苗。

"贝拉！公主！你怎么没和你父亲在一起？！"他抓住我的肩膀，把我的脸转向他。

我想定下神来，但止不住全身颤抖，只能看着说话人，脸就像抽筋了一样。我被眼前的惨景吓得一句话也说不出。

这人的声音我听着耳熟。他不想杀我，我安静地站着，眼泪顺着脸颊流淌。

"你父亲在那边，公主。去锻炉那边！伊里亚！"他转头看向旁边，喊道，"带贝拉去王公那儿！"

"好的！"

但伊里亚没走两步,其他人就扑向了我们。男人猛推一把我的胸膛,我向后倒去,他则挡住一把砍向我脑袋的武器。

我像刚才那样,转身跑开。我想尽可能远离这一切。我记得那人刚才的话,跑向了锻炉方向,想躲在那里,等着事态平静下来。父亲就在那儿附近。

我不知绊到了什么东西上,又一跤摔倒在地。我紧张地转回头,看身后是否有人在追赶,然后低下头,这才看清了被什么绊倒了。我绕过了所有尸体,却没发现这一具,因为他太小了。

我的大声尖叫变成了哭喊。当我的声音变得嘶哑,察觉到了嘴里的鲜血后,哭喊又变成了哀号。我想把巴拉德翻转过来,但他背上的一把斧头碍着事。斧刃几乎全砍进了他的身体。我无声地哭泣着,执拗地把他的身体翻到了侧面。他身上的薄衬衫已经撕破,满身是血。哥哥不再呼吸,嘴唇一动不动。我晃动着巴拉德,他的脑袋在泥污中晃来晃去。我拼命叫他,喊他,但从他的喉咙里向嘴边流出了血沫儿。我抬起头,在战斗的人群中寻找着父亲。父亲正挥动长剑,先是杀死了一个人,然后杀死了第二个人。他张嘴下达着命令。院子里几棵倒下的白桦树正燃着大火,把我和他隔开。被大火点燃的树木倒在地上后继续燃烧着。

我站起身来,想跑向他,告诉他巴拉德的事,请父亲救他。但我刚迈出一步,就有人抓住了我的一只脚。我倒在旁边的一具尸体上,脑袋撞到了金属护甲,翻倒在水洼里。我的脸浸入浑浊的泥水中,所有声音都消失了。我觉得天旋地转,身体一动也不能动。我吸了一下鼻子,没吸进空气,却把污水吸进了肺里,一下子被呛住了。

第七章

我翻了个身，一下子从床上摔到了冰冷的地上。我肺里的空气被一下子挤了出来。我抓住床边，使劲拉了一把，但没有站起来，而是幸运地迅速爬到了木桶旁。我一直吐了好几分钟，直到彻底吐光了胃里剩余的昨天那点儿晚餐。胃在这之后仍在痉挛。

我知道那天晚上都发生了什么。许多人在两周后给我解释，给我讲了发生的事情。我那天晚上脑袋被撞了一下，没记住多少东西，现在脑子却把这一切都清晰地还给了我。

该死的美人鱼。都是因为那该死的美人鱼。真该杀死它。

我推开木桶，身子靠在墙上。皮肤上全是冷汗，睡衣被打湿了，头发粘到了脖子上。我试图均匀地呼吸，想平复心跳。心脏剧烈地跳动着，让我觉得整个胸腔都针刺般地疼痛。

我扶着床，双腿颤抖着站了起来，走到箱子边，在里面翻找着，把里面的东西甩得到处都是。

"荣耀归于女神。"

我从箱子底部拿出一个皮袋，从里面摸出放了好多年的药物后，大声舒了一口气。我解着袋子上的细绳，里面的几个玻璃小瓶叮当作响。这是掺了葡萄酒的安神药。剂量不大，只有催眠作用。

姐姐们让我在最难受的时候服用这个药物。最初我一周服用几次。接受培训后的第三年里每月只服用一次。而最近三年我一次都没喝过。

但我今天早晨要去趟森林。居民们抱怨说听到了呻吟声和号叫声，看来是有邪祟生物。我不能让自己状态糟糕，置姐妹们于危险当中。

我为自己愚蠢的借口而皱起了眉头。不管我说什么，实际上我只是担心躺下后又梦到那天晚上的事。我拧开小瓶，熟悉的药味马上冲入鼻孔。我犹豫了几秒钟，最后又琢磨了一次，能否不用服药，但想到答案以后，一口喝干了小瓶里的药水。

◈

"出什么事了？"当我早晨加入姐妹们的队伍时，雅斯娜劈头盖脸地问道。

今天是我、茵嘉和雅斯娜一起前往森林。三人中最年长的茵嘉瞪大灰色的眼睛，从头到脚打量着我，皱起了眉头。她看上去最多二十五岁，但实际上已经年近五十了。她是我们中唯一经常把头发剪到齐肩长度的姐妹,说长头发不方便。对于其他人说的任何一个脑子正常的姑娘或女人都不会自愿剪掉辫子的话,她只是笑笑。她说,这是因为普通姑娘不知道,当吸血鬼抓住发辫,想把它送到嘴里时,到底有多疼。

我叹了一口气,苦笑了一下。我知道,我身上的衣服干净整齐,头发梳得光溜顺滑,靴子刚擦过,小斧头和剑都妥妥当当地挂在腰带上。我一遍遍地检查过身上,在红色长袍上连一个斑点都没发现,但姐妹们仍通过某种方法看出了什么。

"你们怎么看出的?"

"你走过来时,满脸带笑。"雅斯娜的口气有些刻薄,"你一般不会一大早就这么笑的。"

"也可能是因为我心情不错呢。"我的口气也有些呛人。

"你涂了睫毛膏。"茵嘉回答说,"你服用安神药后总想掩饰发灰的眼白。对比之下眼白确实显得发亮,但我们很了解你。"

我郁闷地把掉到脸上的一缕头发吹开。

"你要喝了药剂的话,就承认吧。"茵嘉一脸严肃地加了一句。

"我喝了。"

雅斯娜不赞成用这种方法来逃避以往的经历,她张嘴刚要教训我,年长的茵嘉挥挥手制止了她。

"你是成年人了,贝拉。你手里剩下的是最后的药剂了。我们不会再给你配制安神药了。你得自己处理好这些麻烦。我不想看到,我的妹妹做事这么优秀,却被噩梦击败。你自身比那些回忆要强大,记住这一点,好吗?"

我知道安神药会让人上瘾,于是点点头。我有过一次抵抗服用这种药的经历。那次我几乎连续五天没有睡觉。无论我怎么做，都无法入睡。我不想再重复这种经历，希望昨晚的痛苦只是日常生活中的一个例外而已。

即使茵嘉在威胁我，但她很清楚，我已经结束了学业，可以自己配制安眠剂了。但我不会背着她们去配制的。信任是我们相互之间最重要的东西。姐妹们是我们的所有，我们没有其他家人，将来也不会有。

茵嘉赞许地笑笑，指了指已经备好的马匹。有人认为，玛拉们只骑白马，这并非事实。虽然有些王公赠送我们浅毛色的马匹，以示对女神的尊敬。实际上任何马匹都是重礼，也都是很有用的助力。茵嘉的马是棕红色的，雅斯娜骑的是匹灰色母马，我骑的则是一匹带斑点的灰色马。

我们上马出发，朝东南方向走去。很早之前附近出现了一个村庄。村民们把这个村庄称为"扎里奇"，但村里最多只有十来户人。是他们说树林里有奇怪的号叫声。

"妹妹，我知道干什么能让你高兴！"当我们不慌不忙地朝着那个村庄进发时，雅斯娜突然说了一句。

我狐疑地扯了下嘴角，听她说话时的快活口气，猜到她的想法不见得合我胃口。

"马上要过节了！我们怎么庆祝伊万诺夫节[1]？我们该好好休息一下了。"雅斯娜笑容满面，露出了洁白的牙齿。我从她眼睛里散发的光彩看出，她已经有了计划。

---

[1] 伊万诺夫节，也称伊万·库帕拉节，是东斯拉夫古老的传统节日，时间在俄历夏至日。

"我觉得是个不错的主意,贝拉。"

我猛地转头看向茵嘉,对她居然同意雅斯娜的主意感到惊讶。

"你们不是认真的吧?"我觉得自己快在马上坐不稳了,想再诚心地确认一下。

"还能怎么认真啊!你在神殿里待傻了。"

我听到这句话后,挑起了双眉。我今年初才满十九岁,之前我一直要遵守宵禁令。我只能在周围森林里散步,一个人不能去附近的任何村庄。像过科尔亚达节[1]或谢肉节[2]时她们才会带我去村里,但不是每次都带我。我只参加过两次伊万诺夫节的庆祝活动,因为这更多是年轻人和未婚者的节日。

小伙子和姑娘们从火堆上跳过,一起跳圆圈舞,给爱慕的年轻人送花环,挑选未来的妻子或丈夫,有些人则热衷于一夜情。

以前对我的管教很严格,现在年龄仅次于鲁斯兰娜的茵嘉差不多是在命令我离开神殿去……寻欢作乐。我眯缝着眼睛,等着她提出什么条件或任务之类的约束。茵嘉察觉到我凝视着她的目光,转过头笑了起来。她大概猜到了我心里的想法。

"贝拉,只是去开心一下。权当休息!我们都是这么做的。你多长时间没和其他人交往了?"

"不久前去过河边。"雅斯娜嘟哝着,但当我向她投去警告的一瞥后,她用拳头堵住嘴,咳嗽了两下。

---

[1] 斯拉夫民间节日,人们在一年的年底,在圣诞节后、第二年一月初庆祝这个节日,祭拜太阳,庆祝冬天即将结束,春天就要到来。
[2] 谢肉节是传统斯拉夫节日,又称送冬节,时间为二月底三月初,持续时间为一周。人们在这一周时间内吃象征太阳的薄饼,寓意欢送冬天、迎接春天。

"你什么时候去过村庄，贝拉？"茵嘉换了个问题，但语气有些重。

"谢肉节。"我有些不情愿地承认。

"谢肉节？！"

树上的几只鸟儿被叫声惊扰，展翅飞走了。

"三个月前？！"茵嘉不依不饶，我羞愧之下把头低得更沉了，明白自己确实很久没和别人见面了，如果不算和骨雕师的那次不幸邂逅，"在神殿里隐世不出，对哪个姐妹都不会有好处的，贝拉。和人们交往及愉悦对于精神世界的平衡极其重要。"

"就这么定了！"雅斯娜觉得已经逼得我再无退路，一下子兴奋起来。

"你们带着兹拉塔和米拉，我和鲁斯兰娜看着艾卡。"茵嘉根本没问我，只是冲雅斯娜说道。

但我也不想反对。我思考着，琢磨着，自己忽然也对修女般的生活感到恼火。我的生活不应该是这样的。我不想再执着于以往，我曾经向以往寻求慰藉，却被以往轻易抛弃。为什么我总执着于回忆？那些噩梦已经过去了，我的学习也已经结束了。我现在可以尝试开始全新的生活，重新获取一点儿自由，搞清自己喜欢什么。我们不是每天都和邪祟生物作战，该找点儿合我心意的事情了。米拉喜欢首饰加工，所以雅斯娜把我的半月项链交给她修理。鲁斯兰娜和茵嘉闲暇时喜欢读书或抄录美文保存。她们有机会就把新书和卷轴带回神殿。雅斯娜喜欢各种节庆。我有闲暇时间会雕刻木器，不过雕刻时不动脑筋，只是为了占住双手。

"太好了，我去！"我感到心情不错，一边朝姐妹们笑了一下，一边说道。而她们则面带惊疑地看着我，被我突然的转变搞得有点儿困惑。

"肯定会很开心的。怎么也是过节啊！"我又充满信心地点了几次头，但这更多的是对自己点头，想让这个念头能在意识里扎根。

我们走上大路后，加快了速度，放马奔跑。到村庄大约要走一天，但我们不用去村里，而是去扎里奇东北部的一个小树林里，所以路程更近些，单程需要半天时间。露水全被阳光蒸发了，晨雾在阳光下消散。我们跑过原野和桦树林，中间几次停下来小憩，让马儿能休息一下，还停下来吃了个简餐。

太阳将近天顶，絮软的白云高高地飘在蓝天上。我兴致勃勃地看着云彩变换成各种奇形怪状，感受着初夏的煦暖天气，舒服地眯起了眼睛。我用手摸着长袍袖子，想着是否要把它卷起来。长袍料子不厚，是夏天穿的。马儿奔跑时让人觉得凉爽，胳膊却因为袖子而有些热。

正午一小时后我们赶到了林边。我们在林带前停下，按以往习惯做着准备。

我们侧耳倾听。

我们等待着，捕捉着丛林中的声音和迹象。鸟儿在欢快地鸣叫，也就是说，林子里没有吸血鬼和恶魔。空气并不潮湿，我也不记得附近的几个深塘中出现过溺水鬼。空气中也没有死水的味道。美人鱼喜欢清澈的湖泊，最好是有河流汇入的湖泊。

"怨魂。"当我们同时听到如泣如诉的悲鸣时，茵嘉松了一口气说道。

我们都松了一口气,知道暂时没什么危险。怨魂是未被安葬的尸骨的亡灵。它们会号叫、哭泣、呻吟,让别人找到它们,把它们安葬。但如果时间拖得太长,亡灵会心生怨恨,变成幽灵。

"有好几个。"我一边下马,一边说道。

姐姐们和我一样继续倾听,想根据声音确定有几个怨魂。但悲伤的呻吟声伴着回声,从四面八方传过来,听不清楚。大概只有一个怨魂,但它的号叫声被树木反射,混淆了声音来源。

我们看到树木有被大风吹断过的迹象,决定不带马匹进入密林,而是把它们拴在了林边。

"我们分头行事。"雅斯娜提议,"我想在深夜之前回到神殿。如果我们分开走,能快点完事。"

茵嘉是我们里面最年长的。她花了一会儿时间,盘算了几个方案,最后点头同意。

"你们小心。如果遇到更危险的生物,不要轻易冒险。我们两小时后在这里碰头。"

我们谁都没有抽出武器,因为怨魂并不危险,但我还是检查了一下斧头的位置挂得是否合适,能否在必要时迅速抽出。

我和姐姐们朝着不同方向出发,进入了森林深处。等我听不到她们的脚步声以后,就停在了被风吹倒后,显得乱七八糟的细细的树干中间。这是一片混生林。夏天的树木枝叶茂密,什么都看不清。我的目光慢慢扫过周围,紧张地等待着。

等到刚一传来悲伤的号叫声,我马上朝那个方向走去,然而号叫声又停了下来,随后又响了起来,但已经稍稍离开了原地。号叫声时断时续,于是我意识到,这是回声在误导我,不禁骂了一句。我就好像在绕圈子，总也找不准方向。我恼怒地挤过一丛灌木，猛地看到一个人正背朝我蹲在地上，于是停下了脚步。他正忙着什么，没发现我走近。我抓住剑柄，屏住呼吸，仔细察看他是不是个活人。

怨魂的哀号声从那人身边响起，我低头看着不远处的尸骨。我松了一口气，把手从武器上拿开。

"我应该能猜到的，"我故意高声说道，"哪里有骨头，你就会去哪里。"

伊莱停下了手里的动作，后背和双肩绷紧，慢慢地扭头看我。

"玛——拉。"他龇着牙，喜笑颜开，就好像我们是相交莫逆的朋友。他的蓝眼睛从下到上打量着我，我则疑惑地扬起了眉毛。"今天你身上是干的。"

"今天你穿衣服了。"我用同样的口气回敬他，他呵呵一笑。

"我感觉你的话里有遗憾。"

"那只是因为你想听到它而已。"

伊莱无声地笑了，看起来很高兴。我则在两人绝对荒唐的致意中感到了莫名的享受，也不由自主地报以微笑。

我走过去，想看他在干什么。

"这是个怨魂。"他指着尸骨上方一个不大的发光灵魂，口气严肃地说道。

这个怨魂没有固定形状，就像随风摆动的光线，但从它下面的骨头来看，它生前不是人类，应该是一头驼鹿。动物怨魂不会变成恶毒的幽灵，但会一直号叫，直到有人找到它们的尸骨。动物在死后仍哀叫，死前肯定很痛苦。

"别害怕。它没有危险。"伊莱一边继续挖着坟墓,一边安慰我,"只要把尸骨埋起来一会儿,亡灵就会离开。"

我蹲在旁边,假装好奇地瞪大双眼。我目不转睛地盯着他的脸,脸上的表情就像许多待嫁的姑娘盯着年轻、强壮和漂亮的男人一样。

"就这么简单吗?"我假装兴奋地又问了一声。

"就这么简单。"

伊莱点点头,继续挖着坑。骨雕师过了一会儿才明白我的反应是假装的。他停下了手里的动作,当再次转头看我时,笑容变得有些不自然。

"不过你是玛拉,这一切都清楚。"

"我知道啊。"我的脸上露出得意的笑容,感到自己赢了这次交锋,虽然只是小胜。

"你一个人吗?"

"不是。姐妹们也在。"我从旁边拿起一根棍子,帮着他挖墓穴,"你在这儿做什么?"

"你一开头就猜对了。我来这儿找骨头。"

"狩猎吗?"

"不。就找这些骨头。"

我看着他手里的木棍,他正用棍梢儿指着不断哀鸣的灵魂下面的驼鹿骨骸。我马上意识到,他说的确实就是这些骨骸。

"有亡灵守着的骨骸对我来说最适合。如果用它来做护身符,能带来幸运和健康。防吸血鬼当然是不可能了,但咒语就不在话下了。我听到这座林子里的号叫声,就知道怨魂并不危险。"他耸耸肩，解释说。

"是的，只要不是人类尸骸上的亡灵。"我意识到他话里的意思，立刻打断了他的话，"光凭号叫声无法断定是什么尸骸。你有可能撞上幽灵，也有可能撞上吸血鬼。"

"这不没撞上吗？我不是第一次做这个。"

我听他这么平静地说着可能遇到的危险，不由惊讶地张开嘴又闭上了嘴。伊莱不再关注我，把尸骨放入挖好的坑里，开始小心地往里面撒土。我感到自己的怒火在升腾：他根本不把我的话当一回事。

"不是第一次？你只是个幸运的傻瓜而已！"

他停了下来，朝我抬起困惑的目光。当他脸上露出无辜受责的沮丧和委屈后，我差点儿说不出话来了。

"你的剑在哪里？"我控制住了自己的慌乱，一脸严肃地批评他。

"在马鞍上系着呢。"

"马鞍上？！你的马呢？"

"向南走大约十分钟的地方。但我有一把匕首。"他拍了下大腿，那里挂着一把武器。

我大声吸了一口气，努力压抑着没再训斥他。我稍微平静了一下，决定还是要告诉他，如果他想插手邪祟生物的事，应该了解哪些事情。

"很多村民来树林里，想看下活尸，结果丧生在吸血鬼或溺水鬼的爪下，随后自己也变成了鬼物。而我和姐妹们要冒着生命危险来处理这些麻烦！你刚才说的那些都是典型的蛮干思想，仅此而已！"

他听我说着，没有打断我，但表情变得更严肃了，目光也变得更阴沉了，我在和他相识后第一次感到了危险。我根本不了解伊莱。他什么谎都可能撒。我的心像弹簧一样被压得紧紧的，随时准备做出反应。如果需要的话，我会逃跑或自卫。我并不清楚这种感觉，因为人们从不会对玛拉造成威胁。任何凡人都不敢冒犯莫拉娜选中的人。

当他小心地抓住我不由自主地放在剑柄上的手时，我颤抖了一下。

"你认为我不尊重你们的付出，我很遗憾。"他的声音很悦耳，很温柔，说话时眼睛一眨不眨地盯着我的眼睛。

伊莱为了加强说服力，手指握紧了我的手掌。我仍然全身绷紧，紧张地吞咽着唾沫。我不知道自己想干什么：是抽出手，还是作为回应，也握住他的手。

"我下次一定会带剑的。"他做了保证，放开了我的手，不给我接着思考和做出决定的时间。

我的手悬在空中，不再感受到他的体温。就这样过了两秒钟，我才把手藏到长袍里。

"但你还会做这些事的？"

"虽然我的职业是骨雕师，但我不喜欢杀戮。所以我更希望找到尸体。"微笑又回到了他脸上。他继续掩埋尸骸。他做得很小心，就好像这个动物在它生前承受了太多痛苦，他不想给死后的它再增加痛苦。

我跪在地上，给他帮忙。我尊重他对陌生生命的那种敬畏，不过却不赞成他对自己生命的漫不经心。我们一声不吭地掩埋着驼鹿尸骸，观察着怨魂。它又哀号了一会儿，在空中转着圈儿，最后吐出了放松的叹息，就消失了。伊莱点点头，对刚才的劳动很满意，开始挖掘尸骸，想把它放进一个布口袋里。

我站起身，走遍四周，倾听着森林里的声音。我在寻找，是不是在某个地方仍有不得安宁的亡灵，但除了鸟语声，伊莱把骨头放进袋子里的"咔嗒"声和干树枝在我脚下发出的碎裂声，什么都听不到。我回到骨雕师身边，若有所思地看着他娴熟地收拾着生物骨骸。他站起身来，拍着手上和灰色长袍上的土。

任务完成了。我们两个都知道，又要分道扬镳了。我还要穿过森林，检查是否还有其他怨魂，然后回到姐姐们身边。

"我的马在北边。"当伊莱站在那儿局促地犹豫时，我说道。

他点点头，表示我猜到了他的问题。他的马在南边。

"玛拉们庆祝伊万诺夫节吗？"当我转头想先离开时，他急忙问道。

"有时吧。"我不置可否地回答。

"我今年会去道克尔的集市。如果能在那儿见到你，我会很高兴，玛拉。"他脸上的笑容是真诚的，没有开玩笑的成分。

"我不确信……"

"但你会考虑吗？"他打断我的话，明显不想听我说完。

我咬着腮帮子，感受到一种熟悉的，但此时此地却不合时宜的剧烈心跳。我一点儿也不喜欢因为渴望重逢而剧烈的心跳。

"我会考虑的。"我同意了。

伊莱听到我的回答后，把盛着收获物的袋子甩到肩上，转身想离开。

"只是路上别碰到我的姐姐们。"我提醒他,但这不是为了他,而是为了我自己。我相信雅斯娜会认出他,那她后续会盘问我一路的。

"否则的话?"

"其中一个会喜欢上你的。"我开了个玩笑。

"你说得对,这听起来有些可怕。"他吃惊地瞪大眼睛,装作被冻得哆嗦了一下,"幸运的是,跟你在一块儿很安全,因为你对我一点儿兴趣也没有。"

他说到最后时嘿嘿一笑,我故意一言不发,只是像他一样也嘿嘿一笑。伊莱向南方走去,回头看了我几次。我站在原地,就像一棵扎根在地的树木。等骨雕师从视野中消失后,我脸上的笑容也马上消失了。我一巴掌拍在自己脑门上,想让自己忘了这一切。

够了,忘了他吧。这种徒劳的感情是不会有任何结果的。

我晃了晃脑袋,好像这样能让自己信心更强一些,然后走向东北方——去检查森林。

我又花了一小时去搜寻,但没找到任何亡灵存在的痕迹。我是最后一个从森林里出来的。茵嘉和雅斯娜已经在马匹旁边等着我了。

"找到什么了吗?"雅斯娜问道。

"找到了一个怨魂,是驼鹿的骨骸。你们呢?"

"我找到了两个。都是人类骨骸,而且都是两周前死的,所以我们来得很及时。雅斯娜什么都没找到。她那个方向很干净。"茵嘉替她们两人做了回答。

我们解开马缰上了马,决定途中只稍稍休息一下,这样入夜前就能回到神殿了。现在是夏天,但夜里也是漆黑一团,我们不想让马匹在黑暗中伤了腿。

"雅斯娜,你伊万诺夫节准备去哪里?"我问姐姐。我们现在正匀速前进,还有机会聊天。

茵嘉和雅斯娜都不想掩饰她们惊讶的目光。

"看来林子里空气很清新,对贝拉有好处。她现在已经对庆祝活动不抵触了。"茵嘉微笑着对雅斯娜说道。

"大概是挖墓穴的事让她心情平和吧?"雅斯娜附和道。

"那明天应该给她一把锄头,派她去菜园里锄草。"茵嘉看起来很开心,雅斯娜则连连点头,几绺头发从乌黑的发辫中掉了出来。

我拼命忍着没有翻白眼儿。她们都清楚,我能听到她们谈话的。

"我想去北方的道克尔。一个小城市,但附近村庄的人都会去那个城市。"当挖苦话说完了以后,雅斯娜回答道,"如果你不想去北方,可以去西南方向。在扎里奇方向上有一个特里格拉德市。也是个小城市,但那里会有庆祝活动。公国居民有疆界,但对我们来说,去哪儿都无所谓。我喜欢去北方,不过知道你不太喜欢去那个方向。"

我随着姐姐说话的节奏点着头。雅斯娜确实最喜欢北方——她和我一样,都是从阿绍尔公国来的。她家在最西部的一个小村庄里。她很少谈及自己的父母,总说记不起来了。我只知道,她父亲是个渔夫,而雅斯娜在成为玛拉之前,还不会读书写字。

"所以你自己决定吧，贝拉。"姐姐的话打断了我的沉思，"我们一起去道克尔吗？"

不。

"好的。"脱口而出的却是相反的决定。我的两只胳膊因为舌头背叛了理智的声音而长满了鸡皮疙瘩。

"我是说不去。"我马上改口，而雅斯娜脸上刚浮现的笑容变成了若有所思的表情。

我把马缰攥得"咯咯"响，心脏因为激动而剧烈跳动着。我害怕做出错误决定。

但与此同时又害怕将来后悔。

"那我和……"

"好吧！"我下定了决心，"好的，我们一起去道克尔！"

雅斯娜默不作声地等了一会儿，大概是猜测我会不会再次改变主意，但我再也没有出声。我紧紧闭着嘴巴，不让自己再说出什么蠢话。

"太好了！那我们明天就出发前往道克尔。"雅斯娜做了最后决定，然后又把注意力放到面前的道路上，"另外还要去找趟盖文。"

第八章

　　按阿丽娜的说法，我是在庄园高墙下面的尸体堆里被找到的。我被找到时，身上有很多的瘀青和伤口，左耳后面有一道重伤，一个肩膀脱臼了，左手断了两个指头，神志也不是很清醒。从那天晚上开始，我不再讲话。

　　我醒来后第一周看什么东西都是重影，对别人的话也不做任何反应，所有事情几分钟以后就会忘掉。我一开始连母亲和父亲的声音都听不出来。

　　又过了一周。当我开始含含糊糊地说话，有意识地要起床，想走到哥哥身边时，人们给我从头到尾讲述了前后经过。我感觉，他们给我讲的就好像是臆想出来的事情，是不真实的经历，细节都是虚假的，就好像是白天做噩梦时梦到的。

阿绍尔王公的人死了一半。只有我和巴拉德保姆中的阿丽娜活了下来。王公宫殿有一半被烧得精光，庄园西边被烈火烧得一片漆黑。将近三分之一的马匹被杀死或偷走，其他马匹在之后的几天内在周围地区被捉到。

幸运的是，阿绍尔王公韦列斯特只是受了轻伤，很快就痊愈了。

阿绍尔王公夫人阿格娜受伤，并且因为伤口感染病倒了。

阿绍尔王子巴拉德死了。

阿绍尔公主贝列达头部受伤，再也不能讲话，甚至大概无法思考了。

我们家被生生摧毁了。

医生一连几个月忙着治疗我和母亲的伤，父亲在这段时间内重建了庄园和宫殿。我的骨头虽然接合得很缓慢，但伤口终究在愈合，而王公夫人却日渐虚弱，伤口仍在化脓。父亲把自己领地上摇摇欲坠的政权又抓回了手里。我偷听了大人们的谈话。虽然父亲的顾问们以为我听不懂他们的话，但我实际上借此了解了事件的前因后果。

许多话我确实听不懂，但我把听到的话都固执地记了下来，一遍遍重复，相信有一天我会明白每一句话的。我不能讲话，所以学会了多倾听。

当医生治好了我的身体和被划伤的喉咙以后，我仍不说话，有时一连几个小时一动不动。我就这么躺着，直到零乱的回忆不再纠缠我的大脑，不再折磨我。那天晚上的许多事我都记不起来了，但我记住的那些东西足以让我整晚失眠。

于是父亲给我找来了无数占卜师和巫师。他们一个接一个地来，却都手足无措。我仍不能说话，甚至当我努力讲话时，只能从喉咙里发出掺杂了哀号和模糊不清的类似讲话的声音。我口吐白沫，口水流到了下巴上，因为我无法控制舌头的动作。我从那时起只能吃流食——粥、汤或很软的水果。父亲每次看到我这样都满心恐惧，母亲则总是失声痛哭。所以我不再尝试讲话。

母亲的伤被治好了，感染却严重了。曾经十分美丽的母亲变得极度虚弱，老得厉害，皮肤变得干瘪，人也驼背了，走路时只能小步蹒跚，而且还要人搀扶。时间一个月又一个月地过去了，失去爱子巴拉德的痛苦摧毁了她的身体。

冬天来了，她的健康每况愈下，在我过完第七个生日一个月后死了。只剩下了我和父亲，但我在他看向我的沉默、无助的目光中，看到了冷漠和绝望。

人们不再让我去见客人，也不让我进城。他们不再给我治疗这未知的疾病，父亲眼里再也没有那个心爱的女儿，也放弃了希望。他逃避了现实，于是我在自己度过的第九个冬天时明白了，对于韦列斯特王公来说，阿绍尔公主贝列达在儿子巴拉德遇害那天，也死了。

他仍然关心我，给我食物和容身之所。他有时会和我聊天，了解我的情况怎么样，甚至继续请老师，给我讲授王公女儿应该学习的课程。但我一句话也不说，老师们只能摊开双手，一个个离开了我家。

只有从小就了解我的阿丽娜一如既往地对待我，就好像什么都没发生一样，就好像我的脸颊没有变得干枯消瘦，绿色眼睛下面没有漆黑的眼圈，我的长可及腰的黑发没有蓬乱得像干草。当所有人都把我看成傻子时，只有她继续给我梳头，给我打扮、洗澡，给我穿上各种漂亮的衣服。

我以前听过的关于莫洛克、幽冥、奥泽姆、苏梅拉、吸血鬼和恶魔的恐怖故事再也不会让我害怕了。我淡漠平静地听着那些以前让我怕得躲到被子里的故事，我的冷漠让阿丽娜害怕。

如果我脑子里满是各种惨状的尸体，那遥远森林里的鬼物又怎么能吓到我呢？

父亲重建了卫队和宫殿，雇用了新人，扩大了自己的影响力。人们在听说韦列斯特王公被袭击，家庭被摧毁，身边一半的人被杀死，但他又夺回了政权后，变得更加敬畏他。

我偷偷听人们说起，那些南方公国更加担心我父亲了。我每月都能看到越来越多的陌生人来到我家。那些人不认识我，也不想认识我，只是把我看成以往惨剧留下的幽灵。是当所有幽灵都已离去，那个仍不甘心离开的幽灵。

在我十岁生日后的那年春天，当我坐在哥哥和母亲的坟墓旁时，又不幸听到了新的消息。我经常去那里，一边坐着，一边用刀子把树枝上尖利的枝杈削去。我自己都不知道为什么要这么做，但这样能让我心平气和。我坐在巴拉德墓旁，仍想说话，事无巨细地向他讲述着我每天单调的生活，向他抱怨想到的一切。每个句子在我脑子里时听起来都很漂亮，很有道理，但实际说出来时只是惯常的那种模糊不清的呓语。我用袖子擦着口水，一点儿也不害羞，相信如果哥哥看到的话，他也会理解我，不会批评我的。

那天，巴拉德应该年满十四岁了。当那天阿丽娜又一次在哥哥坟墓旁找到我时，第一次痛哭失声，生了气。她冲我大喊，骂我根本不想恢复健康，只是抱着已经失去的东西不放。她在绝望中提到，这个坟几乎是空的，里面连骨骸都没有，因为受惊的马匹和无数人的践踏摧毁了巴拉德弱小的身体，人们无法在宫殿院子里的污泥和被倒下的树木烧焦的尸体中找到他。他的骨头很快就在烈火中烧完了，在人们来不及收集骨灰之前，就被风全部吹走了。

我理解了保姆的话之后，满心恐惧，多年来第一次拼命恸哭、号叫。我觉得，从那天开始，我真的再也没有值得留恋的东西了。我第一次明白了，我双手空空，一无所有。

当我与其说听到，倒不如说是感觉到笼罩着王公宫殿的那种不同寻常的寂静后，我停下了拿着刀子的手的动作。在这个天气晴朗的秋日里，寂静慢慢地包裹住每一个人，就像传染病一样，从一个人传递到另一个人身上，直到所有人都闭住嘴，放下了手里的活计，转头看向大门口。

我坐在那棵树冠巨大的橡树下，那是我和哥哥童年时最喜欢的树。所有叶子都已变黄，像金雨一样从天空撒落。我把刚削出了一个完美尖头的桦树枝放在一边，抬起了目光。我看着大门口的卫兵们忙乱起来，手忙脚乱地推开了宫殿大门。当身穿鲜红披风的玛拉们走进院子时，王宫里的人们交头接耳，"哎呀"连声。

她们一行六人，穿得几乎一模一样，脸庞出奇的漂亮、年轻。只有最年长的那个例外。看样子她至少四十岁。她左边的脸颊上有一条从颧骨延伸到下巴的长长伤疤，但她垂下的黑发像整齐的波浪一样卷曲，让她的形象柔和了一些。而脸上一直带着谦恭的微笑，让她的目光里透着暖意。

她们没向任何人提问，就好像被一根无形的线牵着，迈着均匀的步子朝我走来。她们的出现没有让我惊讶，更没有让我害怕，我不错眼地看着那些在她们面前虔诚低语并小声的祈祷之后躬身退开的人们。刀子从我手里落下，我笨拙地站起来，倚在橡树上。

阿丽娜从刚建好的马厩的方向跑来。她是唯一跑过来抱着我，想要保护我的人。但我们都知道，这根本无济于事。我多年来第一次向忠诚的保姆微笑，让她宽心，感激地握住了她满是老茧的手掌，小心地从她怀里挣脱出，朝玛拉们走了一步。

我今年十岁半，比巴拉德被莫拉娜取走灵魂时还要大一些，所以我毫不惊讶，玛拉们会来王公宫殿里带走最后一个幽灵——我。

我要走了，要永远离开家园，得收拾行李了，但我只检查了一下哥哥送给我的挂在脖子上的半月项链。我对其他东西不感兴趣。

父亲来到了院子里。我在女神的仆从们面前站直了身子，紧闭双唇，一声不吭，不想因为徒劳地想要发出正确的声音而表现出丑陋画面，因而给王公丢脸。

玛拉们在我前面五米远的地方站成了一条线。剩下的道路我要自己走完。

王公吩咐给客人们准备路上吃的干粮，命令给我牵来最好的马，拿来贵重的长袍和温暖的手套，把最好的衣服放进包里。这是他多年来第一次拥抱我，茫然地抚摸着我的头发，眼睛不只是在看我，而且是真正看到了我。但我没有欺骗自己，知道他这是在和我告别。他的那双和我一模一样的绿眼睛里露出的是放松的眼神，忧伤而又无可奈何。我是最后一个让他想起他曾经失败过的家人。无论别人怎么说，他虽然夺回了公国，却失去了家人。韦列斯特王公还很年轻，还可以结婚，生下新的继承人。这个念头狠狠抽在我心头，就像一个耳光猛地抽在我脸上，我从他的怀里挣脱出来。

父亲最后一次把手放在我肩膀上，握紧了手指抓着我。我有一刻相信，他想留下我，想出声反对或做点什么，但又过了一刻，他的手放松了，放开了我。

"她不能说话。"他向玛拉们说道，而玛拉们从我身上收回目光，就好像直到现在才发现旁边站着的王公。

"她叫什么名字？"最年长的玛拉柔声问道。

风儿把玛拉的长发拂过肩膀，她脸上的伤疤更显眼了。但她对自己脸上的缺陷没有一丝羞怯，甚至好像不记得这伤疤，也不想用头发去遮盖它。

"贝列达，是我女儿，也是阿绍尔的公主。"

"公主？"另一个玛拉有些慌张地重复着，她们小声地交谈着。

我耐心等待着，握紧了挂在脖子上的银色半月。

"我不能搬家，不能离开公国。"父亲的语气很坚决，玛拉们不再交谈，转头看他。

"这是个特殊情况,王公。"年长的玛拉说得很坦诚,"我相信贝列达是个聪明的小姑娘。"她迅速瞥了我一眼,朝我笑了笑,很真诚,但带着遗憾,甚至有些同情。"但你要记住,贝列达现在是我们中的一员,你不能再接纳她。"

王公同意了,知道把我藏起来会有什么后果。这也意味着,我家的大门永远对我关闭了。如果我从玛拉那儿逃走,去寻找藏身之处的话,谁都不会接纳我。

我无家可归了。

我继续默不作声,知道这不是在提问题或有意设置的条件——这是无可争议的事实。另一个玛拉走近我,朝我伸出一只手。

"我叫雅斯娜,好多年来都是年纪最小的玛拉。"她这样介绍自己。

她悦耳的嗓音和真诚的目光让我着迷,我握住了她的手掌,于是姑娘笑得更灿烂了,拉着我走向玛拉们。

"她从小就不能说话吗?"年长的玛拉又向父亲问道。

"不,只是最近三年。这是……因为受伤。"

"受伤。"她会意地点点头,然后聚精会神地看着我,"贝列达现在是我们中的一员,我们会照顾她的,王公。"

阿丽娜是唯一低声啜泣的人。胡子剃得干干净净的父亲紧闭着嘴唇,恭恭敬敬地和玛拉们道别。王公宫殿里的所有人都向死亡女神的侍从们鞠躬致敬。男人们抓下头上的帽子,深深地弯下腰,直到玛拉们走出门口。

一个玛拉抓着刚被牵来的马匹的缰绳。马儿鞍袋里放满了我路上要用的东西和食物。我脱下了被泥土和枯叶弄脏的家常灰色长袍，穿上了更贵重的，装饰着黑色和金色立体绣纹的红色长袍。雅斯娜帮我把头发从长袍里抽出来，摸着我的脸安慰我，领我走向门口。

我一开始走得脚步轻健，就好像一直准备迎接这一刻的到来，但我越走近门口，离父亲越远，脚下就越迟疑，感到自己越来越犹豫不决。雅斯娜察觉到了我的迟疑，但她没有拉我，而是跟着我调整了步伐。

我没有忍住，在离门口几步远的地方回了头。父亲还站在那个地方，一动不动。但我马上转回了头，不想让他看到我眼里的泪水，也不想让他知道，我看到了他目光中的哀愁。我们两个又一次明白了，虽然他是王公，但无力对抗众神的意旨。

塞拉特公国境内广为流传的一个古老的警世故事里有一段话：

秽水河静静流淌，
别犯傻，不要前往。
山后是平安静谧的天穹，
森林听上去默默无声。
但那里没有生命，
只有死寂在回应。

平静水面下有条小路，
不用害怕，你不会沉入。
然而无论谁曾来过，
都会被冥王伸手捉住，
或者消失在黑暗中，
年复一年总是重复。

它们不畏饥饿，不会犯错，
只有莫拉娜让它们惊惧失措。
冬天的严寒将入口阻拦，
春天的童话如蜜甘甜。
那些贪心金银的众生，
付出的代价是生命。

玛拉基·佐托夫
《玛拉和莫洛克轶事》

第九章

　　按茵嘉的意思，我和雅斯娜邀请米拉和兹拉塔一起去参加夏至日的庆祝活动。我们在路上花了两天时间，在计划好的日子里来到了道克尔——塞拉特公国的一个不大的城市。雅斯娜说得对，小城里的人多得出奇，就好像邻近村庄的居民都赶来了这里，不光是为了消遣，还要在集市上做生意。在这种活动上，总有机会好好赚上一笔。

　　我们穿着玛拉的衣服进了城，没有掩饰头发的颜色和红色的衣服，所以当我们赶往住所时，看到我们的人有的"哎呀"连声，有的大声叫唤，都恭敬地致意。米拉是我们三人中最年长的，熟悉很多城市，所以我们都信赖地让她选择旅舍。

　　我们想支付住宿费用，还有食物和照料马匹的费用，但旅舍主人为了让我们拿回银币，就差跪在地上了。无论我们如何争取，总会是这种情况。很少有普通人收取玛拉的报酬。我们这次也没坚持：节日期间的顾客和买主很多。

街上飞舞着杨絮。我们在当天剩下的时间里在城内游玩，观赏装饰着彩带的白桦树。小伙子们穿上了装饰着红色花纹的白色斜领衫或贵重长袍，靴子擦得锃亮，姑娘们穿上了萨拉凡或颜色靓丽的连衣裙，给自己编了节日花环。她们今晚会把这些花环送给自己的未婚夫或用花环做占卜。有人会把它丢进火堆烧掉，也有人把它扔进河里。

我们糊里糊涂地走到了集市上。几乎每个摊主都想取悦女神，把自己的商品奉献给我们。有人给我们捧来烤得焦黄的馅饼，有人则献出了从他们的菜园里采来的新鲜草莓，还有人请我们品尝他们酿的格瓦斯或给我们起劲儿地推荐着莫尔斯果汁。他们的奉献都诚心敬意，为了不让摊主们觉得受了冷落，我们只能每样都尝了一点儿，但马上因为胃里装满了各种食物而让我们再也无法下咽。在场的人们都饶有兴趣地看着我们的一举一动，我们很难装作对此毫无察觉。

当雅斯娜看到兹拉塔拼命婉拒一只献给女神的活鸡时，笑了起来。我们看着这尴尬的局面，等了两分钟后，才去给妹妹解围。

"你们拿上了我请你们带的东西吗？"等我们回到旅舍后，雅斯娜问道。

她问我和兹拉塔，米拉明显已经知道了雅斯娜的想法。我和兹拉塔都比她年轻。我们面面相觑，确信都被蒙在鼓里了。

"你只是莫名其妙地让我们带上一些不是红色的衣服？"我

想再确认一下。

"是的。如果带了,那就换上吧。"

米拉带着兹拉塔离开了,她们住另一个房间。我和雅斯娜住在她们对面。房间很小,床铺也很普通,但收拾得很整齐,给我们铺的卧具也是最干净的。房间里有一面不大的镜子,让雅斯娜很开心。

按着姐姐的吩咐,我带上了一件白色衬衫和浅绿色萨拉凡,上面装饰着金色刺绣和白色花边。裙子下摆垂到了膝盖上,露出了浅色的小靴子。腰部系了腰带,免得衣服因为肥大而晃动。

雅斯娜给自己挑的是一件浅色的衬衫和萨拉凡,上面装饰着带罕见红色花纹的花边,还有一双红色的精制羊皮小靴子。

"你适合穿绿色,和眼睛很相配。"姐姐一边梳着长发,一边冲我微笑。

"我们为什么要穿这些衣服?"

"我们今天不是玛拉。"她随口答道,但当她看到我困惑的目光后,接着说道,"我们经常这么做,贝拉。我们在节日上会装作普通人,特别是在谁都不愿想起冬天的夏至节时。集市上的人时刻在关注你,难道没让你觉得疲惫吗?"

我的手慢慢拂过裙子,回忆着上次穿这件衣服是在多久之前。这件萨拉凡不是我买的,而是当我给一个富商妻子找回了她在森林中迷路的女儿后,她送给我的。那位妇人为了表达谢意,请我收下这件衣服,并且说了和雅斯娜一模一样的话。这件衣服和我眼睛的颜色很相配。

我无法反驳姐姐的话,被人时刻关注确实很累。

"你也知道,贝拉,伊万诺夫节是年轻人的节日。你觉得会有很多小伙子胆敢走到玛拉面前,想和她认识吗?"雅斯娜说着,把梳子递给了我。

我拿过梳子,开始梳理头发。问题的答案是显而易见的。

"应该没人吧。"

"对。"姐姐一边赞同地说道,一边给自己编了几条小辫子,然后用金色珠子和丝线把辫子绑了起来,"所以今天就让大家都开开心心的,我们也和他们一起开心。贝拉,我们今天也过节,所以不要委屈自己。要不要我给你的辫子扎个红丝带[1]?"

我大声哼了一声。

"我可不想找未婚夫。"

"但这样能让更多人关注你。"姐姐笑着挖苦我。

"给你自己扎吧!"我发起火来,但嘴角的微笑却出卖了我。一想到马上就要开始的节日气氛,心情自己就好了起来。

"我不用丝带也能找到男伴儿。"她厚颜无耻地回答,但我毫不怀疑她说的话。

不管怎么样,她和米拉是我们当中年龄比较大的,知道怎么和年轻人打交道。兹拉塔是第二次在神殿之外庆祝伊万诺夫节,而我除了那次被蜜酒搅黄的失败经历外,没有任何经验。

我们四人在落日余晖下走进了喧嚣的街道。房子都装饰成了红色,看起来比白天更鲜艳。这是一年中白天时间最长的一天。窗户玻璃反射着夕阳,闪闪发光。风儿拂动树上各种颜色的彩带,空气中有食物的香味扑鼻而来。夏日夜空中万里无云,我们

---

[1] 古代俄罗斯妇女扎辫子有一定的规矩。未出嫁的女孩儿一般只扎一条辫子,如果再扎上丝带的话,表示女孩已经到了出嫁的年龄。

朝东方走去。那里在靠近河边的地方将是庆祝活动的主会场，有篝火和年轻人喜欢的音乐。成年人留在了城里，他们会在朋友家里、酒馆里或在户外休闲作乐。

兹拉塔穿着一条迷人的白色裙子，和雅斯娜身上的几乎一模一样。当几个小伙子目不转睛地盯着妹妹时，她有些不好意思。我们四人当中，她是唯一在辫子上系了一条丝带的。米拉穿的是一件装饰着银色图案的淡蓝色萨拉凡，头上的发箍缀着小铃铛。

我下意识地抚摸着半月项链。我贴身穿的是一件大领口衬衫，没法像往常一样把它藏在衣服里面。

我们还没找到庆祝场地，就听到了夹杂着音乐的欢笑声。我们远远地就能看到大大小小的篝火堆发出光亮，节日开始前的兴奋感染了我们所有人。我和姐妹们都露出了笑容，加快了脚步。我们能闻到空气中弥漫的馅饼和蜜酒的香味儿。我这么多年来第一次不再纠结于自己的命运，而对一直折磨我的噩梦的回忆也像被火焰抛到空中的火花一样消失了。

我们刚走到一片林间空地上，一阵阵喧闹声、大喊声和不断的欢笑声就扑面而来。嘈杂声和在古斯里琴[1]、多姆拉琴[2]伴奏下的节奏分明的歌声掺杂在一起。勺形响板[3]和小鼓打着节奏，让

---

[1] 斯拉夫传统民间乐器，没有固定的形制，琴弦数也没有一定之规，有共鸣箱，声音类似于扬琴、琵琶或古筝的音色。
[2] 多姆拉琴为带半球形琴身的弦乐器，通常有三根或四根弦。——作者注
[3] 斯拉夫传统乐器，与普通的木勺在形状上没有区别，由硬木制成，手柄较长。1套勺形响板可包括2～4个中等尺寸的木勺和1个较大的木勺，通过打击产生乐声。另外乐器名称与日常用的勺子是同一个词，所以普通人听到这种乐器的名称以后会感觉有些滑稽。

人觉得就连橘红色的火苗都在配合着节奏跳动。

几个小伙子和姑娘朝我们跑来。他们一点儿也不害羞,也不害怕我们,什么都没问,直接把花环戴到了我们头上。如果我们穿着红色衣服,就没人敢靠近我们了。一个姑娘感觉我的头发很软,甚至还惊奇地摸了一下。他们爆发出一阵开心的笑声,然后跑开了。

我环顾在场的人——所有人都戴着花环。我把头上的花环摘下来,猜到事情没这么简单。我打量着手里用细桦树枝和绿草、鲜花编织起来的花环。

"当然,里面有苦艾。"我呵呵一笑,漫不经心地把花环戴回头上。

"聪明。"米拉表示赞同。

"他们好像给所有人都戴上了花环,免得让美人鱼混进庆祝人群。"雅斯娜的下巴朝正给另一群刚到的人分发花环的年轻人指了一下。

"做得对。"米拉连声称赞。"周围有水,组织这种庆祝活动不无危险。"

"美人鱼会在这种活动上把人拖下水吗?"兹拉塔问道。

"会的,但只有被彻底激怒时才会这样。它们更多的是发发脾气,跑出来把火堆踩灭,向人们泼水,把人赶走,只是破坏大家的情绪而已。"

"我希望他们不会走极端,不会把苦艾汁加到酒里面。"雅斯娜环顾四周,突然喃喃自语。

"为什么?"兹拉塔和姐姐一样四下张望,"苦艾对身体没有害处啊。"

"没有害处,但有点儿苦。"雅斯娜双臂抱胸,皱起了眉头,"有次在亚拉特有人想出了这个主意。结果所有的节日饮料全被糟蹋了。"

"你还没尝过加了荨麻茶[1]的格瓦斯呢,所以你应该感到幸运,妹妹。"米拉笑着回应她。

"难道有人会觉得你是女妖吗?"雅斯娜把一只手放到胸前,假装怀疑地"哎呀"了一声,"虽然乍一看有可能猜错的。"

当米拉想用胳膊肘去推雅斯娜的肋部时,雅斯娜笑着跑开了。姐姐总时不时地拿米拉苍白的脸色开玩笑。她的皮肤白得出奇,哪怕是夏天都不会晒黑,无论晒多久。

我们分头行动,决定今天开心地玩一下,彻底忘掉日常的琐碎事情。雅斯娜十分卖力地怂恿我,说在黎明之前不能回旅舍。

我一个人徘徊在人群中,有几次停在了小篝火堆旁,看着年轻人跳过火堆。一个姑娘送给我一个白菜馅小馅饼,我道谢之后吃了。然后一个年轻人想拉我去跳圆圈舞。他长得招人喜欢,态度也很热情,但我还没玩够,不想跳舞,所以难为情地拒绝了。

我有次在人群中看到了兹拉塔,一伙同龄人正围着她,在问她什么事情。他们聊得很愉快,有时会爆发出大笑声。我看到了雅斯娜和米拉在一起:她们微笑着,给我指了指那些任人品尝的蜜酒,看来这次的蜜酒符合她们的口味。

黄昏变成了夜晚,让人觉得黑暗把整个世界都包裹了起来,

---

[1] 在斯拉夫传说中,荨麻可以驱赶邪祟生物和恶人。

只剩下窄河旁边的林间空地和树林里还有光亮。树林四周插着几排火把,这是为大家做游戏准备的。燃烧的火把向黑夜攫取了更多的明亮空间。我朝传来音乐声的一个火堆走去。一个小木房对面的几把椅子上坐着几名乐师。几个姑娘站在旁边,一边齐声唱歌,一边随着音乐节拍轻轻摇摆。有人和我一样,静静地欣赏着他们的表演,有人则围着火堆跳起了舞。

我看见了伊莱,一下子愣住了。当我发现他坐在乐师中间时,我掩饰不住自己的惊讶。他坐在一个矮凳上,正用鼓槌打着节拍。他的乐器很普通,只是个圆圆的框架,一边蒙了皮。乐师中有人在演奏铃鼓,但伊莱给旋律增添了一种低沉的音调,让旋律变得更忧郁、丰满。他演奏的单皮鼓的敲击声变成震颤传入了地下。骨雕师正醉心于旋律,看着地面的某个地方,随着音乐节拍轻轻摇着头。

伊莱抬起眼睛,好像只用一瞬间就在人群里找到了我。他游移不定的目光扫过我的萨拉凡下摆,然后扫向大腿。当我单手叉腰时,目光又扫过我的腰部。他的目光扫到了我的胸部,让我有一种被触摸的感觉,在那里多停了几个心跳的时间之后,又移到了我的脸上。他的目光仍然有些忧郁,眼睛虽被篝火照亮,但比实际上更深沉。伊莱没有微笑,甚至没有眨眼。于是我认为,他还沉浸在自己的世界里,对我视而不见。我故意向旁边走了两步,但他的眼睛跟着我转了过来,于是我想再试他一下,走到了另一边。

骨雕师的嘴角露出了开心的笑容,因为他明白,我比他还仔细地观察着他的反应。音乐节拍变快了,合唱声变大了,几名男乐师也跟着唱了起来。我的心跳随着伊莱的单皮鼓的节拍加快了,就好像被这个乐器控制了一样。

年轻人穿着黑裤子和深色衬衫,外面披着一件深灰色的夏季长袍。他头部右边的褐色头发编成了几个小辫子,装饰着几颗骨珠。

我用下巴指了指他手里的鼓,没指望伊莱能明白我无声的问题。但他龇着牙,露出了更加放肆的笑容,骄傲地坐直了身子,挑衅地抬起了下巴。我翻了个白眼儿,结果让他更得意了。

"妹妹,难道有人看上你了?"雅斯娜几乎把身子全压在我后背上,一只胳膊搭在我肩上。

我的脸一下子红了。我感觉自己被抓了个现行,但希望在篝火的映照下不会太显眼。我转脸看她,但雅斯娜眯起了眼睛,仔细打量着伊莱。

"这是那个骨雕师啊。"她脸上露出甜得发腻的笑容,冲我耳边低声说道,"真幸运啊,贝拉。"

我差点儿说出在这场邂逅中没有任何偶然的成分,还好及时聪明地闭上了嘴。

"确实啊。"我低声说道。

"但我感觉并不是只有你喜欢骨雕师啊,妹妹,别被骗了啊。"兴奋劲儿从她脸上消失了。她在离开我去开心之前,稍微用力地捏了一下我的肩膀。

我转头看向伊莱,发现刚才围着火堆赤脚跳舞的姑娘们正跑向乐师们。其中一个姑娘抚摸着骨雕师的头发,另一个胆大地低下头,把他的头转向了自己。她吻向他的双唇,而伊莱没有躲闪,仍在演奏,对着陌生姑娘的双唇微笑着。这个吻时间很短,很多观众一边鼓掌加油,一边笑着,喊着。有些人叫了伊莱的名字,已经打赌他到早晨能收获多少个花环和姑娘的吻。

　　姑娘直起身来,当伊莱天蓝色的眼睛看向她时,她抚摸着伊莱的脸颊。然后陌生姑娘离开了,去把自己的吻送给另一个喜欢的乐师。当一个金色卷发姑娘把伊莱的头扭到另一边后,他的鼓点没有一丝错乱。这是一个深吻,贪婪而又太过暧昧。人群中爆发出一阵加油的欢呼声,这声音像冰水一样浇了我一身。

　　我转回身,在歌声结束前离开了。

　　我开始遗憾没和姐妹们一起去特里格拉德。

第十章

"贝列达,我叫希尔维娅。"最年长的玛拉介绍了自己,我则吃惊地瞪大双眼,因为几乎所有人都知道著名的希尔维娅。

关于她如何战胜了两个恶魔的事迹就像童话故事一样广为流传。我本以为这事发生在很久、很久以前,希尔维娅也早已不在人世。我再次打量着站在我面前的妇人,目光不由自主地停在了她脸上的陈年伤疤上。我张开嘴,但想起自己的缺陷,又闭上了嘴,没有发出声音。

"是的,她就是那个希尔维亚。"雅斯娜猜到了我的想法,仍抱着我的肩膀,提醒我,"你虽然说不出来,但我知道,你有点儿害羞。我刚认识她时比你还吃惊。而且我们一半的人在成为玛拉时,都以为她已经死了。"

"我可没那么容易被杀死。"希尔维娅一边走向拴着的马匹,一边精神饱满地反驳。

大门在我身后关上了,发出的声音很轻,但我仍然全身哆嗦了一下,猛地转回头。我有种奇特的感觉:我就好像和东西一起从家里被扔了出来。雅斯娜把我抱得更紧了,又让我朝新姐妹们转过身。

"她已经一百多岁了!你能想象吗,贝列达?"女孩儿大声说了一句,吸引了我的注意力,于是我又睁大眼睛看向希尔维娅。

"一百三十一岁,如果说得准确点儿!"希尔维娅一边灵巧地把一只脚伸向马镫,坐上马鞍,一边纠正她的话。

"她数着自己过的每个冬天,而且居然还没有记错数目,像她这样的人为数不多。"另一个玛拉翻了个白眼儿,加入了谈话中,"我叫鲁斯兰娜。我按年龄大小排第三。"

我冲她点点头,怯生生地笑了一下,随后其他玛拉也都说出了自己的名字。我努力记下她们的名字,因为她们装作没看到我眼中的泪水而心存感激。

自称米拉的姐姐帮我上了马。我会骑马,但最近一年几乎没有骑过。我们拨转马头,不紧不慢地朝东南方进发。我从没去过那个方向,也从没到过莫拉娜女神的圣殿。我知道,前面的神殿将是我的新家,而哥哥讲的童话里的吸血鬼之类的恐怖怪物将成为我的日常现实,一时之间让我不知到底有何感受。

从故乡阿绍尔到神殿的路程花了我们将近一周半的时间。玛拉们没有急于赶路。我们欣赏着煦暖的金秋美景，也会光顾一些村庄。那里的人们都极为好奇地打量我，只要我的目光在哪家房子或铺子上停留一下，他们就不停地给我端来各种甜食或饮料。我困惑地看着玛拉们送给我的新披风，知道是它对人们产生了影响。

现在我是一名玛拉。人们希望，在我的帮助之下他们能从莫拉娜那里获得祝福和更好的转生。一开始我腼腆地拒绝他们的馈赠，但姐姐们说，如果我拒绝他们的礼物，就是拒绝他们的善意。我有些惭愧，于是接过了所有东西，而雅斯娜看着我手忙脚乱地想要抱起很多水果和刚烤的面包后，笑了起来。今年收成很好，人们赠送礼物时特别慷慨。

我的玛拉生活是从人们的慷慨赠予、温暖舒适的天气，以及刚结识的姐姐们在每晚的篝火边给我讲故事开始的。于是我开始觉得，自己害怕开始新生活是没有道理的。

"过来，贝列达。"当我们最后一次在一个林间空地上露营时，希尔维娅突然叫我。

听姐姐们说，我们明天就能赶到神殿了。而现在，在浓重的暮色里，我们围在温暖的火堆旁，准备在晚餐时享用附近村庄馈赠的新鲜面包和奶酪。

我已经习惯了和玛拉们在一起，于是我马上听话地坐到了最年长的玛拉面前。我把双腿压在身下，等着她给我讲故事。但希尔维娅没有说话，其他人也慢慢沉默下来，认真地看着我们。年长的玛拉一边打量我的脸，一边微笑着，把我的头发撩到了耳朵后面。

大家关注的目光让我觉得不自在，但姐姐们都很放松，就好像知道不会发生什么坏事一样。

"我们已经给你讲了我们的事，贝列达。给你讲了和我们的宿命相关的那些事，我们是什么人，从哪里来。"希尔维娅最后说道，"现在该你讲讲你的事了。"

我迟疑地张开紧闭的双唇，但又急忙闭上了嘴。我喜欢她们，和她们在一起时我觉得很安全。我已经很久没受到这么多的关注和真诚的关心了。但我不想发出那种模糊晦涩的声音，不想给自己丢脸。我一路上从没尝试过，现在突然害怕她们会露出怜悯或厌恶的表情。

"都明白了。"希尔维娅点点头，声音里没有丝毫失望，转头看向姐姐们，"雅斯娜，把药膏和干净绷带拿来。鲁斯兰娜和茵嘉，给我从河里打点儿凉水来。"

被叫到名字的玛拉们没有提问，顺从地走开做事。等她们回来后，希尔维娅让我转过身。现在我背朝年长的玛拉坐着，雅斯娜则坐在我前面，双手抓着我的两只手掌。

"希尔维娅会治好你的。"当年长的玛拉把我的头发撩到前面，露出脖子后，雅斯娜满是信心地说道。

雅斯娜笑着回应我怀疑的目光。已经过了很多年了，但每当我无法提出自己关心的问题时，还是难以接受那种愤怒和失望的感觉。

"看你生气的样子，你是想说你父亲是王公，他能请来所有医生，但没有一个能治好他的女儿的病。"雅斯娜继续说着，就好像能读懂我所有的念头，知道我为什么噘嘴，"那是因为你父亲从没邀请过玛拉，贝列达。"

因为大家都知道，玛拉们甚至不受王公们的管辖。

而且玛拉们如果遇到哑症又能帮上什么忙呢？

当希尔维娅摸到了我的脖子，做着什么动作时，我全身变得软弱无力，体内充满着一种奇异、愉悦的轻松感。如果我能清晰地说话，那我肯定会大叫一声，但现在只是从双唇中长出了一口气。我身体里的骨头就好像被一下子全部抽走了，肌肉里所有的紧张感消失了，内心的紧张不安也马上消融了。

"我就知道。一根线有点儿弱，受过伤。"希尔维娅和某个人讨论着。

"能治好吗？"鲁斯兰娜问道。

我虽然看不到她们在对我做什么，但能听到其他玛拉都走近了我，而雅斯娜继续抚摸着我的双手安慰我。我没感觉希尔维娅触摸我的身体，但她在拉扯着什么，于是我坐直了身子，就好像她们在拉着我身上隐形的……生命线。

我的呼吸不由自主地变急促了。我不想惊慌失措，不想挣扎，知道我的动作只要稍有差池，我就可能死掉。

"没事。"雅斯娜安慰我，"如果我们碰触普通人的生命线，他们通常会很高兴。据说，这种触碰的感觉很舒服。但我们自己感觉不到这些，只会全身发软，变得安静一些。希尔维娅不会弄痛你的，贝列达。她会治好你的。"

当希尔维娅开始在我背后低声吟唱时，我咽了一口唾沫。歌词很舒缓，但我一句也听不懂。我想对雅斯娜点下头，表示我信任她们，但马上又想起，最好不要动。一种愉悦的温暖和抚慰慢慢地从头到脚把我包裹起来。在马上坐了一天而疲惫的肌肉放松了，不再酸痛。恐惧消失了，空气带着一种久已遗忘的轻快感通过鼻子进入喉咙，在舌头上留下了新鲜的余味。

当我听到背后的希尔维娅抽搐着吐出一口气，停下了吟唱后，我皱了下眉头，但雅斯娜不让我转头，又开始吸引我的注意力。

"你知道吗，贝列达，你的名字很漂亮，但太长了。要不我们叫你的小名吧？"

当希尔维娅把我的生命线放回原位后，我大声出了一口气，剧烈的心跳牵扯得后脑都在疼。我身体又有了感觉，觉得自己能控制全身了，手指和脚趾感到了刺痛，好像血液直到现在才流向那里。呼吸变得急促、沉重，就好像我刚围着王公庄园跑了几圈。

"贝拉。"我突然用一种完全陌生的声音说了出来。

它比我原来的声音更好听。

"哥哥叫我贝拉。"我又重复了一次。当我意识到，我如此轻松地说出了熟悉的词汇后，我瞪大了双眼。

这声音让我的上颚发痒，舌头第一次惊人地听话。我转过头，不知自己在想什么。

"那就给我们讲一下你哥哥，贝拉。"当其他玛拉给希尔维娅被灼伤的手涂着药膏时，她一边笑着，一边说道。

第十一章

小玛拉们在结束学业前会被密切关注。比如现在,虽然我们允许兹拉塔尽情玩耍,看似不受我们约束,但实际上我们仍在关注她是否一切正常,是否有人让她喝蜜酒。

我已经完成了学业,所以可以毫无愧色地喝下整整一杯蜜酒,而雅斯娜不仅没有提醒我喝下蜜酒的后果,还欣然又把一杯酒塞到了我手里。

小伙子和姑娘们继续狂欢,乐师们不停地演奏,催促着年轻人跳过火堆。当有些姑娘犹豫不决,不敢跳过火焰时,小伙子们都齐声叫喊,给她们加油。

我第二杯酒喝得很慢,用它来打发时间。我的心情最终还是高兴了起来,有关伊莱的念头已经从意识里滑走。我决定把骨雕师从记忆中抹去，再也不会让他看到我，也不会再和他碰面。我们只能勉强说是熟人，所以没必要破坏各自的节日心情。

我一边看着几个年轻人想吸引雅斯娜的注意力，一边微笑着。他们都没有猜到，她比他们每个人都要年长五到十岁，所以任何甜言蜜语的恭维都无法让她害羞，更无法让她惊讶。米拉来这里不是为了找男伴，而是为了节日气氛和欣赏音乐。兹拉塔最后还是被拖去跳圆圈舞了。如果说她一开始还有些害羞，那么现在已经忘了害羞，正玩得高兴。

"你好，玛拉。"当我走近那所房子时，一个男人低声和我打着招呼。

他和几个人住在城市边缘，离群索居。这里通常很安静，但今夜由于居民过节的原因，而他的房子又靠近河边，所以晚上很难入睡。

"你好，盖文。"

他是当地的铁匠。我觉得他不到四十岁。他虽然下巴有点儿长，但长着一张年轻而又富有魅力的脸。淡褐色的长发被他在脑后扎了个马尾。我经常琢磨，他只要把络腮短须剃掉，肯定会年轻很多，但我从未见过他剃掉胡子的模样。

他认识我和我的几个姐妹，所以我虽然没穿红披风，却不会妨碍他认出我。但盖文和许多人一样，不知道我的真名。

"你们要买东西，还是只是来过节的？"铁匠一边把刚做好的箭支放到一个藤条筐子里，一边问我。

他在房子墙边的一条长椅上坐下，邀请我坐在旁边。

"只是来过节。但如果你做了新斧头，我也很想看一下。"我

第十一章

103

一边说，一边递给铁匠一杯蜜酒，这是特意给他拿来的。

盖文点头道谢，接过了蜜酒。

"从没有别的玛拉像你这样喜欢用斧头。"他呵呵一笑，褐色眼睛反映着篝火的火光，"对于一个姑娘来说，这有些奇怪。"

"我可是玛拉。"

"对玛拉来说，也有些奇怪。"

我不再辩解，因为就连雅斯娜都支持盖文的意见。她也不赞成我这么喜欢用斧头。我自己则感觉斧头十分有用。只要一斧砍中吸血鬼的脑袋，它就不再动弹了。总的来说不仅对吸血鬼有用，几乎对所有邪祟生物都有效。

当我们需要新武器时，我们会求助于铁匠，盖文就是其中之一。我们也会去找特里格拉德的铁匠，但位于道克尔的盖文离我们最近。神殿附近的村庄太小，铁匠做不了这种手艺活儿，而到大城市又走得太远。现在我们希望扎里奇最近几年能发展壮大，也能出现能干的铁匠。不过盖文的手艺目前是所有玛拉都喜欢的，毫无例外。

"其他年轻人都在及时行乐，你这么年轻，却和我坐在一起。"他大声喝了一口酒，说出了自己的想法。

我苦笑了一下，也喝了口酒。但我还没来得及回答，就被响亮的溅水声惊得转过了头。小伙子们把几个姑娘扔进了水里，然后也大笑着跳了进去。姑娘们从水里站起来，懊恼地看着被打湿后贴在身上的长裙，尖声惊叫，骂着小伙子们。

我们对伊万诺夫节上这种常见的景象没什么兴趣，同时转回了头。

"你还演奏原来的乐器吗？是不是该换一个了？"我换了个话题，没掩饰自己夸张的笑容。

"为什么大家都拿勺形响板和我说事儿？"他嘟哝着，但没法掩饰自己的难为情，"这是个很棒的乐器！要知道每一块木头都有独特的声音和音阶！至于同时使用三四个勺形响板能奏出多美妙的旋律，这个我就不说了。"

我笑得更开心了。我故意使劲盯着他，表示我不会轻易放过这个话题。我并不是每天都能遇到在闲暇之余用勺形响板演奏的铁匠。

"我喜欢节奏。"他盯着手里的酒杯，又解释了一句。

"你演奏得很好。我喜欢听。"我没说假话，他确实演奏得很好，但男人朝我投来怀疑的一瞥。

"我当老师比当乐师更好。我侄子很有天赋，却不想发挥天赋。"盖文有意规避话题，用手指了指人群中的某个地方。

我知道他在转换话题，不太情愿地转头看向庆祝人群，却不知道该看谁。

"白桦树下的那个。"铁匠看到我的目光漫无目的地扫过那群年轻人，于是提示我，"个子高高的，拒绝了金发姑娘花环的那个。"

"伊莱？"当我看到骨雕师以后，惊讶地叫了出来。

姑娘把花环递给他，但他把花环戴到了她头上。他用手指摩挲着她的脸颊，面带微笑地说着什么，小心地吻着她。

"你们认识？"铁匠和我一样，有些惊讶。

"不幸认识。"

盖文没忍住，向后仰着头，哈哈大笑起来。

"我知道他的问题。没有风度，没羞没臊。"盖文赞同我的说法，不过又认真地加了一句，"但玛拉，请你不要诅咒他。他虽然和我没有血缘关系，但是我从小养大的。我知道，他心不坏。"

所有对伊莱的不快都随着盖文的话消解了。我尊敬铁匠，所以无论骨雕师做过什么，我都不会诅咒他的。而且诅咒只是普通人的臆想。每人死后都面临莫拉娜的公正判决。一个人只会因为他生前的行为受审，而不是因为其他人的邪眼[1]和诅咒。

"太神奇了……你们是什么时候认识的？伊莱在这儿待得很少。我有两年没见他了。"盖文继续说着。

"在他捕鱼时偶然遇到的。"

"原来是你啊？！他说遇到了一个玛拉，但没细说。说你……把他当成了孩子，想救他。"

现在是盖文的脸上露出了最厚颜无耻的微笑，让他显得容光焕发。他在报复我刚才取笑他的勺形响板的事，而且毫不掩饰。我把鼻子埋进酒杯，嘴里嘟哝着，根本不想知道伊莱曾如何大肆描述我丢人的事。

"我不光教给他演奏单皮鼓，还教会了他打铁。你还记得五年前买的那个小斧头吗？那是你的第一个斧头吧？"

我点点头。我一看到斧柄上精致的花纹和斧头上细致的雕刻就喜欢上了它。我全心地喜欢它，一直小心保养这件武器。

"那是伊莱做的。"

---

[1] 古俄罗斯的人们认为，眼睛集中了一个人的力量，因此歹毒的人只要看人一眼，就能毁坏他的生活。

我差点儿把喝进嘴里的酒喷了出来，不过还是有些酒流到了下巴上，我飞快地用手擦掉了嘴边的酒。

"我去吃点儿东西。"我猛地站了起来，说道。

铁匠的目光死死盯着我，不过点了点头，用手指了下摆着食物的桌子。我绕了一大圈，远远地躲开骨雕师和他的朋友们，甚至特意绕过那个最大的火堆，只是为了能远一点儿。一想到我心爱的和小心保养的武器居然是伊莱做的，我心里就无法平静。我不知道自己听到这个消息后有何感受。是茫然若失，还是只是心情激动，不妨碍我用酒把它浇灭？

我离开了盖文，这个决定是正确的，否则我会不由自主地一次次向他询问伊莱的事。我了解他的事越少，今天的节日之后就越能轻松地忘掉和他的邂逅。

"……来吧！你还没跳火堆呢！"

"我不想一个人跳！"当我从几个年轻人身边经过时，一个人正向朋友们抱怨。

"但节日不等人。你昨天可是过生日了。开心一点儿！"

"那我们找……唉！等一下！"

我没关注这几个陌生人的谈话，所以没马上明白，他们这是在冲我喊。我又向前走了几步，直到一个人拉住了我的胳膊肘，让我差点儿洒了杯子里的酒。

"对……对不起。"当我向年轻人抬起困惑的目光后，他口吃起来。

他最多十八岁，长得很帅，但我已经没心情再结识其他人了。他继续抓着我的胳膊肘，我则歪着头，等他解释想做什么。

"想不想和我一起跳火堆？"他一口气说了出来。

"不是和他！是和我！"我还没回答，另一个就插话说道。

这个年轻人年龄稍大，长着一头金发。

"我们另外给你找一个。"第一个年轻人目不转睛地盯着我，立刻对朋友说道。

"你不能总把漂亮姑娘留给自己。"

"你忘了，我父亲有多……"

"正是如此！"金发年轻人打断了他的话。"家产是你父亲的，不是你的！"

"她身上好香！"第三个人也掺和进来。

陌生人的鼻息喷到了我的头发上，我后背起了一层鸡皮疙瘩。我勉强忍住了用胳膊肘撞向后面那人肚子的本能反应。我不能破坏节日气氛，不能殴打村民，而且这些人已经不太清醒了。

我又提醒了自己几次，然后想和颜悦色地劝说他们自己去跳火堆。我不满地看着第一个年轻人的手：他还在无耻地抓着我的胳膊肘。

"伊戈尔，你今天早晨后脑勺挨的揍还不够吗？"一个熟悉的声音打断了几个陌生人的争吵，"把你的手从她身上拿开。"

几个年轻人收起了嬉皮笑脸的表情，像收到命令一样后退了一步。我没转头看伊莱，希望趁着他和这些熟人讲道理时溜走。

"你，"骨雕师朝一个人说着，"再这么近地冲她弯腰，以后就不用直腰了。"

面对着几个脸色苍白的小伙子，我只能收起了笑容。但当伊莱揽住我的肩膀，把我拉向他时，我高兴的心情一下子消失了。我被他紧紧地抱着时,心里感到一阵开心,但这开心却让我恼怒。

"你不在的话过节更快乐。"伊戈尔不情不愿地松开我的胳膊肘,嘟哝着,"你什么时候走,伊莱?"

"你确信没我会更高兴?我记得小时候踢你时,我们都高兴得哈哈大笑。"伊莱的声音里满含着挖苦,他脸上恫吓的笑容更像是阴沉的张牙舞爪。

伊戈尔的一个朋友突然扑哧一笑,但大腿上马上被别人捶了一下。

"我是成年人了,你现在不敢打我了!"小伙子挺起胸膛,恶狠狠地说。

我真佩服小伙子的勇气:他看起来相当瘦弱,只比我高半头,而我只比骨雕师的肩膀高出一点儿。而把猎人的身材,也就是铁匠侄子的身材和普通人相提并论,根本就是开玩笑。伊莱只要把手按在伊戈尔的脖子上,后者就根本没机会反击。

"你说得对,你是成年人了。"骨雕师轻声细语地回答,然后问都不问,直接把我头上的花环摘下来,戴到了自己头上,"所以你要像成年人一样对自己负责。再敢动我未婚妻,那我就算不抽你后脑勺,可能也会忍不住敲断你身上的什么东西。"

我尽量掩饰着对他的所作所为的好奇心。我很高兴,现在这群年轻人肯定不会再纠缠我了,但骨雕师只要吓唬他们一下就可以,没必要非说我是他未婚妻。当伊莱的手掌从我的肩头向上移动时,我哆嗦了一下。他用手指抚摸着我脖子上裸露的部分,有时会碰到半月项链。

小伙子们看到我对他的抚摸没有反抗，于是慢慢向后退去，去寻找其他的女伴。我努力忽略了那些温暖手指的不慌不忙的轻柔动作。

"花环我暂时不给你。"伊莱和我看着离开的人，他小声说道。

"这又是为什么？"

"身后有很多人听到我的话了。如果我刚说你是我未婚妻，而五分钟之后你就抛弃了我，大家会扯闲话的，这些事会被议论很久。你大概会离开，我还要在这里生活呢。"

我忍着笑，把他的手从肩膀上甩下去，感觉腹部有一股暖流在升腾。我可不想要这种感觉。

"那你留下它吧。反正也不是我编的。"我宽容地笑着，随口和骨雕师说了一句，就故意绕开他，朝摆着食物的桌子走去。

只有亲手编织的花环才被视为少女之心的象征，她借此表达想把自己一生和身体都献给被她选中的人。这个花环是我从别人那儿拿到的，只能在火堆上烧掉来祈求幸运。

"这太残忍了。"伊莱快走两步超过我，假装委屈地哭诉，"我都在想象，你满怀着爱心编织花环时费了多少力气。这算什么啊？"

他从头上拿下花环，打量了一会，然后不满地皱起了眉头，但又把花环戴回头上。

"明白了。是这里分发给大家的。"他一边逗着我，一边说出了正确答案，"我可是拒绝了所有花环，就等你的了。"

"啊哈，当然。"

我停在桌旁。伊莱问都不问，拿过我的酒杯，把剩下的半杯蜜酒一饮而尽,然后从罐子里又给我倒了整整一杯。我一开始想发火,但他的脸上仍露出委屈和不满的表情,让我忍不住笑了起来。

"但我认为,你应该感谢我救了你。"他一边递给我满满一杯酒,一边说道。

我扬起眉毛,咬下了半颗新鲜草莓。伊莱没说话,看着我吃完了一颗草莓,又把第二颗放进嘴里。我的皮肤都能感觉到他的目光,脖子上起了一层鸡皮疙瘩。

"我想今天你被感谢的次数已经够多了。"我说完,就从桌旁走开,不想站在他身旁。只要骨雕师在身边,我总觉得心突突地跳,手有些发抖。

年轻人急忙朝木碗里又扔了几颗草莓和两个苹果。我在离狂欢人群稍远的一棵树冠巨大的杨树下找了条没人的长椅,还没来得及坐下,伊莱就出现在我身边。他坐在旁边的空位上,把盛着水果的大碗放在我们中间。

"吃吧。蜜酒确实让人开心,但我还没怎么见你吃东西。"

我没问骨雕师是怎么知道的,但感觉他一直在观察我,这种想法让我感到一种不应有的战栗感,身体也觉得发热。如果我杯里盛的是水,肯定已经泼了自己一脸,但我手里端的是蜜酒,所以我连着喝了两大口。这更让我想起了骨雕师和那些陌生姑娘的接吻。他旁边当时有三个,他和她们都接吻了。

"你一个人来的吗?"他问道。

"不是,和姐妹们一起来的。没想到你还是乐师。"我想转换话题。

"我没想到,你认识我叔叔。"他也针锋相对地转换了话题。

"我很早就认识盖文了。我们经常从他那儿购买武器。他不是你亲叔叔?"

"不是。他找到我时我还很小,快饿死了。我父母在那之前就死了。"伊莱翻动草莓,从里面找出了一颗,语气平静、干巴巴地说道。

"我很遗憾。"

"没事,我不太记得了。盖文是个好监护人。他原来有个年轻未婚妻,但死掉了。他之后就不想和别人一起过日子,所以我就和他做伴了,差不多算他的儿子和学生吧。"

"你多大年纪?"

"二十二岁。你呢?"他往嘴里扔了一颗草莓,低下头,饶有兴趣地等着我的回答。

"十九岁。"

他不再咀嚼,慢慢地从脚到头打量着我。

"那么,你是刚毕业的玛拉。"

"你很了解我们啊。"我有些疑惑地答道。

"幸好你们是穿着普通人的衣服来的。"骨雕师表情严肃地说着。当他把我的一绺头发撩到耳朵后面时,我猛地转了下头。

伊莱身子靠在长椅上,和水果离得很近,和我也近得不太体面。他的脸和我的脸靠在一起,没有挪开,也没有难为情,不过我的脸却开始发烫。他的表情惊人得严肃,一秒钟之前还不是这样。

"为什么?"我没明白他的话,问话的声音几不可闻。

他在耍赖,手指抚过我的下巴,落到了我的脖子上。他的触摸很轻，自然而然，让我有一点儿失望。他收回手指，我张口吐气。

"你知道酒馆里的南方人是怎么谈论玛拉的吗？"伊莱也低声问道。

"我没去过酒馆。"

周围的狂欢声沉静了下来，我在呼吸之间勉强能听到最近的火堆发出的"噼啪"声。伊莱低头看着我的嘴唇，然后身子向后靠去，又一次和我拉开了安全距离。

我吸了一口气，把脸转向篝火。

"到底说我们什么了？"我的声音已经很平静。

"他们一边喝酒，一边胡说，说和玛拉共度一夜会获得祝福。"骨雕师语气平静地回答，我则用手捂住嘴，差点儿笑了出来，"如果玛拉满意的话，死神一时之间是不会光临的。"

我弯下腰，勉强忍住没有哈哈大笑，但忍得很辛苦，酒杯在我手里不断晃动。骨雕师似笑非笑地看着我。

"你是认真的吗？"我拼命忍着笑，又问了一句。

"百分之百认真。但我不信！"他出人意料地又加了一句，让我又一次开怀大笑。

"不用担心，伊莱。你给我的两个姐妹送过草莓，她们已经很满意了。她们会为你祈祷长寿的。"我的话里有一种居高临下的语气，出乎我的意料，让他有些发窘。

"但没让你满意。"他遗憾地说了一句，双手拍着自己身上的几个口袋。

我又喝了一口酒，装作没看到他在找东西。

"我送了你鱼和草莓，但看来送错了对象。那我现在只剩最后一招了。如果连这都不能讨好你，玛拉，那我只能承认失败了。"

我歪着头，一点儿也不相信他装出来的忐忑不安。他拿走我手里的酒杯，把从长袍口袋里找到的东西伸到我的鼻子底下。

"知道这是什么吗？"伊莱扬扬得意地问道。

"蜂蜜棒棒糖！"我不错眼地盯着一个插在小棍儿上，包在半透明纸里的食物，脱口而出。

伊莱惊讶于我一下子就认出了这种美食。蜂蜜棒棒糖只有富人才知道。这种甜食并不是用蜂蜜制作的，而是用一种很难制取的糖制作的。虽然我是王公的女儿，但我和哥哥一辈子只尝过两次这种硬糖。我没想到还有机会再回想起它的味道。骨雕师的目光很专注，带着一丝怀疑，但没接着再问，我也没急着讲述自己的往事。年轻人眨了几次眼睛，于是无耻的笑容又回到了他脸上。

"柠檬蜂蜜棒棒糖。"他纠正道，"这是给你的。"

我道谢后接过礼物，剥着棒棒糖外面的纸。

"你从哪儿搞到的？"

"这是骨雕护符的报酬。伊戈尔虽然是个笨蛋，但他家里却很有钱。他父亲是个大商人，在道克尔有庄园。"

"那你从小就狠揍你们城里最有权势的人的儿子？太没有远见了。"我挖苦着他，但看着骨雕师时仍忍不住微笑。

我了解他越多，就越喜欢他。

"说揍就太夸张了，只是踢他两脚教训一下而已。伊戈尔是踢不坏的。"他呵呵一笑，歪头看着我剥下了棒棒糖的包装纸。

"你不像是甜食爱好者啊，另外人们好像都是向骨雕师们支付银子和金子吧。"

"玛拉，你太多疑了。这个糖不是别人送给我的，而是当我看到它又想起你后，和别人要的。"

我相信自己马上脸红了，因为我感觉耳朵都在发烧。我没转头，不想让他看出什么。棒棒糖的形状看起来像是插在一根细棍儿上的三个扁苹果。

"而且这种甜食我从未尝过，免得后悔。"骨雕师放松地加了一句，让我感觉十分惊讶。

我小心地把最上面的苹果掰下一半，递给他。

"那你应该知道自己错过了多少好东西。"我回答着他眼里无声的询问。

他好奇的目光从棒棒糖移到我脸上，又移了回来。他考虑了一会儿，明显怀疑这个东西是否能吃。但我几乎把糖送到了他嘴旁。他眯起眼睛，吃下了糖。当他的嘴唇碰到我的手指时，我的心怦怦地跳，有种很奇怪的感觉，让我吞了几次口水。

"不过不要嚼，这样能多享受一会儿。"我一边提醒他，一边掰下剩下的半块糖，放进了嘴里。我把其余硬糖用纸包了起来，放进衣兜里。"我有两个妹妹。"我想起了兹拉塔和艾卡，向他解释说。

骨雕师会意地点点头，舌头翻动着嘴里的糖。

"姐姐！"兹拉塔突然冲到我面前，我哆嗦了一下。我完全忘了，周围全是人，节日活动正处于高潮。

"怎么了，兹拉塔？"

妹妹瞥了一眼看看我们的伊莱，然后还是说了起来：

"你和我们玩一会儿吧。差几个姑娘,米拉直接拒绝了。雅斯娜说你同意的话,她就参加。"

我差点儿翻个白眼儿,知道这是雅斯娜无法拒绝妹妹恳求的目光,又想把我拖下水。

"我不觉得这是个好主意。"我一边看着妹妹身后的火堆,一边嘟哝着,思索着能拒绝她的合理理由。

"一次就可以!只要一次!一次!说话算数!"兹拉塔抓着我的手,喋喋不休地说着,她手上的力度奇大,把我拖得站了起来。

我哎哟了一声,没想到她长得这么快,实际上也没什么值得大惊小怪的,明年兹拉塔就要毕业了。

"好的,不过只一次。"我叹了一口气,"什么游戏?"

妹妹还没来得及回答,就有两个姑娘扑到伊莱面前,把他拖了起来,也邀请他加入游戏。我们现在面面相觑,猜测是不是错过了什么。

"什么游戏啊?"他问其中一个姑娘。

让我感觉不快的是,我发现骨雕师曾经和其中一个姑娘接过吻。

"双人追![1]"女孩兴奋地回答,我的脸色则变得苍白,因为想起了伊万诺夫节的双人追游戏不光是为了消遣,而且是为了捉住喜爱的姑娘。

"为什么不参加呢?"伊莱突然一脸轻松地同意了。

---

[1] 东斯拉夫民族的一种民间游戏,参与人数为单数,一人站在队首,后面的人在他身后排成两列。发出信号后,队尾两人从队首那人的旁边跑过,队首人追击,并努力捉住跑过的人。

他的嘴角又浮现出坏笑，扫向我的目光中含着挑战。嘴里的糖虽然仍散发着蜂蜜味，但又突然爆出一股酸酸的柠檬味。我突然觉得，哪怕有人给我一整袋糖，我也不会同意参加这个游戏的。

第十二章

冬天到了,这是最黑暗和最寒冷的季节。一个月后我就要十二岁了。我已不再是最小的玛拉了。希尔维娅在和我相逢不到一年后就因为遭遇溺水鬼而遇难,兹拉塔接替了她。

我费力地从深雪中拔出靴子,一边呼哧呼哧地喘着气,一边挪动着双腿。昨晚下了一场大雪,我们还没来得及清理出道路,所以抱着木柴走过神殿内的小院可不是件轻松的事。我嘴里呼出一团团白气,鞋子在走上台阶之前就被打湿了。

我刚走到回廊下面,马上就感觉轻松了。我跺着双脚,震落上面沾着的雪。几个神殿女执事走过来,接过沉重的木柴。

"请所有玛拉到会客室。阿廖娜和鲁斯兰娜已经休息一会儿了,想给大家讲点儿事情。"一个女执事这样说道,然后在我发问之前,她们就都走开了。

希尔维娅死后,阿廖娜成了最年长的玛拉,而鲁斯兰娜排在第二位。很少有经验最丰富的几位玛拉同时离开神殿的情况,但听说北方最近出了麻烦。我迫不及待地搓着手套里冻僵的双手。我知道姐姐们去过我的故乡阿绍尔,她们在那里待了一周多。这段时间我一直渴望知道父亲的情况,想知道王公宫殿里是不是一切安好。现在她们回来了。我想到这些,觉得舌头发苦,不知道能不能忍住不提问。如果我提问的话,她们就会知道,我和其他人不同,还在思念家乡。回家的路已经断绝,我不应该和其他人有所区别。她们对亲人在哪里生活,生活得怎么样一无所知。虽然根据以往自己的经验来看,一无所知要好得多。因为你可以想象,你可以全心相信,他们过得很好。

我最后瞥了一眼堆着浓重雪云的灰蒙蒙的天空。已经到了天亮的时间,但太阳却迟迟未露面。

我走过回廊,进入神殿。我脱下红披风,抖落上面的雪,免得把水渍落到屋子里。一个女执事从我手里接过外衣,又催促我说大家已经到齐了。

当我走进会客室时,所有姐妹都没出声,一起转头看我。我在大家关注的目光下有些茫然失措,在门口胆怯地僵立了一会儿。这里很暖和,一名女执事还在往壁炉里扔木柴,让炉火能温暖整个房间。会客室和其他房间一样,面积也很小,但有很多沙发和软椅,坐得下所有姐妹和神殿的女执事们。我发现姐妹们都来了,看来确实有重要事件发生。这个念头让我有点儿害怕。

"坐下吧,贝拉。"鲁斯兰娜指着雅斯娜旁边的空闲沙发位子,对我说道。

几位玛拉手里端着斟满热茶的茶碗。茵嘉倒了一碗芳香四溢的草木茶递给了我。我不错眼地盯着阿廖娜和鲁斯兰娜,没发现雅斯娜咂了下舌头,给我往茶里加了一勺蜂蜜。滚烫的茶水让茶碗很烫手,让我几乎被冻僵的双手感到灼痛,但我仍紧紧地捧着茶碗。

"出什么事了,阿廖娜?你们讲一下,打听到什么情况了?"米拉问两位年长的玛拉,提醒大家这次谈话的主题。

"我们不隶属于任何王公,没有家乡,帮助所有普通人,无论是从谁那里收到的请求,无论是南方还是北方。"阿廖娜环视四周,提醒大家,她等大家都点头表示赞同后,在扶手椅上换了个更舒服的姿势,把暖和的毛毯围到身上,之后才继续说道,"但各个公国和统治者之间的纠纷是不会绕过我们的,所以我们要始终关注时局。你们都知道南方公国和北方公国的关系很紧张。很久以前所有公国都各自为战,但每个公国的四面都被敌国包围,存活艰难,而且本国森林里的活尸和邪祟生物也让生存变得更复杂,所以有些王公开始组成联盟。这样也就出现了南北方之分。这里面主要是因为气候和生活条件不同造成的节日和信仰的差异。"

我们都一言不发地听着。所有玛拉都熟悉政治史。我童年时,当时还是公主,就学习过政治史。哪怕是来自贫困家庭的其他玛拉,第一年都会学习读写,之后就会学习传说、历史和政治。

"领土被平分为两个部分,不过北方有两个公国,而南方则有三个公国。北方和南方一直互相戒备,但总体上还算和平相处。幸好南北方都有几个王公,这让人们无法形成大的集团,也不会出现持久的战争。"阿廖娜继续说着。

我喝了几口茶,感受着滚烫的茶进入胃里的感觉。一开始有点儿害怕,甚至感觉有点儿痛,但身体慢慢暖和起来,也放松了下来。

"这是阿绍尔王公韦列斯特准备统一整个北方之前的局势。"

一口茶差点儿噎在我的喉咙里,但我努力保持着面色平静。我只能费力地做着吞咽动作,想把喉咙被噎住的感觉压下去。

"我想,贝拉最了解这段历史。"年长的玛拉低声加了一句。

我继续盯着茶杯,但听到了衣服发出的窸窣声,猜到所有人都在转头看我。

"你能不能再给我们大家讲一讲,贝拉?"阿廖娜温柔地问道。

我听出她的声音中有一些愧疚,我抬起了眼睛。不过这也是一种测试。她们想知道,我对亲生父亲的眷恋还剩多少。

"北方有两个公国。阿绍尔,由王公韦列斯特统治;塞拉特,统治者是拉多维德。他们几乎从未敌对过,随着时间的推移,甚至成了友好邻邦,决定把领土统一起来。"我尽可能语调平稳地讲着,就好像在我们的草药课上回答问题一样。当说到哪些蘑菇绝对不能吃时,我通常会用这种语调回答。

"原因是什么?"阿廖娜的问题给我指明了讲述方向,现在我更加相信,这是个测试。

我十岁之前因为伤病的原因总是更换老师,所以我脑子里的知识也是零零碎碎的。被攻击之后我偷听到了很多信息,但直到成为玛拉之后才看清了公国联合的各种前提因素。姐姐们掰着手指给我讲述，之后帮我理解了这些知识。

"有几个原因。第一，塞拉特公国弱一些。第二，拉多维德没有儿子。他的妻子死了，只剩下独女艾莉娅。还有第三，收成不好，这是公国出现饥荒和不断衰败的原因。阿绍尔公国境内的平原和肥沃土地更多，而几个邻国境内则大多是森林。十年之前，几个邻国的土地变得很贫瘠。可以勒紧腰带忍上两个或者三个冬季，但歉收持续了一年又一年。山脉旁的森林里邪祟生物增加，影响人们去开采矿物。拉多维德无法用木材向邻国换购粮食，因为所有国家的木材都很充足。于是他开始出售公国拥有的财富。但他所有的努力不过是苟延残喘而已，因为塞拉特已严重落后于阿绍尔的发展，同时南方的亚拉特公国也在壮大。"

喉咙变得异常干渴，我喝了两口茶，大家耐心地等着我继续讲下去。

"阿绍尔王公韦列斯特明白，一个衰弱的邻国是个巨大隐患。南方公国可能会出其不意地攻击拉多维德，那时阿绍尔公国将被敌国环伺，自身根本无法对抗。所以韦列斯特王公开始援助拉多维德。他以尽可能低的价格卖给拉多维德各种粮食，在丰年还会馈赠一些礼物。不过韦列斯特也不想一直消耗自己的资源来喂养邻国，于是就出现了联合成一个强大王国的想法。拉多维德很清楚自己摇摇欲坠的状态，不过他终究是王公，身边有很多大贵族。他不能平白无故地把领土送给他国，哪怕这看起来对双方都有利。拉多维德周围的人虽然也看到了这件事的好处，但认为这是示弱的表现。于是就找到了一个最理想的解决方案——联姻。"

"韦列斯特王公为什么不直接占领塞拉特公国？"兹拉塔的

声音突然响起。

所有人都转头看向小姑娘,雅斯娜则把手指放到自己唇边,冲她嘘了一下,提醒她这样不对。兹拉塔羞愧地把头缩进肩膀,对自己的插言表示道歉。她是地主的女儿,在成为玛拉之前学过读写,但历史和政治学得不好。

"因为两个北方公国之间的冲突可能会持续很多年。毫无疑问,最可能胜出的是韦列斯特王公,但这也会削弱他的公国。"阿廖娜简短地回答说,"南方人可能会乘虚而入。削弱后的韦列斯特能否应付他们的攻击——我们无从得知。但他不想冒险。继续吧,贝拉。"

我对阿廖娜的话连连点头,想起了在订婚宴上听到的拉多维德和父亲的对话。

"他们决定让塞拉特公主艾莉娅和阿绍尔的巴拉德,也就是韦列斯特的独子联姻。巴拉德可以借助这个联盟成为一个强大的统治者,将会统治最广大的疆域。而各自独立的三个南方公国造成的威胁将微不足道。韦列斯特王公同意,为了保护两个统治者的遗产,阿绍尔仍是所有北方土地的首都,而全部领土则以塞拉特的国号相称。计划将联合后的公国变成王国,由一个君主治理。"

"但有些麻烦,对不对?"当我沉默了一会儿,考虑再讲些什么时,鲁斯兰娜提示道。

"是的。年龄和时间。"

"时间?"阿廖娜有些惊讶,于是我明白了,她们可能确实不清楚所有情况,而我则偷听到了很多信息。

"第一个麻烦就是年龄。我哥哥……我是说巴拉德王子……"

我停顿了一下，因为说错了话而全身发冷，但姐妹们连眉毛都没抬，对我的口误没有任何表示，我咽了一口唾沫，语气也变得更自信了一点儿，"王子和公主太年轻，无法成婚。所以只是完成了订婚，订立了契约。第二个问题则是时间。拉多维德王公当时重病缠身，势力被削弱了。他也提到了有人可能在密谋。他需要再坚持最少六年时间，让韦列斯特的计划能够实现。但巴拉德王子在订婚差不多一周后被人攻击遇难。现在的局势，我就不清楚了。但塞拉特公国和阿绍尔公国仍像以前一样是独立的。"

"你知道攻击的原因吗？"

"准确原因我不知道，但能猜到。"

我讲完后，马上低头喝起了茶，想用茶水的热量驱赶提到哥哥后心里的冰冷。我勉强保持了镇静，没有直接指出这是艾莉娅和她父亲的原因。一波虽然年代久远，但仍然十分强烈的恨意在内心中升腾，脑海中不由自主地浮现出被袭击之后偷听到的谈话。我想起自己那时多么幼稚，居然会因为艾莉娅和拉多维德的离开而满心高兴。他们的出行遮遮掩掩，时间定在黄昏，只带着极少数人离开。他们知道将会发生某些事情。当我又想到，父亲其实知道危险但过于自恃时，喝到嘴里的茶水泛起了一股苦味儿。他帮助了艾莉娅和拉多维德，却无法保护自己的家人。

"谢谢你，贝拉。"姐姐的笑容里带着歉意，"我知道，后面的谈话并不轻松，但我们是你的姐妹，所以想开诚布公。而且你肯定也会知道这个消息的。我想让你从我们这儿听到，而不是从村庄集市上的陌生人那里听到。"

我不知道她们要给我讲什么，所以有些迟疑地点了下头。

"袭击是由南方公国的统治者们偷偷策划并实施的。"阿廖娜的话证明我的推断是正确的,"他们知道北方统一会给他们带来什么麻烦,所以决定阻止这个进程。他们选择了艾莉娅公主和巴拉德王子在一起的时刻,这对他们来说是个绝佳的时刻。两个孩子是他们的目标,否则他们的计划将彻底失败。"

"但公主活下来了呀。"兹拉塔又插言道,于是雅斯娜的嘘声大了很多。

兹拉塔想起了我,哎呀了一声,羞愧地垂下了目光,但我没对兹拉塔生气。如果要生气的话,也是因为父亲、拉多维德和艾莉娅。当我想起哥哥那条黄金半月项链后,脸上不由自主地掠过痛苦的表情。

"是的,艾莉娅公主活了下来。"阿廖娜点头称是,"但没有巴拉德就不会有联姻。韦列斯特找到了所有参与阴谋的人,向南方人复了仇。他也让自己国内的许多人胆战心惊,以至于没人敢反对阿绍尔王公。但南方人杀死了他儿子,无论如何还是获胜了。"

"难道韦列斯特没有新的妻子和继承人吗?"我猜到,因为我在场的原因,没人敢提这个问题,所以我张口问道。

我不关心其他任何信息,不想知道父亲给自己找了个什么样的新夫人。

阿廖娜一声不吭,用一根手指有节奏地敲打着茶杯,思索着。她的目光凝视着一面墙壁,脸上冷漠的表情慢慢变成了不满,就好像她无论怎么接着说下去,都不会让自己满意。姐姐恼怒地咽了一口唾沫,接着说道:

"继承人遇难后,没有人放弃联合。而且谁也不会拒绝联姻这种快速、方便的联合。阿绍尔王宫被袭之后的第一年内，韦列斯特王公忙于重建影响力，没有时间和拉多维德谈判。但王公夫人阿格娜死后，韦列斯特的近臣给他出了个主意。虽然巴拉德王子死了，但王公本人也死了妻子，可以娶艾莉娅做新夫人。"

我困惑地眨了几下眼睛。所有的字我都能听懂，但放到一起我却不明白它们是什么意思。鲁斯兰娜和阿廖娜紧盯着我的反应，但我仍然保持着不喜不怒的表情。当我明白了这些话的意义后，手指因为把茶碗握得太紧而生疼。

"王公认为这是所有方案中最好的一个。"年长的鲁斯兰娜有些迟疑地加了一句。

"他不能这么干。"

所有人齐齐转头看我。我这才发现自己把这句话说了出来。

"是的。艾莉娅的年龄终归是个麻烦。但他仍然把这个主意和提议都发给了拉多维德。"

我感到有些恶心。所有这些都发生在母亲刚死时。我那时还说不清话，正忍受着痛苦，父亲就已经要再婚了。我面无表情，心里却一片沸腾。我想大声号哭，但姐妹们却希望我能克制。大家都期待着我不再把自己当成公主。

"拉多维德拒绝了。"阿廖娜说道，看到我大声地舒了一口气后，对我微不可察地一笑，"拉多维德之所以不想把心爱的女儿嫁给韦列斯特有两个原因。第一，年龄差太多。如果韦列斯特不是特别长寿的话，那么艾莉娅会在花样年华时成为寡妇，无人保护，大权旁落。第二，公主最早的契约是和巴拉德联姻。巫师们预言的恰恰是他有光明的未来，将被称为'大公'，成为北方联合的首领。拉多维德想给艾莉娅找的是这样的丈夫。于是韦列斯特放弃了上述计划,娶了新妻子,但她暂时还没给他生下孩子。"姐姐说得很有把握。

我把目光转向窗户。窗外仍然乌云密布,阴沉异常,就好像今天的长夜仍未退去。我知道父亲终究有了新夫人,努力探查着自己听到消息后的感觉,但最终也没搞清自己的感受。

"我们把大家聚到一起,是想给大家讲述目前时局的变动。拉多维德死了,塞拉特公国并不安宁。"阿廖娜说起了正事,让大家都叹了一口气,"目前北方仍未统一,但塞拉特公国没有新王公,只有艾莉娅公主。她的家族长年统治这个公国,这个姑娘本身也是当地大贵族的宠儿,但她却不能成为王公。忠于拉多维德的人帮韦列斯特把年轻公主接走,免得被叛徒所害。阿绍尔王公把姑娘接回了宫殿。他已经不能娶她,但因为没有继承人而把她收为了义女。"

我嘴里发出了含义不明的声音。就像训练时雅斯娜用力击中了我的腹部,肺里的空气全部被挤了出去一样。那次我身子弯曲,倒在雪地上,把早餐全吐了出来。虽然现在茶水还留在我的胃里,但痛苦是相同的。

我觉得自己再次被人背叛了。

我相信,即使父亲又生了一个孩子,我都能平静地接受。但他却把艾莉娅接回家里,收她做了义女。

不,我还是觉得有些恶心。

"韦列斯特现在拼命想利用联姻的方法合并塞拉特公国,而不是通过占领。他没向我们公开自己的计划,但他王宫里的人都在私下里议论，说新的王公夫人可能已经怀孕了。他坚决要获得对邻国政权的合法和稳定的控制。他尽管像对亲生女儿一样保护艾莉娅，但她仍被称为'塞拉特公主'。如果韦列斯特能真正关心艾莉娅，给她找到一个优秀的丈夫，那么塞拉特的大贵族们准备重启联合事宜，统一仍有可能。我甚至觉得，这肯定会在最近十年内实现。我们需要做好南方几个公国将极度不满的准备。谁知道会发生多少冲突呢。"阿廖娜疲惫地揉着鼻梁。

我努力压抑着内心的某些感受，心不在焉地听着。如果我能把所有关于艾莉娅和父亲的回忆从记忆中删除，我会感觉轻松些。

"更多的冲突——更多的死亡。这也意味着，世人和我们将会面临更多的活尸和危险。"鲁斯兰娜简短地做了个总结。

我在以前的书里曾介绍过两种经常被提及的关于幽冥产生的神话。有的说是莫拉娜的影子自己站了起来，想要保护她，有的则说是女神自己割下了脚下的影子，为了让自己在无尽的生命中有一个志同道合的伙伴。

但信仰这些传说的大多是南方公国的民众，而北方民众则没这么浪漫。他们中间还流传着另外几种幽冥产生的说法。

我是南方人，真心相信玛拉和莫洛克就像是姐妹兄弟，就和莫拉娜与幽冥一样，相互之间有着关联。但北方神话还是有些合理成分，不能等闲忽略。

生活在山脉附近的人们相信，幽冥就是产生于奥泽姆和苏梅拉冥国中的无边黑暗。莫洛克们确实不是为了帮助玛拉才出现的，他们的工作相似只是一种偶然。当由于地震而出现了一条逃跑通道后，活尸们开始从冥国逃走。于是幽冥选择莫洛克作为自己的侍从，把逃走的活尸捉住并送回冥国的无边黑暗中。

某些人甚至相信，莫洛克本身就是奥泽姆和苏梅拉冥的活尸，只是有理智而已。也正是由于这些传说才产生了流言，说他们的面具后面可能根本没有人的面孔，只有骷髅。

玛拉基·佐托夫

《玛拉和莫洛克轶事》

第十三章

该死！

我叫贝列达。我一个人已经杀死了十多个吸血鬼。我对付过美人鱼，埋葬过尸体。我是阿绍尔公国的前公主，经历过杀手们的袭击，几乎痛失所有家人，有几年时间一句话都说不出来。我从湖里救出过两个孩子，自己却差点儿被吸血鬼杀死。我是一名已经毕业的十九岁玛拉，现在却被骨雕师肆无忌惮的挑衅所激怒。他说估计我跑得不够快，而我现在居然要见鬼地和一群姑娘们沿着昏暗的林子狂奔。

我现在如果只有六岁的话，还好理解，可以为了展示自己的能力去做各种傻事。

我几乎可以断定，兹拉塔对我撒谎了。参加游戏的姑娘和小伙子们的数量很多。姑娘们多得足够五个小伙子同时去追了,而不是只有一个小伙子去追。兹拉塔满心期待地拍打着双腿肌肉,想要证明谁都捉不住她。雅斯娜双手抱胸,看着我脸上阴沉的表情,而伊莱则转过了头。当他又一次神秘兮兮地冲我眨着眼睛时,我几乎连话都说不出来了。

夜晚在森林里狂奔不无危险,不过为了过节,人们特意选了一个普通的小林子。林子里插了许多低矮的火把,这是给那些怕黑的人准备的。我和姐妹们习惯了在昏暗中搜寻吸血鬼,所以我不担心兹拉塔,而且我们谁都没感觉到附近有邪祟生物。

"你这么大年纪,参加这个游戏是不是有点儿老了?"当雅斯娜示威性地打量伊莱时,我挖苦着这位朋友。

"我比你只大了八岁多一点儿,而且游戏经验比你多。"她对这种挑衅根本不以为意,张口反击,"所以我给你提个建议,妹妹,你要小心这个骨雕师。"

我还没来得及回答,就响起了游戏开始的信号。姑娘们推了我们一把,就四散跑开了。兹拉塔不甘落后,只有我和雅斯娜慢了一秒,然后也分头跑开。我没有回头,不想知道有多少小伙子朝我追来。

我一开始还能看到几个姑娘在不远处跑动,旁边不断闪过她们的身影。穿浅色衣服的姑娘们不太幸运,在皎洁的月光下,她们很快就会被找到。有些姑娘跑远后藏了起来。我步履矫健,几乎毫无声息地向前跑着。我跑的路线弯弯曲曲,绕过了很多粗大的树木。当我跑到一棵橡树后,周围已经万籁俱静,只能听到自己的喘息声。我跳起来,抓住下面的树枝,又往上面爬了一点儿。我靠着树干，藏在枝叶中，准备观察周围的情况。

树林并不大，所以还不到两分钟，就有一个姑娘笑着从旁边跑过。但当她看到正在跑近的小伙子后，尖叫一声又跑开了。当两个玩游戏的人跑过灌木丛时，笑声、叫喊声、枝叶不断发出的唰唰声打破了寂静的夜。皎洁的圆月也来帮忙，把林间照得一片通明，让人无所遁形。

我看到了一个慢慢摸近的黑影，于是把晃荡的一条腿收了回来，一动不动地坐在树枝上。这个人没有跑动，但在小心观察四周，有时还会抬头察看。我悄悄地穿过几根树枝，藏在了树干之后，免得被他发现。

骨雕师直起身子，仍极度怀疑地探查周围。我们两个同时转头看向兹拉塔，她正开心地笑着，灵活地躲过一个年轻人的双臂，消失在灌木丛后。年轻人转身朝她追去。

从另一个方向跑来一个漂亮姑娘，她的金色卷发在昏暗中十分显眼。这是邀请伊莱参加游戏的两个姑娘中的一个。我惊讶地看着骨雕师不仅没去捉这位姑娘，而且还藏到了一棵松树后面。我嘴角露出了促狭的笑容，无声地揪下一个绿色橡实，扔向伊莱的方向。骨雕师因为意外哆嗦了一下，还没看清危险来自何方，就被金发姑娘发现了。

她看着伊莱朝她走了几步后，发出一声尖叫，咯咯笑着藏到了旁边的灌木丛里。但骨雕师等她刚离开视线，就转身消失在了对面。他的逃跑把我搞得目瞪口呆。我觉得自己的藏身之处变得不再安全，于是小心地跳下来，向第三个方向潜行。远离金发姑娘和伊莱的方向。

周围很安静，我只能听到自己的脚步声，于是精神放松下来。一部分姑娘大概被捉住了，参加游戏的人也可能已经回到了火堆旁，正在挑选下一轮游戏的人。我耸耸肩，决定也回去。我刚绕过几棵丛生的白桦树，就差点儿和伊戈尔撞个满怀。就是那个和伊莱有过冲突的小伙子。我及时停住脚步，没撞到他身上。小伙子是参与追人的游戏者，如果让他抓住，我就输了。

他也和我一样满脸错愕，过了两秒钟才反应过来，然后伸出双臂想捉住我。不过我在习惯性反应的支配下迅速下蹲，躲开了他的环抱，然后以一种极不舒服的姿势站了起来，差点儿摔倒。如果需要把他打晕的话，我相信肯定能胜过伊戈尔，但这个游戏的规则是不能接触，所以我的局势有些不利。他离得太近，我只能一边迅速后退，一边希望不要踩到突出地面的树根上。年轻人的脸上一片欢呼雀跃。他知道，我只要稍有失误，胜利就属于他了。

我一声不吭，身子左躲右闪，脑子里疯狂地转着各种念头，拼命回忆两分钟前经过的所有地方。我的肌肉因为持续紧张而开始感到疲惫。

"住手！"伊戈尔狂叫一声，但已经太晚了。

有人抱住我的腰，在伊戈尔摸到我的胳膊之前，把我甩到了一边。我的心脏因为突如其来的惊吓而狂跳，拼命喘着气，筋疲力尽。

"又是你坏事！"伊戈尔冲骨雕师喊了一声，又骂了半天。伊莱脸上露出宽容的微笑，静静地听着。

我趁伊莱分神应付对手，朝旁边走了几步，绕过树干，想尽可能悄无声息地远离附近明亮的火把，躲进黑暗中。我转头想看下骨雕师是否跟踪我，但看得不是时候，一头撞进了他怀里。他不仅发现了我的企图，还从另一边绕过了大树。

"你已经输了，玛拉。"他扬扬得意地拖长声音说道，"这个游戏不让身体接触。"

"你是不是故意穿的黑色衣服？是不是早就知道游戏的事？"我不知为什么变得固执起来，退后两步，不想这么痛快地认输。

骨雕师的天蓝色眼睛反映着暗淡的光线。他一进入游戏就开始观察我，跟随我的动作。他的行动和我一模一样。这是捕食者和猎物的游戏，但我总不想承认自己是猎物。

我没有害怕，紧盯着伊莱平稳的、几乎毫无声息地踩在矮草上的脚步，感到了因为期待而充满整个身体的战栗和身体里剩余酒精带来的兴奋。

伊莱目不转睛地盯着我，表情轻松，绕过一根树干，又绕过另一根树干，然后猛地向前一扑，缩短了和我的距离。我做了个假动作，也向前扑去，却从他胳膊下面钻过去，跑到了他身后。我预判了他的动作，所以比他快了一步。这是双人追游戏，我们本应该玩耍，而现在则更像是一种危险的舞蹈。然后令我奇怪的是，这却让我们两人都很兴奋。伊莱每犯一个错误都会爽朗地大笑，我一边绕过一棵棵歪歪扭扭的白桦树，一边也在多年之后开心地大笑。我因为连续躲闪有些头晕，骨雕师最后抓住了我的手腕。他猛地把我拉向一边，我后背靠到一棵树上。

伊莱站在我身前，但没有靠过来。他站得很近，双手抵着我脑袋后面的树干，不让我逃走。我们两个都呼哧呼哧地喘着气。我喘得说不出话来，没法让骨雕师让开。等我舔了下嘴唇，长吸一口气，又能说话时，却什么也没说，只知道自己不想让他走开。

"你输了，玛拉。两次。"他急促地喘着气，低声说道。

"我承认。你很快。"我尽可能平静地自我解嘲，猜到伊莱在等着奖励。

这个奖励不能比我期待的少。

这个念头让我绷紧了腹部和双腿的全部肌肉。骨雕师脸上的笑容慢慢滑落。游戏结束了，他低下了头。我从他身上闻到了令人心醉的篝火、树木和蜂蜜的味道。伊莱虽然没有碰我，但小树林里到处都是人，他的目光太过直白和暧昧了。

我突然有种疯狂的念头，想要迎向他柔软的双唇，我被自己的想法吓到了，于是猛地蹲下，从他的双臂中逃脱了出来。我朝旁边走了一步，又站直身体，肩膀故作轻松地倚到那棵树上。我脸上带着胜利的微笑，看着伊莱的脸色变得不满，阴沉下来。

"逮住的猎物要抓牢，骨雕师。要知道连毛茸茸的兔子都会咬人。"

我刚说完这句话，伊莱就按我说的去做了。他抓住我，把我拉回刚刚站立的位置。我后背撞到了树干上，虽然不重，但因为太过意外，也让我吐出了肺里的空气。我以为刚才的花招会让他失去对我的兴趣，觉得他不会再这样看我，让我的心脏不听使唤地怦怦乱跳，让我全身发热。但骨雕师很顽固，明显不喜欢认输。

"需要这么抓着吗？"他全身挤过来，在我耳边低声问道。

第十三章

当伊莱的双唇吻到我脸上时，他的短须扎得我痒痒的，我的喉咙里吐出一声和空气混合的不知所云的嘟哝声。伊莱的双手从我的胸前落向腰部和大腿，这个吻没有强迫的意味，但我仍然随着他的双手，不由自主地向后弓起了背。

他又在我脸颊上留下了一个看似很单纯的吻，但我能听到骨雕师喷向我脖子的沉重的呼吸声和紧张的心跳声，能感到他双手的渴望。我甚至透过裙子都能感受到他的双手，它们就好像在直接抚摸我的皮肤。我没发现自己是什么时候搂住他的脖子的。他的一只手插进了我蓬乱的头发里。伊莱抓住我的几绺头发，让我抬起头，看着他的眼睛。我屈从于自己的欲望，还有对这个骨雕师的喜爱，这让我双腿颤抖，自己迎向他的双唇。姐姐们说得对，没必要放弃稍纵即逝的爱情。

当他的双唇离我的嘴唇只有一厘米时，我们听到了一声叫喊。我们听出这不是高兴的尖叫，而是恐怖的号叫，都睁开了眼睛。当我们听到人们大声喊叫的名字，听到不断传来的消息后，我的脸色变得苍白。我们两人都因为听到莫洛克的名字而僵立不动。

我的呼吸变得急促、紧张。我推开伊莱，双眼扫过周围的树木和火把。我看到附近的林间空地上燃烧着火堆。我扑向那里，差点儿和村里的小伙子们撞上。我费力地挤向前面，听到骨雕师也紧跟在后面，但这并未让我担心。我手里没有武器，所以我从火堆里抓起一根燃烧的木棍。如果幽冥之仆真在这里的话，我会用火把烧死他。

第十四章

我十四岁了。今年的夏末很冷。天空中灰云密布，已经持续了一周时间，就好像秋天想尽早降临一样。虽然我毕业的时间还早，但姐姐们开始越来越多地带我出去执行任务。这次我们走得很远，几乎到了西部的海边。这次外出让我同时体验到了凯旋与羞愧的感觉，还掺杂着一些厌恶——我第一次杀死了两个吸血鬼。

我的剑卡在第二个吸血鬼身上。当我猛地把武器拉向自己时，吸血鬼没有倒向旁边，却砸到了我身上。我费力地推开身上的尸体，却因为与肮脏的烂肉抱了个满怀，闻到污血的臭味，所以当着姐姐们的面吐了半天。她们对我的反应没有半点儿吃惊，但我自己事后都没搞清是何感觉。

姐姐们继续劝我，说很多人都会这样，而且我估计以后还会有这种反应。雅斯娜小心地和我开着玩笑，想缓解气氛。她的做法很有效：我有两次不由自主地冲大家笑了笑。

我们这次外出时，只有最小的兹拉塔和茵嘉一起留在了神殿里。我们还有四天就能回到神殿了。这天我坐在小河边，洗着被弄脏的衣服。我最初想回到家里后，用肥皂清洗污血在衣服上留下的痕迹，但今天从袋子里散发出了一阵阵恶臭，于是我决定先用清水漂洗一下衬衫。

我和玛拉们已经生活了四年时间，今天是第一次向雅斯娜和鲁斯兰娜提出了曾经和哥哥苦苦寻求答案的问题。

"幽冥到底是怎么出现的？是莫拉娜割下来的，还是女神脚下的影子自己站了起来？"

鲁斯兰娜露出会心的微笑，找了个舒服的姿势坐在身边的石头上。姐姐没有急着回答，我则继续揉搓着衣服。

"你信哪一个？"

"我不知道。"我马上回答。

我以前相信其中的一个说法，但现在不信了。我现在觉得两种说法都有问题。

"你已经知道活尸是从哪里来的，以及为什么会有玛拉。我们已经存在了很长时间。"鲁斯兰娜开始讲述。雅斯娜坐在不远的草地上，揪下一朵野菊花，开始一片片撕下白色花瓣。"我们是先出现的，后来突然出现了莫洛克。他们做着和我们相同的工作——杀死邪祟生物，但不止这些。他们和玛拉不同，还杀死凡人，如果那些人因为某个原因妨碍他们的话。我们有自己的规矩和准则。我们为活人服务,哪怕不能恢复被奥泽姆和苏梅拉破坏的平衡,起码会尽力弥补。莫洛克不效忠任何人。他们不会露出自己的面容,甚至可以说,他们即使今天为了救人而做了某些善举,也不能保证他们明天不会杀死被他们救过的人。"

我无法完全洗掉衣服上的污渍,但上面的臭味没了。我小心地拧着衣服,继续听她讲述。

"大概因为我们做的事有着相似之处,所以人们臆想出了我们和莫洛克之间的联系。因此也才出现了这些关于莫拉娜和幽冥的传说。但你记着,贝拉,哪怕是我们最古老的手稿都没提到这些传说是否真实。"

"但也没有记录说明传说是错误的。"雅斯娜扔掉被撕烂的花朵,突然插了一句,"而且以前只记录最重要的内容,大部分信息都是口口相传的。"

"这样说也对。"鲁斯兰娜把黑色长发甩到背后,没有反驳,"为公正起见,还得提一下有关莫洛克的其他传说。例如,说他们曾是奥泽姆和苏梅拉的冥国居民,和第一批活尸一起爬出了地面。说幽冥无始无终,实际上指的就是冥国的黑暗。幽冥对活尸通过裂开的湖泊逃到人间的事十分不满,于是派自己的侍从将出逃者捉回。所以莫洛克虽然在人间漫游,却对活人不太感兴趣,因为他们不是为了保护活人而被派到世间的。有人认为,他们只是最有理智的鬼物,杀死其他鬼物只是不想让出领地而已。他们很有理智,可以为了足够的代价被雇用。据说那些报酬会被送回奥泽姆和苏梅拉的宫殿,献给喜爱珍宝的冥国君主。"

"也就是说,你相信莫洛克是邪恶的?"我想弄清她的看法。

"不。我不认为他们是邪恶的,但他们肯定是危险的。"鲁斯兰娜严肃的目光从我身上移到雅斯娜身上,又移了回来,轻声说道,"只要我是你们的姐姐,我就要确信你们明白了这一点。如果你们喜欢传说,那就记住所有传说,而不只是那些好听的传说。不要忘了,即使恶狼没向我们露出牙齿,也不能走近它们。明白吗?"

"是的,离莫洛克远一点儿。"雅斯娜替我做了回答,但声音听起来懒洋洋的。

"然后呢?"鲁斯兰娜拖长声音问道。她想听到完整、正确的应对方案。

"永远不要和他们战斗。"我有气无力地加了一句。

我看不出一遍遍重复这些答案有什么意义,谁会去和幽冥的侍从作对呢?

❦

脑子里的想法和说出的话语会不会改变现实,会不会把提到的东西拉到现实中来?第二天,当我和姐姐们在一片空旷的林间空地休息时,我认可了这种说法。这是当我被一道闪光吸引了注意力,转头看向林墙时,才相信这种说法是可能的。

那闪光如此珍贵,如此温暖,如此明亮,那是金色的闪光。

那边轻轻一动,又一道夏季太阳的闪光从阴影中反射出来,照进了我的眼睛。于是一个模糊的身影开始晃动,眼前出现了一个莫洛克,让我看到了他的黑色、金色相间的面具。我一动不动,屏住呼吸,忘了呼吸是存活的必须动作。我甚至觉得就连心跳都停了下来,静了下来,让我能沉入寂静中。这寂静和突然涌入脑海的回忆让我喘不上气来。那回忆好像是别人的,实际上却是我的,只是已被遗忘而已。

我不害怕莫洛克背后的长剑,不害怕他高大的身材、宽阔的双肩和好像被时光磨损过的长披风,我不害怕他黑色的皮护甲和平稳又自信的步态,但他的面具……

莫洛克拖着被砍掉脑袋的吸血鬼的一条腿,看到我目瞪口呆的样子后,猛地停了下来。他看了一眼手里的东西,放开了手,好像直到现在才想起手里还抓着东西。

我大叫起来,和姐姐们的叫声掺杂在一起。只是她们是因为意外而大叫,迅速熄灭了火堆,奔向位于空地另一侧的马匹。我的大叫则变成了充满恨意的哭号。我不假思索地冲向莫洛克,想用手抓下他的面具。

我记得他!每个莫洛克的面具都是独一无二的,都是唯一的。

"贝拉!"阿廖娜的语气不像是命令,倒像是被吓坏了,但我没有回应她。

莫洛克又向前走了一步,但看到因为他的出现而造成的慌乱局面后,又站住了。离我最近的是米拉。米拉猛地抓住我的胳膊,把我向后拽,但我已经学会了很多招数,于是钻过她的胳膊,别过她的手腕,从她手里挣了出来。我甚至没有意识到,我在使用学到的知识来对付自己的姐姐。我现在什么都看不到,眼里只有幽冥之仆,还有脑海里我以为并不存在的回忆。

我记得这个面具!

他在那里出现过！当我在哥哥尸体旁边的水坑里快被呛死时，是他把我拎了出来。他把我这个六岁女孩儿扔到一边，然后继续厮杀。他既把剑刺入父亲仇敌的身上，也会砍杀我们的人，只要他们靠得太近。

我记得，是这个莫洛克从哥哥的尸身上扯下了斧头，动作粗鲁得像个屠夫。我记得，这个怪物杀死了两个想保护巴拉德尸体的人。

我想起了许多偷听到的话。王宫里的人们当着我的面谈论这些事情，以为我听不懂。他们闲聊时说道，杀手们能杀到王子身边，是因为借助了某种未知力量，因为王宫被层层保护——韦列斯特王公曾对王宫的防卫极度自信，根本不惧任何攻击。

他们说，杀手们潜入了巴拉德的房间。男孩儿奇迹般地脱了身，跑到了院子里，是在那里被追上的。我想起了在哥哥房间里看到的血迹，身子哆嗦起来。

我现在想起来了！

当我拼命想冲向对方时，雅斯娜用肩膀把我撞倒在地。她对我从不客气。我大口喘着气，不知道自己为什么躺在了地上。我呻吟着翻过身子。莫洛克远远地站住了，没再尝试走过来。我跳了起来，回忆起了所有可能的诅咒，发誓要向他报复。

父亲从没为家人担过心，因为他确信，没人能突破我们庄园的防卫。

没有人，但如果……

姐姐们没有跑开。她们抽出武器，在我和雅斯娜身前站成了半圆形，雅斯娜则使劲抱着我的腰。她拼命抱着我，想把我留在原地，抱得我肋骨生疼。我放声大哭，拼命挣扎，直到喘不上气来，身体变得疲惫无力。我脸上流淌着愤怒的泪水，怒火烧光了与姐妹们多年生活积累下来的所有自制力。雅斯娜不停地和我说着什么：一会儿温柔地安慰我，一会儿冲我大叫，命令我冷静下来。我却只盯着莫洛克。他扫了一眼玛拉们手里出鞘的利剑，突然向后退去。

他退向了森林方向，但不像是害怕。他若有所思地歪着头，轻松自如地向后退去。风帽挡住了部分面具。他又退了三步，退进了树木阴影中，就像刚才出现时那样，如幻影一般消失了。

"我记得他！"我面对姐姐们震惊的目光，一口气说了出来。"我看到过他。"我绝望地加了一句，声音有气无力，脑袋因为潮水般涌来的回忆痛了起来，让我觉得天旋地转。

说到奥泽姆和苏梅拉，北方人喜欢提醒你，要留神身边是否有鼹鼠，特别是当你在山上寻宝时。他们认为鼹鼠是冥王和冥后的仆从。下面这首小诗是我从孩子们那里听到的。他们说是从爷爷、奶奶那里学到的，而爷爷、奶奶则是从他们的姥姥那里听来的。据说鼹鼠们天天对着矿工们读这首诗，向他们讲述，拥有无尽宝藏的统治者是如何生活的。

在深深的、黑暗的地下国度，
他们怀抱、坐拥着无尽财富。
在水晶和蛋白石柱之间，
串串红宝石光彩绚烂。
周围是经年累月的金色琥珀，
银须的奥泽姆王肃面沉默。
身旁的苏梅拉王后身着靓丽盛装，
却要生人对他们的财富断却奢望。
他们愁眉紧锁，静静地坐在尸体中央，
忧伤的苏梅拉仍在期待，奥泽姆却已沉入梦乡。
玛瑙和金币不能让王后欢畅，
她两眼忧伤，因为无人在身旁。

玛拉基·佐托夫
《玛拉和莫洛克轶事》

第十五章

"玛拉,你干什么?"伊莱看到我抓起一根燃烧的木棍,喊了一声,"你不会这么笨吧?"

我没回答他,甚至没有看他,因为没心思和他说话。我的目光疯狂地扫过被吓坏后乱跑的人群。我们站在河边一个燃着篝火的林间空地上。我想从叫喊声中确定慌乱到底来自哪里,是哪个方向的人在大喊"莫洛克"。我觉得声音最高的叫喊声是从几个节日主火堆那里传来的。我想冲向那里,但骨雕师粗鲁地抓住我的胳膊,然后夺下了我手里可怜的武器。伊莱抓的是被烧得滚烫的地方,疼得他嗞嗞地叫着,把树枝又扔回了火堆。

"你到底看到了什么?火再有一会儿就烧到你的手了!"当我根本不理会他,仍聚精会神地盯着在树间闪动的身影时,他冲我吼道，"玛拉是不会和莫洛克作战的。你忘了他们是什么人吗？没人能和他们作战的，都得藏起来！"

"是玛拉们不和他们作战。"我此时的回答出奇的平静，"而我和莫洛克们有账要算。"

伊莱的脸色在我面前变得十分苍白。他看着我，被震惊得说不出话来。他在我的目光中寻找着答案，但我没有时间浪费在他身上。我没等骨雕师提出新的问题，就命令他自己藏起来，然后绕过他，穿过树林，跑向几个最大的火堆。我要找到姐妹们，特别是兹拉塔，她一次也没遇到过莫洛克。

当我跑到那块林间空地后，很多人要么已经跑开，要么藏进了附近的房子里。没人再喊莫洛克的名字，怕引起他的注意。篝火仍欢快地发着"噼啪"声，但长椅已经被撞翻，乐器和酒杯、掉落的花环乱扔在地上。几个姑娘全速跑过来，没看到我，撞到了我身上，吓得尖声惊叫，飞快地跑向别的方向。

没藏起来的只有那些还没来得及的人，或者那些和我一样寻找亲友的人。我全神贯注地看着周围，虽然不是一眼就看到了莫洛克，但还是发现了他。莫洛克正背朝着我，在几幢房子中间慢慢走着。他的黑色披风很长，我是凭他背后的长剑才发现了他。他没有攻击任何人，没有跑动，甚至没有拔出武器。他的步态很自信，不慌不忙，并不理会他给大家造成了什么混乱。

当他察觉有人在盯着他后，停在了一个火堆旁，稍微转了下头。我的全身都绷紧了。我的牙被咬得生疼。我攥紧拳头，指甲掐进了手心里。我要看到他的面具，但莫洛克转头的角度不够，我看不清面具，只看到面具上的金色反射了一下篝火的橘黄色火光。幽冥之仆又转过身，继续漫步前行。

"莫洛克！"我充满恨意的大叫声没有让他停下脚步。

他走到盖文的房子前，突然转头看向我。我脑后的血管在突突地跳。我们之间有三十多米的距离，但房子的阴影让我无法确认这是不是我在寻找的那个莫洛克。我心里好像感受到了他的冷笑。莫洛克转过身，消失在屋角后。

我向前冲去，双脚在撒了蜂蜜的草地上打着滑。我扶着铁匠房子的外墙，手无寸铁，寻找着莫洛克。但我一下子愣住了，茫然若失地站着。

这里没有人。我环顾着空荡荡的四周，恐惧一波一波地袭来，呼吸变得十分急促，心脏好像跳到了喉咙里。我不怕和敌人正面冲突，但当你知道他在身边，却看不到他时，这最让人害怕。

我慢慢地绕着房子走着。我一直大睁着双眼，最后累得只能强迫自己眨眨眼睛。由于昏暗的光线和明亮的篝火在我面前不停变换，我的眼前不断冒出黑斑，视线有时变得模糊不清。我转到房子后面，又看到了莫洛克。他对周围人毫不在意，又要离开。我深吸一口气，想大叫一声，吸引他的注意力，让他回过头来，让我看一下他的面具。

后面有人捂住了我的嘴，我的叫声听起来像是"哞哞"声。一只胳膊抱着我的腰，把我抱起来，抱到了屋角后。我最后一眼看到，莫洛克听到了我双腿乱蹬，一只脚钩住墙发出的摩擦声，停了下来。

"小点儿声。"伊莱低声说着，声音却因为强行压下的恐惧或愤怒而有些颤抖，"你是个白痴。你跟我说起怨魂来头头是道，自己却要手无寸铁地去攻击莫洛克。"

他使劲捂着我的口鼻，让我无法呼吸，因此给我造成的慌乱更甚于幽冥之仆的存在。骨雕师察觉到了这一点，但更卖力地隔绝了氧气。我也更用力地双腿乱踢，想摆脱他的束缚，但他却让我无计可施。伊莱用后背挤开房门。我们进了他家的房子外间，进了走廊，然后他撞到了什么东西。我们倒在地上，但伊莱没有放松束缚。骨雕师后背靠到墙上，仍使劲抱着我，喘着粗气。我已经被憋得几乎无力反抗，感到令人恶心的头晕目眩，手脚软得像棉花，勉强能动。我瘫软在他的怀抱里。伊莱放松了束缚，我终于可以呼吸了，但他手上散发出一股奇怪的味道，让我感觉全身无力，几乎昏昏欲睡。

"别犯傻，玛拉。不要跟莫洛克扯上关系。我不知道你怎么了，但莫洛克也不是一个人。如果他的兄弟们听说玛拉们攻击了他们的人，会有什么后果？"他小声说着，屋外的轻微喊声也分散着我的注意力，"莫洛克们没有住所，但大家都知道玛拉们住在哪里。"

他说得对，但我仍有气无力地反抗着。

"他会离开的，我们等一会儿就好了。他暂时没动任何人。只要不挑衅他，他就直接回家了。"

曼陀罗花。他把曼陀罗花用在了我身上。

他把药涂在手掌上，手上有药味儿。

我绷紧了每块肌肉，身体慢慢有了力量。对抗着因为药的甜香而在脑袋里产生的雾霭。曼陀罗花对身体无害，但会让人思维模糊，甚至被催眠。

我不再反抗，嘴里发出了含义不明的声音。我屏住呼吸，不再吸入药草的味道。伊莱又用力抓了我一会儿，然后觉得我已经睡着了，稍稍放松了抱着我的腰的胳膊。

"白痴。"骨雕师说道，声音比耳语大不了多少。我听到了撞击声，那是他的头撞到了后面的墙。"真是个白痴。"他恼怒的声音从牙缝间挤了出来，后脑勺第二次、第三次撞击着墙壁，这已经是故意的了。

骨雕师稍微调整了一下我的姿势，让我更方便地坐到他腿上，这也是我想要的。他放开了对我身侧的控制，我马上做出了反应。我的胳膊肘猛地撞到了骨雕师的肚子上，他被突如其来的攻击撞得弯起了身子。他无法再抓得那么紧。我拧住他的手腕，他完全放开了我。屋里漆黑一团，我从他身边爬开，撞到另一面墙上，又摔倒在地。

"玛拉，不……不要。"骨雕师一边努力平复着呼吸，一边叫着我。

我身体打着晃，但仍坚持着站了起来，双手摸索着找到了屋门和把手。我到了房子外间，然后差点儿翻滚到了街上。我在最后一刻绊住了自己的双脚，但及时抓住了门把手。我深深呼吸了一口清凉的夜间空气。我没等曼陀罗造成的头晕感消失，就摇晃着身体，离开了盖文家向前走去。伊莱没有追出来。

莫洛克大概已经走了，因为街上的人多了起来。我把肩膀靠在身旁的一棵树上，倚着树干，停了一会儿。我不停地深呼吸，清除着肺里的曼陀罗药力。

"贝拉！"雅斯娜最先发现了我，摸着我颤抖的双手、双肩，

第十五章

149

打量着我的双眼,"没事吧?出什么事了?你是不是……"

"我是不是攻击了莫洛克?"我一边晃着头,努力摆脱着残余的头晕感,一边声音嘶哑地答道,"没有。只是想看看他。"

"你脸色不好。"她说道。

"喝多了。"我看着盖文和伊莱家的房子,突然撒了个谎。房子窗户里仍然漆黑一团。

"兹拉塔和米拉在一起,她们先回旅舍了。我回来找你,走吧。"姐姐搀着我的胳膊,我没有拒绝,虽然可以自己走。

"莫洛克呢?"

"他走了,贝拉。"

"他有没有杀人?"

"没有,所以忘了他吧。"

我现在的行动恰恰是在遵守雅斯娜和每位姐姐的要求。在遇到类似情况下,她们想让我这样行动。我听话地点点头,让自己远离庆祝现场,不再提起莫洛克的名字。

我相信,雅斯娜会假装幽冥之仆根本没来过庆祝现场。没人看到过莫洛克,他也根本不存在。在我回忆起巴拉德和家人被袭击时莫洛克在场的情况后,她从不谈论莫洛克,也不会提起他,尽可能回避任何有关幽冥之仆的谈话。

我十四岁那年,久已遗忘的记忆又回到了脑海中,我有三天时间又是一言不发。我没再生病,可以控制舌头,声带一切正常,但新回忆却好像要把我的脑袋浸入以往的现实中,而身体则拼命抵抗,不让我说话。我只是张开嘴,但又马上闭嘴,发不出任何声音。我喝的安神药浸酒的次数又超过了平时的数量,幸好三天以后就正常了。我平静了下来，又回到了玛拉的日常生活中。姐妹们在我最困难的时候陪在我身边，支持着我。雅斯娜从那时起就竭尽全力忽略莫洛克存在的事实，担心谈到幽冥之仆会打开我的过往中的又一个魔盒。

我虽然喜欢所有姐妹，但和雅斯娜最亲近。我感激她的关心，虽然自己并不认为随口谈到莫洛克会让我回忆起什么新的痛苦。我从那时起再也没有回忆起被遗忘的细节，因此我也无法了解自己更详细的以往经历。

但我们刚回到旅舍，兹拉塔就开始讲述幽冥之仆的事。她以前从未见过莫洛克，所以忍不住喋喋不休地叙说。最后雅斯娜下令她安静下来，让她去睡觉。我没脱衣服就睡着了。我临睡前只是看了一眼窗外即将破晓的天色，就钻进了被子里，像往常那样，期待着送走以往，逃向明天。

✦

"你不想和骨雕师告别吗？"雅斯娜问我时，我正梳理头发。

我们睡到了中午才起床，不想匆忙上路，想在昨晚的事件后休息一下。我们已经洗了脸，在酒馆里吃了早饭，收拾好了行李，准备回神殿。米拉和兹拉塔还在收拾行李。

"你为什么觉得我得和他告别？"我一边把梳子放进包里，一边问道。

我没告诉她曼陀罗的事。我睡醒后没有怨恨伊莱，因为大体上也明白，他这么做是想保护我。即便是姐姐们都会被我想冲向莫洛克的念头吓坏。我那时失去了自控，看上去像疯了一样。伊莱本可跑开的。我让他藏起来，他却跟在我身后。但他居然想到使用曼陀罗，这让我感觉诧异。普通人不会想到这些，而且也不是每个人都认识这种植物。骨雕师应该不仅熟悉这些草药，还知道它们长在哪里。如果怀疑他经常随身携带这类东西，那听起来有些荒唐，他大概是在小树林里找到的。

"你喜欢他。"

雅斯娜的回答让我有些失神，我不由自主地皱起了眉头。

"不光我一个人喜欢他，我不喜欢竞争。"

"如果他也喜欢你呢？"雅斯娜不知为什么不依不饶。

"那也不行。"我把红披风披到肩上，两只胳膊伸进宽大的袖子里，平静地回答，"庆祝结束了，雅斯娜。我们不能再伪装成普通人了，我们没法过这样的生活。魔法会在黎明时失效。"

我检查着披风，整理着身上的衣服，装出纽扣比谈话更有意思的样子。不过我不会否认想和伊莱再见一面，向他道歉，因为我把他吓坏了，还打了他的肚子。这次再见一面，以后永远不见。

我们两次见面都是偶遇。第三次即便是有意为之，也是不成功的。命运不见得会让我们再度相逢。我虽然知道他住在哪里，但盖文说过，他经常一走就是几年。所以我和骨雕师的交往还没开始，就已经结束了。

"那我们去盖文那儿买几支箭。要不你再买把新斧头？"雅斯娜把背包甩到肩后，随口说了句就走向门口。

我没告诉她盖文和伊莱是一家人。但面对我阴沉的脸，她仍然自得地笑着，我知道她这是认真的。她随时在观察你，哪怕当你觉得她根本没看你时。我故意大声叹了一口气，抓起自己的背包，跟着雅斯娜从房间里走了出来。

我们又穿回了红色衣服，所以马上吸引了道克尔居民的注意。人们向我们致意，向我们鞠躬，有人向我们奉献食物，有人则低语说莫洛克走了，因为他感受到了我们的存在。

我和姐妹们没理会旁人的话，牵出马匹，赶往盖文房子旁边的铁匠铺。看铁匠满脸的汗水和弄脏的围裙，他应该已经工作了不止一个小时。他看到我们后放下了铁匠锤，从铁匠铺敞开的大门里走了出来。他满面笑容，直到雅斯娜下马走向他后，脸上的笑容才消失。米拉和兹拉塔跟在雅斯娜后面，我则留在了马上。

盖文不怕任何人砍价，但雅斯娜除外，因为姐姐每次都能说赢他，起码能让他降一点儿价格。我们都很清楚，盖文不缺订单，不过因为我们才有稳定的收入。

铁匠铺里正在熔炼金属，剑胚被烧得通红，因此远远地就能感受到里面的温度。盖文有几个助手，所以当铁匠师傅和雅斯娜、米拉谈价格时，我低下头，想看清里面都有谁。

第一个人个子太矮，不是伊莱。第二个人我多看了一会儿，但他的头发太短，脸色太黑。我抓着马缰，装作看马脖子的样子，不停地环顾四周。不过我跟骨雕师又有什么可说的呢？

对不起！我一回忆起以往经历就情绪不好。

对不起！我一想起莫洛克就会发神经。

我想起这些后，皱起了眉头，在他看来我大概就是这样的人吧。我越回想发生的事情，就越感觉尴尬。我有些难为情，不由自主地咬住了嘴唇，偷偷扫视盖文的房子。我仔细打量着二楼的窗户，猜测那里应该是卧室。

我这么多年来第一次感到遗憾，真心遗憾自己毁了现在的一切。我第一次真心希望能放下以往，把回忆的重负从肩头扔下去，过得稍稍……幸福一些。

"他去狩猎了。"

我哆嗦了一下，马上低头看向盖文。我看窗户时太入神了，都没发现他是什么时候过来的。

"我不……"

"我是说伊莱，玛拉。你在找他。"

是的。

"不。"

盖文稍稍歪了下头，向我露出了会意的微笑。这我倒不奇怪，我自己都不相信刚才的话。

"伊莱是两小时前走的。我不知道他什么时候回来，但肯定会回来。我侄子让我把这个交给你。"

我期待着看到随便什么礼物，却不是这个装饰着几颗骨珠的细细的黑丝带。玛拉们几乎不用丝带绑头发，除非是节日或去觐见国王时。为方便起见，与鬼物作战时只要编个辫子就可以了。主要是为了方便，而不是为了漂亮。不过我还是怯怯地接过礼物，却不知说什么好。我猜伊莱特地选了黑丝带，是为了让头发中只露出骨珠。

"请你原谅，他是第一次做这种东西。"铁匠看着发呆的我，冷不丁难为情地嘟哝了一句。我仍然盯着手里的丝带，完全想不到什么时候能用它。

"你为什么道歉？"

"我教育他的方法不对。我漏教了某些东西，或者把一些错误的东西放进了小家伙的脑袋里。我跟他说过的，不能给女孩儿们送这些！应该把银的、金的或珍珠什么的编进去，他却总是用骨头做饰物。哪个姑娘会喜欢这些东西？！"

"玛拉喜欢？"我冷不丁回了句，不过自己都不明白这是确认，还是在询问。

盖文哼了一声，模模糊糊地嘟哝了句什么。我把丝带藏进了衣兜，木然地点头感谢铁匠。雅斯娜把钱币交给铁匠，然后把满满一囊箭挂在鞍袋旁。姐妹们都上了马。

"盖文。"当铁匠准备走开时，我忽然叫了他一声，他转过身，我犹豫着，不知该不该用这种方式向伊莱道歉，"请告诉你侄子，让他不要忘了带剑。他知道的，他答应过我。"

铁匠疑惑地挑起眉毛，但后来答应转达我的话。我上了马，以防万一又检查了一次衣兜里的丝带。当我明白这是我这辈子收到的最不浪漫的礼物时，不由得微笑起来。

确实如此。除了骨雕师，谁又能送出一条装饰着骨头的黑丝带呢？

第十六章

我是在仲冬之月出生的,这是一年中最冷的时间。夏季好像知道这些,所以仇视我,时不时地给我带来一些不幸。

时值夏末,当我站在神殿门口,看着出现在神殿门外的客人时,我就是这么想的。

我今年初就十六岁了。阿廖娜死了,鲁斯兰娜成了最年长的玛拉,小艾卡来到了我们中间。小姑娘正藏在茵嘉背后,不时探出头,打量着这些身份尊贵的客人。

我还没毕业,所以尽管认识来客,却没迎上去。只有鲁斯兰娜迎向了客人,想了解他们来访的目的。

雅斯娜把一只手放到我肩上,握紧手指,表示对我无声的支持。我很感激她,但确实只想走开,不想看到来找我们的艾莉娅公主。

她没和父亲一起来，但带着六名随从护卫。这些护卫我一个也不认识，不过他们身穿绣着绿色和金色花纹的黑色长袍，这确实是阿绍尔人喜欢的颜色。

　　姐妹们告诉我，这并不是她的第一次来访。艾莉娅去年冬天就想和我见面，她那时是乘着由三匹马拉着的昂贵雪橇来的。雪橇铃铛的声音异常响亮，用兹拉塔的话说，"一大早不光把本地区的鬼物都吓坏了，而且把玛拉神殿里的所有人都惊醒了"。我听着她们的讲述，脸上露出了笑容，虽然更多的是因为自己当时不在神殿里而高兴。我和鲁斯兰娜当时正在亚拉特南部。我不知道，在袭击我家和杀死哥哥这件事情上，是南方的某个王公犯下了罪行，还是所有王公都有罪。但鲁斯兰娜想让我多去南方，放下心里的仇恨，不要执着于国家之间的疆界，因为玛拉是无国界的。我们不应该操心领土如何划分，哪里是谁在统治，我们有其他的使命。

　　现在艾莉娅来了。

　　我后背的每条神经和肌肉都好像被刺激了一下，掠过一阵战栗。当我意识到十年时间一晃而过时，能感觉自己的脸色变得异常苍白。哥哥死了十年了。巴拉德要活着的话，今年春天就二十岁了。他应该已经成婚了，甚至可能已经统一北方，成了王公。

　　跟现在完全不一样。

　　如果现实是那样的话，我会成为玛拉吗？我或者和艾莉娅一样，现在可能正穿着精美的萨拉凡，上面有雅致的绣花和轻巧的花边；头上戴着盾形冠冕[1]，上面垂下用昂贵珍珠连成的璎珞？或

---

[1] 古斯拉夫妇女的传统头饰，主体多为较硬的扇形、半月形或圆盾形框架，并用丝带、贵金属和宝石进行装饰。

者在那个家人们幸福健康的世界里，我也会穿上一身红衣？

我晃了晃脑袋，把脑子里乱成蛛网的一堆问题甩掉。这些问题曾经折磨过我，像万花筒一样给我闪现出各种幸福的答案。但它们仅是念头而已。

它们昙花一现。它们甜蜜诱人，但不真实。

十年之后我第一次看到了艾莉娅。女孩儿长得出奇漂亮。金色卷发长到了腰部，明亮的蜜色大眼睛像童年时一样饱含着清纯的魅力。她的皮肤有些苍白，长长的手指显得很优雅。她已经十八岁了，但发辫上仍绑着丝带，盾形冠冕只起着装饰作用，没有盖住头部，说明她还未婚。

韦列斯特王公的战士都骑着马，远远地停下。艾莉娅朝鲁斯兰娜走来，她们在神殿和林带中间的空地上见了面。

我和姐妹们看着她们谈话，等待着。我们听不到谈话声，而且鲁斯兰娜背朝我们站着，我们猜不到她对公主的话有何情绪。鲁斯兰娜用了不到五分钟就走了回来，而艾莉娅顺从地站在原地。她的目光准确地找到了我，目不转睛地盯着我。我没等最年长的玛拉走到跟前，就已经猜出她要对我说什么。

"公主想和你谈一下，贝拉。只和你谈。"

"为什么？"我问道。

"说她有个请求。"

我强忍着没有生硬地拒绝。因为我的回答并不是针对鲁斯兰娜，而是针对公主。艾莉娅站得太远，听不到。

"我不想和她谈。"

"我知道。"鲁斯兰娜叹了一口气，认可我的意见，"但倾听普通人的请求是我们的任务。如果请求与邪祟生物没有任何关系，我们才有权拒绝。"

我默默地把目光从鲁斯兰娜转向公主，又转了回来。

"就把这当成是对自己的考验，贝拉。"年长的玛拉站在我面前，挡住了艾莉娅，脸上带着温柔的笑容说着，"你直面恐惧的时候越多，它们就越无法困扰你。有一天你会彻底摆脱它们。"

我琢磨着她的话。我心里有些不情愿，迟疑地朝公主走去，但又想起，我已经不是那个六岁的小女孩儿了，也不再是王公的小女儿。我是一位玛拉，我们有七个姐妹。

"你好，贝列达。"当我满怀自信地站到艾莉娅面前时，她小声地向我打了个招呼。

我走到距她两米远的地方站住，不想走近她。她的嗓音变了，变得更动听、更悦耳，语调也更温暖、更柔和了。不过她的目光中有些胆怯。我虽然比她年轻，但我们的个子一样高。

"你好，公主！"

艾莉娅迟疑地咬着嘴唇，回头看了一眼，看是否有人在偷听。我皱起眉头，感觉她有些神经过敏。

"我需要你的帮助，贝拉。"

我若有所思地歪着头，盯着艾莉娅，想理解她话里的意思。我站在公主面前，就像透过镜子看到了自己以前的生活一样。如果他们父女没来找我们，就不会发生袭击了。

"你去找我父亲帮忙吧。"我打断她的话，想用冷漠的语调打破她继续谈话的愿望。

最糟糕的并非她活了下来，而是我哥哥死了。

第十六章

也并非她穿的裙子，戴的首饰本来是应该属于我的。

最让人痛苦的是，她住我家里，睡的大概还是我的卧室。王宫里的人称她为"我们的公主"，父亲则把她看成女儿。

我不光被家里人送了出来，我还被替换了。

不是被别人，而是被塞拉特的艾莉娅替换了。

哪怕随便其他的孩子都无所谓。哪怕是韦列斯特王公新妻子的亲生孩子都无所谓。但不能是艾莉娅，那个不光偷走了哥哥的心，还偷走了他生命的女孩儿。

我不知道刀子插进身体时会有何感受，但我现在觉得，好像有把钝刀子插入了我的肩胛骨中间。

"我试过了。"她大大方方地承认，"但只有你能帮我。"

我的身体因为无声的冷笑而颤抖，但幸好我压制住了神经质的冷笑。

"我还有什么可给你的，公主？"我没有掩饰脸上的苦笑，问道。

艾莉娅明白我的暗示。她抿住嘴唇，痛苦地拧起了眉毛。

"我也不想这样，贝拉。我一见面就爱上了巴拉德，现在你父亲却让我嫁给别人。"

"可以理解。你已经十八岁了，你还有塞拉特公主的封号。韦列斯特王公一开始把你接过来，是想利用联姻的手段来加强影响力。"我基本上认同父亲的做法。他这么做，原因大概比我列举得更多，但更具体我就不清楚了。

"他一个孩子都还没生下！没有女儿，也没有儿子！她的新妻子流了产，从那以后再没怀孕。"

我被这个消息震惊了，一时之间有些失神。难道新王公夫人还没生下继承人？

"王公想让我嫁给他好友的儿子。他那个好友是最富有的大贵族，有无数分封的土地和强大的卫队。他儿子比我小，但明年初我们就能……结婚了。"

我一开始还认可地点着头，但听到艾莉娅话里莫名其妙的不满和担心后，就停了下来。如果不是我父亲，公主在拉多维德死后就可能被直接干掉了。韦列斯特王公给了她住所、保护、财富和权力。而她在嫁给最有势力的贵族后可以继续快乐地生活，直到生命的最后一天都会受到保护。

"我不能嫁给他！"艾莉娅发现我并不清楚她为何焦虑不安，于是抬高了嗓音。她跨过我们之间的距离，紧紧抓住了我的手腕，"我不能。"

我生气地哼了一声。当这位公主境况飘摇时，父亲给了她不可胜数的东西，她却不想要。

"我爱巴拉德，不会放弃他的。"她一边晃动我的手，表示我的鄙视让她很不舒服，一边用命令的语气说着。

冷笑从我脸上消失了，我感觉脸部肌肉变得僵硬。面对她的无耻，我咬紧了牙关。她居然敢跟我提起哥哥。

艾莉娅在我的眼神里看到了某种东西，她马上放开我的手，退了半步。我的目光慢慢看向她胸前，看到了衬衫下面的金色闪光。我不用看，就知道这是哥哥送给她的半月项链。因为我脖子上挂的也是这样的，不过是银的。

"我爱巴拉德。"艾莉娅的声音中有一丝颤抖。

第十六章

我恨这个公主。

我听她谈论自己的爱情,而且固执地提到哥哥的名字后,心里感到难受。我把牙咬得"咯咯"响。

"巴拉德死了。"我粗鲁地打断她,对她的恨意倍增。因为艾莉娅,我又要说出这个事实。

"不!"艾莉娅马上反对。

"是的!"我怒吼道,姑娘又退了半步,"我哥哥死了!因为你和你父亲!阿绍尔王公夫人、王子和公主都因为你们的联姻死了!"

我故意把自己加了进去,因为作为阿绍尔公主的贝列达也和她妈妈、哥哥一样死了。

"让统一见鬼去吧!"我咆哮着,不管别人是否听到,"我看到过巴拉德的尸体!当你和你父亲黄昏逃走时,我看到过敌人杀死了我从小就熟悉的那些人!不要跟我提起哥哥,你没有权力提到他的名字!"

"贝拉……"

"够了!见鬼去吧!"最后一句话我是低声说出的,因为我甚至再无力恨她。我已经筋疲力尽。

我还没来得及转身,艾莉娅就又抓住了我的手。她的手指抓得我生疼,好像用尽全身之力抓着我。

"不,贝拉。巴拉德是可以回来的,相信我。你可以帮忙,只有你能帮我们。你侍奉莫拉娜,是她亲手选中的,也就是说,你可以请求她。求你了,贝拉。这不是为了我,是为了巴拉德!请她放过他!你还记得童年的故事吗?记得那些传说吗?你知道什么是事实,什么是谎言。你也知道怎么和莫拉娜见面!求你了,莫拉娜肯定可以……"

我抽出手,她喋喋不休的话语也停了下来。

我没冲公主喊,也没回答她,只是听着她病态、急促地讲述着。我听她唠唠叨叨地说着,看到她修长的手指在颤抖,全身好像打着冷战。我发现了刚才没注意到的东西:她的眼睛里发着狂热的光,她的瞳孔有些放大,目光在闪烁,含着怯意。

我又看到了这些,这种疯狂和忧伤。

巴拉德死后,妈妈眼里就是这种目光。

"贝拉……"艾莉娅迟疑地说道。她被我的沉默和脸上冷漠的表情吓住了,这甚至比大吼大叫更让她害怕。她的下嘴唇开始颤抖,处在放声大哭的边缘。

"走吧,公主。嫁给贵族的儿子吧。安静、温暖地过一辈子。我能帮你的只有这个建议。"我声音平静地说道。

我向后退去,离开了她,好像担心这种疯病能传染一样。我不想再回到黑暗的过去。我刚刚从那里面爬了出来,彻底摆脱了噩梦和罂粟药剂的纠缠。

"贝拉,求求你,帮帮我。"

"不。"我干巴巴地回答。

因为我自己也是在死后才能看到莫拉娜。而哥哥大概很早就转生了,我祈祷他的新人生是幸福的。

"你可以和他见面啊!和我一起去见莫拉娜吧,贝拉!"她断断续续地说着,脸上灿烂的笑容乍看上去十分迷人,但她的嘴角在神经质地抽动,眼睛一眨不眨,目光中没有一丝活力。

我全身颤抖,不知道她说的是什么意思。公主是不是要割断自己和我的脖子,去莫拉娜那里与巴拉德见面?或者她只想杀死我,坚信我是冬季与死亡女神的侍从,可以毫发无损地从她那里回来?

"你会帮我吗,贝拉?"艾莉娅怀着孩童般的希望问道,眼睛里没有一丝怀疑。她甚至没意识到她的提议有多荒唐。

"不。"我机械地重复了一句,转身,走开。

第十七章

　　我十六岁那年和艾莉娅相遇时觉得夏天仇视我,只会给我带来不幸。但十九岁时,这些甜蜜、温暖的夏月真正成了最糟糕的月份。一切开始于半月项链和美人鱼,接着是噩梦和回忆、安神药浸酒和莫洛克的出现。我害怕的事物像被惊扰的溺水鬼一样,一个接一个从沉寂的池塘里爬了出来。它们好像知道,单独一个拿我没办法,所以一起出来对付我。

　　我看着窗外的神殿内院,脑子里转着这些想法。我双手抱胸,肩膀倚在墙上,自己都感到奇怪,我居然就这么心平气和地听着神殿女执事们匆忙跑过,交头接耳地谈论着北方最有权势的人来到神殿的事情。

　　韦列斯特王公亲至。

从姐妹们把我带走那天起，我就再也没见过父亲。

我猜自己之所以没有难过，是因为还没看到他。窗户朝向内院，而带着随从的韦列斯特正等在墙外。如非必要，就算是王公，我们也都不让进入神殿。在我的记忆中，进入神殿的要么是急需的人员，要么是经常和我们打交道的人。盖文来过我们这里两次，送来了我们购买的剑。我们很早就认识他，所以他毫不拘束地留下来稍作休息，吃了点儿东西之后才上路。有些我们认识的商人或巫师也来过我们这里。

王公是重要客人，无事不会来这里，因此所有玛拉都必须出迎。不过，我虽然也知道这一点，但并不急于下楼，而是拖延着时间，幻想我只要眨眨眼，一切就都会消失。我们两天前才从道克尔回来，夏天就已经决定给我送来新的意外。

我垂下目光，立刻看到了雅斯娜。她正双手叉腰，站在院子里。我相信，虽然窗户玻璃反射着晨光，但她能准确无误地看到我。我翻了个白眼儿，但又笑了起来。我们两人太熟悉对方了。只要我不下楼，她就不会离开那里。我离开墙壁，走出屋来，去欢迎阿绍尔王公，看他长途跋涉来这里做什么。

玛拉们这次没和女执事们一起聚在门口，这次所有玛拉都来迎接我父亲。他带来了二十人卫队。所有人都骑着矫健的战马，身佩武器，穿着贵重、整洁的长袍。雅斯娜紧紧抓着我的胳膊，拉着我走向其他玛拉，不过这没什么必要，我还不想逃跑。

王公轻巧地从马鞍上跳下来。他四十五岁，看起来精神不错。肩膀宽厚，双臂强壮，只是胖了一些。他的黑发长到了肩部，络腮胡子则剪得整整齐齐。他步伐稳健地走向我们，风儿撩起他贵重的锦缎长袍的下摆，露出了宽宽的皮带和挂在皮带上，插在华贵剑鞘中的长剑。

我看到父亲身体健康，不由自主地舒了一口气。王公的目光至少扫了所有玛拉三次，最后才认出了我。然后他有些迟疑地在离我们五米远的地方停下。王公一开始目不转睛地盯着我，连打招呼的话都说不出来。当鲁斯兰娜喊了他一声后，他才快速眨起了眼，好像刚睡醒一样。

"欢迎您，韦列斯特王公。"

"我向您表示感谢，并向您致歉，耽误了您的重要事务。"

鲁斯兰娜语气平静地向我父亲致敬，而王公却有些紧张，低下了头。玛拉是王公们唯一乐意致敬的人，因为当人生路走到尽头时，死神将光顾所有人。无论你是农民还是富豪的地主，毫无区别。

"这很正常。我们随时准备倾听别人的诉求。如果您的问题很复杂的话，可以进去喝杯茶。"鲁斯兰娜飞快地扫了我一眼，向王公提议。

雅斯娜神色不变，但还是紧紧地抓住了我的胳膊，好像我随时都可能逃跑一样。

"十分感谢！但我不能占用您的时间，更不能因为我的到来而给神殿增加麻烦。我的问题虽然也需要解决，但只是小事，我都愧于提出这样的请求。"

玛拉们专注地听着。

"我之所以来找你们，是因为知道你们做这事比我的人更好、更快。"王公继续兜着圈子，"贝列……贝列达。"

父亲结巴起来，要么他比我更紧张，要么是忘了怎么叫我的

第十七章

167

名字。姐妹们稍微退后一些,让我走到前排。既然客人向我提出了请求,那就让我来替她们回应。

"贝列达。"父亲的话语已经更柔和,从中也能听出明显的放松。他冲我微笑着,但我却不能回以微笑,因为我和他面对面时,感觉自己手足无措。

我打量着他的绿色眼睛。我在想,如果哥哥活这么大,是不是也是这个样子。令我觉得奇怪的是,我和父亲相似的地方很少。头发、眼睛的颜色,大概还有眉毛和他有点儿像。而嘴唇、颧骨和鼻子则遗传自母亲。大家都说,这是最成功的组合,要知道母亲可是个大美人。听别人说,父亲对她一见钟情。

"你和你母亲一模一样。"他突然脱口而出,而我觉得有点喘不上气,就好像有人伸手掐住了我的喉咙。

我紧张地咽了几次黏稠的唾沫,想放松一下下巴和脖子。我拼命忍着没有放声大哭,没有问他是不是想念我,是否经常想起我,或者艾莉娅是不是他最好的女儿。

"我很遗憾没能保护好你,很遗憾所有过错在我。虽然你不能说话,但我相信,你的声音和你母亲一模一样。"

玛拉们在我背后窃窃私语,她们和我想的一样。他不知道,不知道我早就可以说话了。我的嘴角僵硬地挤出一丝微笑,眨着眼睛忍着快要流出的泪水,张开嘴,想着第一句话该说些什么。已经过了这么多年,该说什么才好?但父亲打断了我的思路:

"我不该说这些的。我知道,你现在是玛拉,不是普通人,是女神亲手选中的,我早已不是你父亲了。"

韦列斯特藏起了所有情绪,舒展开双肩。他变得更忧郁了,脸上的表情也更严肃。他顿了顿接着说:"我来请求帮助,我想要找到艾莉娅公主。"

我立刻闭上了嘴,一句话也没说。当我听到公主的名字后,脸色阴沉下来。

"我本以为能在这里找到她,但我现在明白自己想错了。艾莉娅要举行婚礼了,但她这些年一直不忘巴拉德。"虽然父亲提到哥哥时会皱眉,但与我的名字相比,他能更轻松地叫出哥哥的名字,就好像经常记起他一样,"虽然她也会做傻事,但所有巫师和医生都确认她神智正常,而她有这些古怪念头只是因为不想嫁给那些人而已。"

"你让她选择了吗?"

"是的。我对她让步了,给她推荐了……几个人选。"

父亲说到最后时有些结巴,声音低到了耳语的程度。他发现我可以说话了,惊讶地瞪大了双眼。但我的脸仍然很冷漠。艾莉娅可以选择未婚夫,这已经超出了许多王公女儿的期望值。要知道她甚至不是韦列斯特的亲生女儿。

"她逃跑了?"我已经猜出了艾莉娅的做法,这么问只是想确认一下。

"是的。"王公费力地说道。

"又是这样。"我故意加了一句,只是想提醒父亲,我没忘记自己曾寻找过她。

"又是这样。"父亲不情愿地承认道,"所以我才来求你,贝列达。我知道你能找到她,她十有八九在塞拉特公国。没有联姻,就无法完成统一。我不能往那里派出卫队去找她,而玛拉是没有国界的。"

虽然我不喜欢这种安排，但韦列斯特的做法是正确的。没有艾莉娅和联姻，就无法通过和平途径统一塞拉特公国。据我所知，那里的政权仍然由忠于拉多维德的人把持。他们向我父亲保证，即使没有巴拉德，协议仍然存在，但是有条件的：韦列斯特必须保护好艾莉娅，善待她，从自己人里面选出几个人作为她的未婚夫候选。

谁都没想到，公主本人却成了令人讨厌的障碍。由于必须善待她，所以父亲不能把她锁起来，而艾莉娅则执意利用这一点。如果这位姑娘是某个遥远的南方公国的继承人，我倒是会称赞她的做法十分机敏。但由于她的原因，我要第二次像猎狗一样去寻找她了。

"你能说话了？"父亲趁我沉默，嘟哝了一句。

"是的。从十岁那年开始的，玛拉们把我治好了。"我一下子回答了他可能提出的所有问题。

"我很高兴。"

我期望听到任何话语，但不知为什么却不想听到这句平淡而又坦诚的"我很高兴"。当我感觉被这些吞吞吐吐的话语搞得很累时，双肩耷拉了下来。

"我知道我的请求很荒唐，没人会请求玛拉做这个，但我不想再看到新的死亡，所以我在寻求和平之路。"王公大概感觉有些尴尬，又谈回了最初的话题。

"统一是不可避免的吗？"

"是的。"

我知道他一辈子都在筹划此事，点了点头。

"我带来了礼物，比上次多。"

王公挥了下手，四名卫队士兵走向一辆车子。车子不大，我一开始都没发现。他们抬出来一个大箱子和几个口袋。箱子由两个强壮的男人抬着，看他们脸上绷紧的肌肉，里面的东西很重。

"箱子里装的是金子、珍珠和其他珠宝，几个袋子里是皮毛和布料，车子里还有种子和粮食。"当手下人陆续抬来、摆放贡品时，韦列斯特列举着里面的东西。

看来寻找公主的报酬非同寻常得高。鲁斯兰娜这时站到了我身边。

"停一下，王公。"

轻描淡写的一句话就足以让所有卫队战士停身不动。

"贝列达还没同意你的条件。如果她拒绝的话，那我们任何人都不会提出异议，也不会帮你。正如你自己说的那样，寻找逃跑的新娘——并不是我们的事务。"

"我知道。所以这并非报酬，这是礼物。我无论如何都要送出它。"

无法想象地慷慨。我不知道父亲是怎么想的，是否有意为之，或者他确实并无其他意图，但我从小就痛恨欠债。他现在虽然把这些东西称为"礼物"，但在我看来这只是服务报酬。

我不想让姐妹和女执事们错过这种好处。我们可以靠这些东西平静地过上几年时间，不用去捕鱼和狩猎。我们中没人喜欢杀害生命。我不由自主地想起了伊莱，摸了下绑着丝带的发辫。丝带隐在黑发中几不可见，只有骨珠像磨砂珍珠一样十分显眼。

父亲经常大声谈论联合和强大的北方,哥哥被这种理想感染,也效法他。巴拉德想成为新王国的首领,他曾设想开辟一个新纪元。我已经不是公主,但内心中也不想让阿绍尔陷于战火。韦列斯特相当强大,他的卫队战士数量众多,他大概可以迅速战胜塞拉特公国的大贵族和军队。但当我成为玛拉后,知道战争中没有赢家,只会有新的吸血鬼——那些在战争过后站起来杀死更多生命的活尸。

"你可以拒绝,贝拉。"鲁斯兰娜俯身到我耳边,语气坚决地低声说道,"你和所有姐妹拥有相同的权利,我们支持你的任何决定。"

就连风儿和鸟儿都在沉默,就像在等待我的决定。寂静不仅笼罩了整片林间空地,还裹住了我的念头。身旁的人可能以为我在思考,但我脑子里实际上没有任何想法。

"好的,我会找到她的。"我同意了。我相信巴拉德的理想一定会实现。为了怀念他,我会找回艾莉娅,活的艾莉娅,如果还来得及的话。"这是最后一次。"我听到父亲松了一口气,又加了一句。

他的唇角露出一丝微笑。他继续打量我,主动分享着可能有用的一切信息。于是我知道了,艾莉娅一周前就已失踪。在这么长的时间里,她都能走到塞拉特公国边境了。父亲不清楚她是否骑着马。所有的马都在,但艾莉娅可以把自己的金手镯或贵重的盾形头饰卖掉,在城里买一匹马。我揉了揉鼻梁,猜想公主可能去了北方的森林。我们上次就是在离山脉不远的地方捉到她的,那个地方有很多吸血鬼和其他鬼物。无论我们如何清理,那里的鬼物仍会出现，就好像奥泽姆和苏梅拉的传说是真实的，那些活尸不知以何种方式沿河进入了西部地区。

所以一周时间不仅足够她到达塞拉特公国，还可能让她死在沿途某个地方。这是有关艾莉娅的唯一经验。在我的记忆中，这已经是她的第三次逃跑。第一次是和她父亲一起，那时巴拉德还活着。后面两次则是她独自逃跑。

我听完了王公讲述的内容，就和他告别，然后离开了。韦列斯特刚见面时说得对：他很早就不是我父亲了。我们越不承认这一点，两人就越痛苦。他也没有犹豫，转身走向了自己人。他下令让人帮着把礼物送进神殿。

我走进大门，在远离父亲视线后加快了步伐，不想让人看到我眼睛里突然涌出的泪水。我刚才神色从容，现在则不停地眨着眼睛，不停地擦去脸上咸咸的泪水。我咬紧牙关，恼恨自己失控的情绪，因为我不想哭。

我没有茫然失措，我没有感到痛苦。

但身体却不听话，心脏一连几分钟都把刺痛传到肋骨上，直到我突然平静下来。我在几秒钟内恢复了镇定，那从头到脚攥住了我全身的情绪也一下子消失了，就好像从没出现过一样。

"什么时候出发？"雅斯娜故作开心，猛地坐到我床上，把放在旁边的挎包震得弹了起来。

我冲姐姐感激地笑笑，又俯身收拾东西。

"我一个人去。"

"一个人？！"

"我是成年玛拉了，雅斯娜。我可以一个人去。"我一边把需要带的衣服打成卷放进挎包里，一边提醒她。

"你是可以自己去，但我们之前都是一起外出的。"姐姐一边有些发窘地回答，一边肆无忌惮地在我包里翻着，检查我带的东西是否正确。

她以前总是帮我检查，因为我可能会把最重要的东西忘掉：厚衣服拿得不够，拿错了草药和膏药，忘了长途和短途旅行都该带些什么食物。但我那时很小，现在我比姐姐们知道得一点儿也不少。我从十六岁开始就不再犯那些愚蠢的错误，但雅斯娜还是按着以往习惯检查。

"上次是我们两人一起把艾莉娅送回来的。"雅斯娜提醒道。她看到我没把东西弄错，就放过了我的包。

"所以这次我要一个人去。"

雅斯娜满脸疑问地看着我，更不清楚我的想法了。

"我觉得惭愧。"我一边仔细地把需要的东西塞入包里，一边不情愿地承认，"我知道，成为玛拉以后，我不能再有这种感觉，特别是在对待艾莉娅的事情上。但我还是感到羞愧，因为公主的行为给本来就任务繁重的玛拉们带来了麻烦。是王公把她带回了自己家里，我虽然不想承担，但仍感觉对家人负有责任。"

"你确实不应该有这种感觉。"姐姐说道。

"是的。但你回想一下上次的事，那就是个噩梦！我不想再让你看到那种画面。我替艾莉娅羞愧，也替自己羞愧。我不知道这次找到她时，自己能不能心平气和一点儿。"

"贝拉，你们只不过动手打架了嘛。谁都会遇到这种事。"雅斯娜拖长声音，很明显在开心地回忆上次的事。我记得很清楚，当姐姐看着那类似打架的情景时，笑得直不起腰来。

我们那次只是在草地上翻滚，把衣服弄脏了。玛拉们教给了我战斗时应如何动手，朝哪儿打，但我知道，我不能把自己的本事用在公主身上，她双手最多也就是抓过弓或切肉的刀子。但该死的艾莉娅先动了手，而且抓住了我的头发。我最终当然获胜了，但这胜利来得太狼狈了。

这件事发生在艾莉娅来我们神殿几周之后的时间里。她请我帮忙，胡说了些巴拉德的事。这些胡言乱语像刀子一样又割开了我沉重的回忆。公主被我拒绝后就离开了，但大约一周后韦列斯特王公的人就来到了神殿里。王公那次自己没来，那是他第一次请求我们寻找公主。

我那时还不是合格的玛拉，无法决定是否帮忙。而且我相信，当时自己肯定会直接拒绝。但让我惊讶的是，雅斯娜决定搞清事情原委。她带着我出发了。我当时在路上就问她，为什么要同意王公的请求，她回答说："这是为了你。如果你以后听说她死了，你会后悔万分的。"听起来很可恶，但她说的是对的。我会后悔的。我这次也是因为这个原因才同意再次帮助王公的。

雅斯娜上次花了一周时间追踪公主。姐姐在上次旅行中教会了我如何找人，我需要注意什么，要和哪些村民交谈，等等。当然，我的回忆及公主不久前的来访对我们帮助也不小，让我预估了她可能会前往何方。我们一开始觉得艾莉娅会跑回家，所以我们检查了塞拉特公国的首府塞拉特市。不过我们在那里没有发现她的踪迹，于是继续向东方搜寻。

艾莉娅不想回家，歇斯底里地反抗，一边哭喊着巴拉德，非要和莫拉娜见面，一边咒骂我不想帮她，撒泼打滚，根本不像个公主。我们第一晚只好使用了曼陀罗，这样我们才把艾莉娅远远带离了山脉。在赶往阿绍尔的第四天的路上，当她安静地坐在马上时，我几乎以为她已经认命了。但我低估了公主。

她知道无法对抗我和雅斯娜，于是把所有干粮都倒进了河里，所以我们两个才打了起来。晚上，当艾莉娅看着我给兔子剥皮时，她哭了起来。于是我嘲笑她，提醒她，后面每一只当了我们晚餐的动物都是因为她的过错才死的。雅斯娜两头为难，是唯一保持了自制力的人，只是有时会训斥公主。如果我向公主挑衅的话，也会训斥我两句。

我对自己在那次行动中的幼稚行为及对艾莉娅的行为感到羞愧。她代表了我父亲王宫的人，而我则不管如何试图摆脱那种责任感，都无济于事。

我长大了，我学会了控制自己，但害怕遇到艾莉娅后会被激怒而表现更差。这次我坚决不想在有见证人的情况下出现类似情况。

"我不放心你一个人走。你这是第一次。"雅斯娜抓着我的手，承认道。

"但我以后终究要自己行动的。"我安慰她，"我应该学会独立行动，否则我算什么玛拉？而且我也不是去清理邪祟生物，只是把逃婚的公主抓回家。这是个丢人的任务。"

雅斯娜看我说到最后一句时皱了下鼻子，忍不住笑了起来。

"我同意，但有个条件。"她仍抓着我，说道，"我给你两周时间找到她。如果你找到了她，无论在哪个村庄，都给我送个信。"

我在脑子里大致算了下时间，自信地点点头。我们上次花了一周时间才找到她，但当时我们是两个人，所以这次的两周时间算是个公平期限。

"我要是没找到呢？"

"那我就出发去找你。"

我疑惑地挑起了眉毛，因为这根本算不上惩罚。姐姐大概也在这么想，她的目光在我的房间和家具上扫过。

"而且你还要把斧头送给我。"雅斯娜指着我挂在腰带上的心爱的小斧头，突然说道。

"不——行。"我没想到她会提出这个要求，伸出双手护住了小斧头，就好像姐姐提议把它烧掉一样。

"可——以——的。"姐姐一脸享受地拖长声音说道。她知道，这是我心爱的武器。

雅斯娜不知道这是伊莱做的，但她的要求却一语中的。除了半月项链以外，这是我所有物品中最珍贵的东西。

"可以的，贝拉。就把这看作是对你的考验吧。让我们看看，我是不是教会了你找人的本领。"

第十八章

找到一个娇生惯养、没学过狩猎的年轻公主很难吗?

根本不值一提。

四天前我从神殿出发时是这样想的,但现在我的热情已经凉了下来。

我甚至不知道艾莉娅打扮成了什么样子。还好她的相貌十分引人注目,光是她的金发就十分显眼,而且没有公主会下决心剪掉发辫的。不过我预感到艾莉娅这次准备得会更充分,所以如果她用头巾把金发包起来,伪装成已婚妇女,那我一点儿也不奇怪。她可能会这么做,大多数二十一岁的女孩儿已经结婚了。

我是骑着自己的灰色斑点马上路的。我低头看着马脖子,抚摸着它,向它道歉,因为我们不得不在冰冷的雨水中长途跋涉。

马鬃被打湿了。虽然我戴上了风帽，但我的头发也好不到哪里去，雨水半小时前就渗入到风帽里。我甚至能感觉到雨水滴到了脖子上。太阳即使没落山，也已经接近地平线了，不过由于天空布满了浓重的铅色乌云，所以不知道准确时间，大概已经到了黄昏时刻。马儿沮丧地挪动着四条腿，溅起了小路上的污泥。

上次寻找艾莉娅时更简单些，因为她先来了趟神殿，所以雅斯娜得以追踪公主后续的行动。我现在则像是闭着眼睛在行动。公主直接从阿绍尔逃走了，所以我计划在塞拉特境内开始搜寻，但明天才能赶到那里。我看到一个小村里发出的微弱灯火，马上放马朝那个方向奔去。我需要在温暖的屋子里熬过这个凄风冷雨的夜晚。

村落很小，只有几条街道，不过幸好有个自带酒馆的旅舍。我瞥了一眼房子外墙上的霉菌和几条裂缝，希望屋顶不会漏雨。我先走进马厩，凭着响亮的鼾声准确无误地找到了正在酣睡的马夫。他是个中年人，正歪在椅子上，身子靠在干草堆上，伸着双腿呼呼大睡。现在还不到夜里，而他明显已经喝得酩酊大醉。我踢了一下他的靴子。我先是轻轻踢了一下，看他没反应后又使劲踢了几下。我踢到第三下时，马夫醒了，没忘记先骂上两句，再试图搞清出了什么事。

"把我的马擦干净，检查一下蹄铁，给它喂点儿草料。我留下过夜，所以得给它找个干燥、暖和的地方。"我一边把挎包从马鞍上取下来甩到背后，一边语气平静地说着，"稍后我会来检查你有没有完成我的要求。"

我取出一个银币，把它放到了干草堆上。这远远超过了这类

第十八章

服务的价格,我只想确信马儿能被好好照料。不过这个男人醉得太厉害,晕头晕脑的。

"我尽量找吧。雨下了好一会儿了。"他一边摇摇晃晃地站起来,一边嘟哝着。

我仔细打量了一下马厩屋顶,没发现漏得很厉害,但还是重复了自己的要求。

"我给了你一个银币,所以找个干燥的地方。草料也找点儿好的,我会检查的。"

"你聋了吗?!你甭吓我,你不说我也知道……"

我退后一步,站到了窗户旁的光亮处。马夫说到最后时声调突然拔高,就像受惊后的尖叫一样,说了一半就没了声音。我的红披风湿得厉害,颜色也变深了很多,但当我站在光亮处时,他一下子看懂了披风的颜色。另外我也没有遮掩短剑和腰上的小斧头。

"我……我……请……"

"安静。"我打断了马夫毫无意义的喃喃自语,看他瑟缩着挤向干草堆,转动脑袋,寻找可以藏身的地方,"拿上银币,按我吩咐的去做就可以了。一会儿我回来检查。"

"好——的。好——好——好的。请——请……"

我没听他讲完,就转身走进了酒馆。我身后的门还没关上,屋里就出现了难堪的沉默。这和被人关注一样,都是我在旅行中不喜欢的,所以我在天气暖和的季节喜欢在野外露宿,但今天的雨让我无从选择。

我假装对他们的窃窃私语和看待陌生人的目光毫不在意,脚下的靴子橐橐响着,绕过了门槛旁的一摊污渍。我甩掉风帽,抖去了披风上的雨水。

幸运的是房间里只有两拨客人,每拨三人。店主站在柜台后面,另外一人大概是店主女儿。女孩儿正给角落里的几个男人端饮料。房间里炉子烧得很旺。这里温暖、干燥,空气中弥漫着酸酸的啤酒味和涂过黄油的面包味。

我的脑海里浮现出一些关于玛拉的传言,这都是坐在酒馆里的人口口相传的故事。我想起了伊莱给我讲过的传言,晃了晃头,脸上不由自主地露出了笑容,但笑容马上又消失了。一个男人还在瞪大眼睛看着我,慢慢地咧开嘴笑着,露出了几颗门牙,其中一颗还是歪的。我对骨雕师说的是实话,我一般不去酒馆,除非和姐姐们一起旅行时才会例外。我们经常住在富商或大贵族家里,他们都乐于接待玛拉,或者他们是因为害怕而不敢拒绝。但这个小村里不见得有这样的人,而且我也没心情继续冒雨寻找过夜的地方。我只想吃点儿东西,好好睡一觉,然后继续赶路。

我走近店主。男人已经上了年纪,有点儿胖,虽然衣服上还留有陈年油斑,但人看上去很整洁,就连褐色的胡子和头发都是前不久才理过的。他的女儿十四岁左右,正站在父亲旁边不想走开,目不转睛地盯着我,眼神中掺杂着害怕和好奇。所有人都这么盯着我,包括她父亲。

"欢迎!"店主人双手按着原木柜台,若无其事地向我打招呼。

"您好!我需要一个房间,包含晚餐和早餐。我在这儿住一晚。"

"我担心我这里没有能给玛拉提供的好房间。"他说得很坦诚。

"随便给我找一个房间就可以,只要干燥就行。床铺要干净,不能有虫子，还有热的晚餐。"

"干净床铺会有的，热餐只剩面包和汤了。"

"可以。"我又拿出一个银币，放在店主面前的柜台上。我感觉酒馆里的顾客不会太多，而我们收到了韦列斯特王公的馈赠，手里的钱比较充足。"请收下。我希望早餐能吃饱。"我看到男人瑟缩着，不敢收我的钱，微笑着加了一句。

主人感激地点点头，最后还是藏起了银币。女孩儿马上离开原地，"咚咚咚"地跑着上了二楼。我希望她是跑去寻找最干净的床铺，换上新被褥。

我疲惫地坐到桌旁，食客们虽然又开始聊天，但仍毫不遮掩地盯着我的一举一动。我的皮肤都能感觉到他们的目光，这令我有点儿恼火。我把挎包和披风放在身旁。当我示威性地从腰带上取下斧头，"砰"的一声放到桌上时，大家马上不再关注我了。

我这是第一次单身外出，不过令我惊奇的是，前几天还让我倍感压抑的死寂感已经不再那么强烈，而且已经成了我旅途中一个不太友好的伙伴。我一只手托着脑袋，猜测塞拉特现在变成了什么样子。我的思绪突然被一个食客的高谈阔论打断。他一不小心，将一把木勺子扫到了地上，发出"嗒"的一声。他手舞足蹈、唾沫飞溅地向旁人阐述自己的道理。另一个男人"当"的一声把啤酒杯放到桌上，啤酒从杯子里溅了出来。他们一边说今年粮食肯定会歉收，一边咒骂着。今年雨水连绵，开春很晚，而且春天很冷，夏天也不太热。我想起了今年丁香花开得很晚，潜意识也同意他们的判断。男人们咒骂着活尸，说它们不断从山脉那边爬出来。三人忽然想起了我坐在旁边，我也没掩饰正在听着他们的谈话，坦然面对他们的侧目而视。之后他们有些羞愧地压低了声音，我也对他们失去了兴趣。玛拉们很清楚，地力枯竭和粮食歉收的问题仍未改观。

店主女儿回来了。她端来了一盘汤，几块黑面包、黄油和两小块奶酪。她还端来了一杯莫尔斯果汁。我没点果汁，但很高兴女孩儿端来了果汁，真心地向她道了谢。

我察觉她仍停在原处没有离开，于是抬起了目光。这也是很常见的情况，孩子们通常会这样做。当刚见面后的害怕消失后，他们总想说些什么，问些什么，所以我没赶她走。

"你真的是玛拉吗？"她的手指摩挲着木托盘，支支吾吾地问道。

她长得有些瘦，淡褐色头发编成了一条长辫子。眼睛是天蓝色的，鼻子上有些雀斑。她穿着一件普通的亚麻布萨拉凡，身上的饰品只有一个用细皮绳儿挂在脖子上的木质护符。

"是的。"我回答道。

"你真的杀死过吸血鬼吗？"

这是他们经常提的问题。

我把汤盘端到自己面前。这是一盘鸡汤，里面放了蔬菜、土豆和很多肉。我笑了笑，没后悔付了一枚银币，这里的店主为人不错。

"坐下吧。"我朝桌子对面的长凳伸了伸下巴，我这句话刚出口，女孩儿就坐到了对面，"你叫什么名字？"

"伊莎。"

"很高兴认识你，伊莎。是的，我杀死过吸血鬼。"

"看见过美人鱼吗？"女孩儿向前倾过身子。

"看见过。"

"溺水鬼呢？"

她连珠炮一般地发问，搞得我都来不及把盛着热汤的勺子送进嘴里。

"溺水鬼也见过。"

"那恶魔呢？还有隐身怪？"

我喝了几口汤，撕下一块儿面包，就着嘴里的汤和奶酪一起嚼着。伊莎屏息凝神地听着，只有眼睛迅速地转来转去，盯着我手里的勺子的动作。

"恶魔我没见过，见过一只沼泽隐身怪，但没杀死它。"

"你见过女神，是吗？"

"没有。我会和大家一样去见女神，在死后。"

"你头发里是什么？"

我花了几秒钟时间，才明白她问的是什么。

"骨头。"我又把一块儿面包送进嘴里，忧郁地微笑着。

伊莎脸上掠过一丝恐惧：我的回答肯定让她明白了，她在和谁谈话。而我看着她直白而又迅速地变换情绪，也觉得开心。孩子们会突然从饶有兴趣变成满脸恐惧，从满心高兴变得恼怒起来，就像万花筒一样。

"是一个认识的骨雕师送给我的。"我安慰着女孩儿，知道她想问这块骨头是不是从我杀死的美人鱼身上取下的，"这只是个护符。"

女孩儿大声松了一口气，笑得更开心了。当我提到骨雕师后,她眼睛里又闪过一丝兴奋。

"你是来清理本地活尸的吗?"

这个问题彻底破坏了我的心情。我在继续说话前,把盘子里剩下的汤搅了一下,一勺勺舀起,放到了嘴里。

"你们这里出事了?"

"邻居家的万卡不久前在东边的林子里失踪了。"伊莎马上开始分享信息,"一周前拉基米尔叔叔也失踪了。邻村也有人去了那里没有回来。父亲让我绕着那片林子走。"

伊莎每说一句,身子就靠过来一点儿,声音也越来越低。她最后几乎是在耳语,还胆怯地看着父亲,不过店主正背朝我们,忙着自己的事。

我嚼着最后一块儿面包皮,仔细打量着女孩儿。没人找过我们,也没人写过信,说这里有麻烦。我如果去那儿检查,而女孩儿的话有误,那么我会耽误一天的搜寻时间。如果我在那儿遇到大量吸血鬼的话,一个人还可能对付不了。哪怕我能对付,但如果雅斯娜知道我一个人去了那里,也会狠狠骂我一顿。

人们失踪可能有任何原因。可能因为林妖,也可能因为一群活尸。玛拉的一生并不值得羡慕,但也没哪个玛拉急于进坟墓。不过我们还是尽量不错过这些消息。每一例死亡都可能产生新的邪祟生物。如果不及时减少它们的数量,那它们可能滋生成群,而要对付成群的活尸,哪怕玛拉都力所不及。

"有人看到过活尸吗?"我想确认一下。

"我听大人们提过,他们认为那里有个东西在徘徊。山脉北部总有吸血鬼在游荡。它们虽然不经常下山,但也有来这里的时候。你们的人来过两次,清理过鬼物。所以我看到你以后,以为你们知道了活尸的事。既然你是一个人来的,那你是最厉害的吧?"

我苦笑了一下,算是对她这种错误恭维的回应,不过我不想让她失望,不想告诉她,我们根本没听到这边的麻烦。

"我不是最厉害的,但我会搞定这事。不过伊莎,你得听父亲的话,不要去林子里。"

我一口喝光了莫尔斯果汁。我得早点睡觉,因为明天要在天亮前一小时出发,这样才来得及检查当地的情况,并且在日落前赶到塞拉特市。我想,如果我无法处理那些怪物的话,也要仔细检查一下林子。如果需要的话,我会给姐姐们写信,让她们过来,更仔细地检查一下。

⊱⊰

我的马紧张地晃动着脑袋,不想进入小树林。我用手指揉着鼻梁,知道我的整个计划都泡汤了。既然马儿不想进去,那林子里肯定有东西在游荡。我又踢了几下马肚子,但它四蹄抓地,怎么也不向前走。它无视我所有的命令,甚至要转身去别的方向。

去哪儿都行,就是不去伊莎跟我提到的那片林子。

一个半小时前太阳升上了地平线,但由于林子离山脉很近,所以光线仍很昏暗。天空中没有云彩,说明今天是个好天气,所以我希望昨天下过雨的道路能在傍晚前晒干。

我下了马,把马拴在林带的安全距离之外,让牲口能不受干扰地休息一下。我只拿上了剑和小斧头,靴子里插上了匕首,往特制腰包里塞了些消毒用的药膏和几服药剂以防万一。我一开始想脱下红披风,但最后决定还是穿着它:虽然是夏天,但昨天下过一场大雨,太阳还没来得及晒暖大地。鸟儿叽叽喳喳地叫着,鸟啼声和阵风吹拂下树木的"沙沙"声混到了一起。我嗅了一下,感觉林子里的味道有些不对。

我抽出小斧头,紧紧攥住斧柄,进入了林子里。我尽量避开断树。幸好混生林慢慢变成了针叶林,松树长得很高,让人看得更清楚,也更远,而不断升高的太阳也慢慢照亮了树木间的空当,给世界以温暖和颜色。我给自己留了几个小时,尽量迅速地梳理着林子。脚下的苔藓和陈年松针让我感觉像是踩在弹簧上,悄无声息。我一小时内只遇到了几只松鼠,这让我有了伊莎可能犯错的希望。动物不喜欢和活尸们分享领地,但也可能意味着鬼物们只是待在树林的另一边。

我叹了口气,放下了去塞拉特的念头,转身走向北方,走向森林深处。我检查了林子东边和南边,现在去检查北边,然后会折向西方,走向马匹所在的位置。这里的林子更安静,又出现了断树和大量灌木丛,使得前行困难。我猛地停住身形。我没听到可疑的声音,但更信赖自己的直觉。我抬起头,看到了一只乌鸦。鸟儿眨了几次黑眼睛,来回转动着脑袋。我站着不动,一直盯着鸟儿飞走了。又剩下了我自己。我感觉自己被跟踪了,我在等着这种感觉消失。我想搞清楚,这种压抑感是因为鸟儿的原因,还是周围确实有什么东西。

紧张感减弱了一些,我神经质地展开双肩,没有抽出剑,但把斧头握得更顺手些。我绕过几块高大的、布满青苔的圆石，在吸血鬼还没进入视线之前，就闻到了它的气味。它也对我的出现做出了反应，站了起来。它很老，少了一只眼睛，脸就像骷髅上蒙了张皮。嘴唇要么被它自己吃掉了，要么烂掉了。鬼物的腿虽然断了几处，但仍迅速扑了过来。但我已经预料到了它的行动，闪身躲开。我没有费力招架，只是轻松地闪到一旁，趁它来不及回身，一斧头砍进了它的锁骨里。

但这还不够。怪物一时间失去了平衡，身体撞到了旁边的树干上，之后又向我扑来。我后退一步，抽出剑，猛刺它的心脏部位。这时最主要的是让剑穿过肋骨刺进去，我也成功做到了这一点。但吸血鬼虽然被剑刺中，仍顶着剑，向前迈了几步。我咬紧牙关，和吸血鬼保持着一臂远的距离。它停下来，不情愿地倒了下去。我从它身上抽出利刃，让它彻底躺在地上。我拉出怪物的最后一根生命线，把它割断，结束了战斗。

我在向北十米远的地方又遇到了一个吸血鬼。这个吸血鬼没那么老，我用几分钟时间就料理了它。无论是第一个，还是第二个吸血鬼，我都没掩埋。我没时间给它们挖墓穴。处理完第二个吸血鬼后，我直起了身子。但一直折磨我的直觉不仅没有消失，而且让我的后心有一种难以抑制的痒痒的感觉，就像后背裂开了一道我无法触及的伤口一样。我后背上满是冷汗，一瞬间之后所有鸟儿都静了下来。之前当吸血鬼出现时，它们都栖在最高的树枝上，并没有停止鸣叫。而现在它们都闭口不啼，说明出现了更凶恶的生物。

我要离开这里。

我紧张地咽了口唾沫，心里的不安让我无法集中注意力，面前的松树变得模糊起来。我失去了方向感，不知道哪里是北，哪里是南。我慢慢地用鼻子吸入芳香的林间空气，又从口里呼出，想减慢心跳，倾听周围的声音。

当我压下了耳朵中血流的声音后，就听到了它，并及时弯下了身子。我尽量不去想自己刚才离丢掉脑袋只差了一秒钟，是直觉救了我的命。我转过身，去面对自己最恐惧的东西。

恶魔。

这是最强壮的鬼物，就连狼人都比它逊色。它身高超过两米，从远处看和人一样。它的所有部位都很长大：胳膊和腿比活人长，身体也更厚实。脸上的器官剩余不多，更像是嘴巴被撕开的动物的脸，但有着发达的下颚，甚至可以咬碎骨头。身上有的地方覆盖着半腐的皮肤，有的地方长着苔藓，有的地方则长着毛发，特别是脑袋、脖子和后背上。

恶魔是在公墓里产生的怪物。它们与吸血鬼和溺水鬼不同，成长得很慢。那些腐烂后连在一起的几具尸体，几十年后才会变成恶魔，但每个恶魔都是极度危险的鬼物。即使经验丰富的玛拉都很难单枪匹马地战胜这种怪物，因为在其中聚合了几具尸体。而在我面前的这个恶魔身上好像还有动物的尸体。最大的麻烦是：你不知道这个怪物身上还有几根生命线及生命线位于身体的哪些位置。和普通鬼物一样，脖子里肯定有，沿脊柱向下伸展。但其他的生命线就有可能在肚子里，甚至在胳膊上。我只要不割断它所有的生命线，它就仍能站起来。

没有哪个玛拉希望一个人时遭遇恶魔，所以我立刻按着姐姐们教给我的方法行事。我迅速转身，藏在断木后面。恶魔向我扑来，我只能利用它转身笨拙的劣势，在树木间和它兜着圈子。

脑子里闪过多年来学会的所有骂人的话，这让我能不去过分关注鬼物带着尖利指甲的巨大胳膊。我只能希望，它如果抓住我可以直接折断我的脊柱，让我马上死掉。因为不幸的是，恶魔们喜欢在人活着的时候，吃掉他们的新鲜血肉。

我在跑动中跳过一棵倒下的树干，恶魔不甘落后，迈开大步缩短了我们之间的距离。我迅速转过一棵粗大的树木，而恶魔在湿滑的青苔上没收住脚步，一头撞在树干上。

我高兴了一秒钟，但马上又转身跑开了。我的手在一棵小松树上划出了血。我抓住小松树，猛地换了个方向，期望能把恶魔转晕。但当恶魔把那棵小树像松脆的木屑一样踩碎时，我的胆汁因为恐惧涌到了喉咙处。

我跑得筋疲力尽。我差点儿绊在一个树根上，但我在最后时刻抬起脚，没有摔倒在地。肺里像着了火一样，我已经迷失了方向，两腿沉重，不听使唤。恶魔的一记猛击打断了我逃生的企图。它的手掌只是擦过我的肋部，指甲却撕开了我的衣服，扎进了皮肤和肌肉里。我飞了起来，撞到树干上。当我全身摔到地上后，才发出了一声痛呼。右肋被血水打湿了，火烧火燎地痛，但我还能呼吸：肺部没有受伤，肋骨没有骨折。我无法检查伤口有多深，因为恶魔又站到了我面前。我现在没有其他选择，只能和它近身肉搏了。

我回忆着希尔维娅教过的课程，她在侍奉莫拉娜的生涯中杀死过两个这样的怪物。不过我现在并不确信自己也有这样的幸运和水平。我需要尽可能地限制恶魔的行动，最好能砍掉它的头。这让我有充足的时间找到它身体里的其他生命线。

恶魔朝我扑过来，我把小斧头掷向它。幸运的是，斧头正中恶魔头骨上两眼之间的位置。虽然这只是让它分了下神而已，但它哪怕有一秒钟的混乱都对我极有用处。我钻进它的胳膊下面，把剑插进了它的肚子。恶魔号叫一声，向后退去。我费力地把剑从它身上拔出，不想丢掉这唯一的武器。鬼物黏稠的血液不仅流到剑刃上，还流到了剑柄上，让剑柄变得湿滑不堪。我死命咬紧牙关。

恶魔又退了两步，踩倒了一丛灌木。它摩挲着脸，寻找让它感到碍事的斧头。我不给它行动的时间，迅速逼近，一剑砍断了它一条腿的韧带。怪物龇着牙，一条腿跪了下来，我现在只要站在它身侧，就可以够到它的脖子。我弯腰闪过它挥来的胳膊，但退得不够远，它的第二只手挂到了我腿上。我被撞得失去平衡，后背着地。我在苔藓、树枝和石头间翻滚，因为肋部受伤而痛得"咝咝"叫着。但和那只差点儿拍到我身上的手掌相比，这根本不值一提。我把全部力量都投入了三个动作中。第一个动作是弯身、站起；第二个动作是一剑砍向怪物垂下的胳膊，砍掉了它的手掌；然后把剑握得更顺手些，倾尽全力砍向它的脖子。然而第三个动作只是勉强砍开了怪物浓密的毛发和厚厚的皮肤，剑刃陷在了它的脊柱里。怪物被砍掉手掌后发出的嘶哑号叫一下子被卡住了，我们两个全都静止不动。我脑子里闪过一个念头——我活下来了，嘴角掠过一丝微笑。但此时恶魔只是转了下头，剑柄就从我满是血污的手掌里脱出。我一下惊呆了，都没发现自己肚子被怪物击中，直到飞出几米远后，才意识到了发生的事情。

我痛得缩成一团，一口鲜血喷到了苔藓上。我现在除了靴子里的匕首外，身上再无武器。匕首太短，最多只能插进怪物眼睛里。

我两周内找不到公主了，雅斯娜也拿不到我的小斧头了。我们两个打赌都输了。

虽然再无任何希望，但我仍咬着牙伸手去拿最后的武器。我不想让姐妹们认为我放弃抵抗了。我觉得自己正拼力把手伸向靴子，但实际上我已经因为失血过多而全身无力，右手几乎丝毫没动。

我费力地眨着眼睛，看着恶魔摇摇晃晃地站了起来。它不再因为断肢而咆哮，也不去注意从身上流出的黑色血液。它即使伤得这么重，血依然流得很少，只有几滴黏稠的血滴落在青苔上。我如果不是视线模糊，应该能更早地发现那道身影。当那道身影从恶魔身边掠过，顺手一剑砍开了它的肚子后，我才注意到他。黑色身影毫不停留，向前跨了一大步，一脚踩在断木上跳了起来，另一只脚在一棵粗大树干上蹬了一下，就跳到了怪物宽阔的后背上。身影行动迅速，恶魔的反应则有些迟钝。当对手已经站到了怪物背上时，它还在低头看伤口。

那道身影倒转长剑，一剑穿透了恶魔脖子。怪物脚下一软，跪在了地上，对手则轻松地从怪物身上跳下，轻巧得就像从驯顺的马上跳下一样。他走到怪物身旁，抽出我的剑，随手扔到一边，就像扔掉一块废铁，然后挥动了黑色剑刃。

"莫洛克。"我口吐血沫儿，叫出了这个令人厌恶的名字。

他一剑砍掉了恶魔脑袋，这说明他的剑极其锋利。鬼物脑袋掉在一旁，尸身也随之跌倒，但莫洛克并没有停手。他不慌不忙，手法熟练地绕行恶魔，从它身上砍下各个部位，又把它的躯体砍成了几块。

他在寻找所有的生命线，他知道该做什么。

如果我不清楚眼前的人是个心狠手辣的屠夫，那我肯定会赞叹他的高超水平和果决的动作。他处理完恶魔以后，大概会随手杀死我。

我一声不吭，看着莫洛克异常冷酷地处理着恶魔尸体。那些落在地上的血肉和骨头的混合物已经无法让人记起恶魔的样子。我聚精会神地盯着他的面具。我手里握紧细细的匕首，想着他如果走过来，身子弯得足够低的话，我会把匕首插进他的脖子。

莫洛克的挥砍动作慢了下来。他转过头来发现了我，大步走了过来。我仍大睁双眼，寻找着合适的时机。如果我昏迷的话，那一切就都完了。我的眼里流出泪来，我身子下面的地面像波浪一样震动着。

我好像还是有几秒时间失去了知觉，因为幽冥之仆突然出现我在身前，俯在我身体上方，宽阔的后背挡住了阳光。他把我用力捂住肋部，想要止血的手拉开。他的黑色皮手套碰到了我的皮肤，让我感觉出奇的冰冷。他摸到了我的伤口，我痛得"咝咝"地叫着。当他单膝跪下后，我抽出匕首，扎向他的咽喉。

他看都不看地挡开了我的匕首。

他抬起另一只手，只是一记格挡就死死抓住了我的手，然后撞向他的膝盖。我的手指松开，无力地扔掉了最后的武器，几句咒骂伴着血沫儿从我嘴里吐出。

莫洛克在自己衣服里翻找着，他使劲把几种草药塞进我嘴里。我拼命想吐出来，但他捏住我的鼻子，往我嘴里倒进了辛辣的液体。我想冲他大喊，但我的挣扎对莫洛克丝毫不起作用，他捂住了我的嘴。

"嚼。"他命令道。

他的声音很瘆人，更像是低沉、颤抖的回声，我的后背爬满了鸡皮疙瘩。我希望他直接杀死我，但看来由于某种仪式的原因，他需要我活着。这更糟糕。

第十九章

我醒了过来,但没睁开双眼。我想起自己曾遭遇恶魔和莫洛克,努力回想着自己是什么时候、如何失去知觉的。我用意识探查身体,希望自己仍然四肢健全。

我最先感觉到的是身下坚硬的地面,我透过身下的毛毯都能感觉到地面的冰凉。然后我感觉到了疼痛。并非全身在痛,更多的是后背、肚子和肋部在痛。最后感到双臂麻木了,我不知道这是什么原因。我笨拙地翻了个身,后背着地躺着:我身上盖着毛毯,被裹了起来。之后我睁开了眼睛。

蔚蓝的天空中飘着朵朵白云。早晨的太阳暖暖的,风儿虽然有些凉,但并不大。我正躺在一块树木稀少的林间空地上。我眨着眼睛,倾听着潺潺流水声,附近大概有条河。突如其来的沙沙声和脚步声令我全身紧张起来。肋部又传来了钻心的疼痛，我抽搐着吐出了一口气。

我不用寻找声音来源，也没来得及斜眼向旁边看去，莫洛克就出现在我身旁，从上往下看着我。我蜷缩在地，屏住呼吸，打量着他的面具。这不是我记忆中攻击我家的那个莫洛克。那个莫洛克戴着乌鸦面具，这个则戴着驼鹿头骨一类的面具。在面具的鹿角位置上有两个小凸起，所以很容易认出。黑色、金色相间的面具上的鹿角很短，不会妨碍他的披风遮住脑袋。我咬紧牙关，幽冥之仆也一声不吭地盯着我。我不知道他想干什么，想抬手让他走开，但根本做不到。我甩掉了身上的被子，想看清是怎么回事。

他把我绑了起来。他不只绑住了我的双手，而且一直绑到了肘部。手腕处绑得很紧，小臂上绑得松一些，但却让我抽不出胳膊来，哪怕我手里有锋利的刀子也要花很长时间才能割开绳子。

我又恼怒地看向莫洛克。

"你怎么……"我的喉咙发干，声音嘶哑，舌头打着卷不听使唤。我想咽一口唾沫，再提出自己的问题。

莫洛克抓着我胸口的衣服，把我慢慢拉起，让我坐住，然后把一个皮囊送到我嘴边。他没有说话，而是直接把皮囊口塞进了我嘴里，让我头部后仰开始喝水。水顺着下巴流了下来，但大部分被我吞进了肚子里。

"你怎么敢这样？"我还是说了出来，但没我想的那样恶狠狠的。

莫洛克没理会我的话，盖上了皮囊盖子，打开了毛毯，撩起我的长袍，露出了我的身体。我的怒骂声还没来得及脱口而出，就看到了撕开的衣服下面的绷带。绷带上还有血迹，但数量不多，显然不是今天流出的。

"给我松绑。"我一边惊讶于幽冥之仆居然给我治伤，一边向他命令道。

"不。"他站了起来，断然拒绝。

他的声音又一次让我后背掠过了一阵恐惧的战栗。莫洛克走到一个小火堆旁，我困惑地看着他往一个小锅里倒了水。他没摘手套，开始切蘑菇、洋葱和土豆。但最让我不知所措的是，他居然将切好的蔬菜扔进了锅里。

他在干什么？他难道随身带着这些食材？

坦白地说，我从没想过莫洛克是否吃饭及是否需要吃饭，但即使他在我面前咀嚼生肉，我可能也不会像现在看到他把大把食材扔进蘑菇汤里时这样吃惊。我甚至忘了自己的处境，忘了双臂被绑，继续盯着幽冥之仆的一举一动。

我的双腿没被绑住，我本可以尝试逃走，但现在只是目瞪口呆地盯着莫洛克。他专心做事，没理会我。我看着他把小锅架到了火堆上，拿出穿在小棍上的几条鱼，放在火上烤了起来。

"你想要我做什么？"

莫洛克停了下来，把脸转向我。我再一次看到了他脸上戴着漆黑眼洞的面具。幽冥之仆即使大白天仍像个散发着阴郁气息的生物，与旁边的绿草和明媚阳光格格不入。我相信他发出的是一声冷笑，然后莫洛克又转回头去。

我记得他给我灌过什么药，就连他给我喝的水里都散发着草药味。我不知道喝的是什么，但能感觉到自己的恐惧感在减弱，慢慢沉到了身体最底层，让位于肉体疼痛、对身体不便的恼怒、饥饿感和由于意识到自己还活着而产生的慌乱感。

"你为什么绑着我？"

"伤口。"他的回答干巴巴的。

我又低头看了眼绑着绷带的肋部。

"是你缝合的伤口？"

"是的。"

我哆嗦了一下，努力不去想他为此肯定脱了我的衣服。

"你确实杀死那个恶魔了？"

"确实。"莫洛克仍用那种毫无起伏、不带感情的声音说着。他更关心在火上煮的汤，而不是和我的谈话。

微风送来烤鱼的香味。我的胃先是不满地咕噜了两声，然后传来钻心的疼痛。

"这是多长时间的事了？"我用低不可闻的声音问道。我知道，如果我是昨天和恶魔遭遇的话，那么我肋部的伤口会比饥饿更让我难耐。

莫洛克在回答前沉默了一会儿，这确认了我不祥的预感。

"四天前。"

"该死！"我虽然双臂被绑，但最终还是掀掉了毛毯想站起来，但我没成功，只能两眼在林间空地和河岸上搜寻着我的挎包和马匹，"给我松绑！如果你不想吃了我或杀死我，那我们现在不同路。我的武器呢？该死！我的马！"

幽冥之仆低头看着我在地上挣扎，拼命想站起来，但我双手被绑，又躺了四天，这严重消耗了我的体力。我相信莫洛克喂过我，否则我这么长时间不吃东西已经饿死了。他居然关心我的身体状况，这让我产生了越来越多的恐怖念头。他不会平白无故做这些的，我要离他远一点儿。

"灰斑点？"

"什么？"我愤怒的目光离开被绑住的手腕，疑惑地问道。

"你的马是匹灰色斑点马？"

"是的。"我长出一口气，希望它没被偷走，也没被人杀死。

幽冥之仆举起木勺，向右方指了一下，汤汁从木勺上滴落。我转头看去，在几棵小白桦树中间看到了我的马。它身上没有马鞍，也没挂鞍包，正安安静静地休息。我长出一口气，双肩也放松下来。

我现在更摸不着头脑了。莫洛克为什么找回了我的马？要自己带走吗？他已经有一匹马了，正停在我的马旁边。马身上是很少见的深灰色皮毛。

当我认出那匹马后，我屏住了呼吸，眼睛瞪得生疼。莫洛克发现了我凝望的目光。

"该死！"他重复着我说过很多次的那个词。

"摘下面具。"我放松了僵硬的下巴，冷冷地说道。

"你难道不知道，看到莫洛克的脸会死吗？"

他的劝说实在苍白无力，让我变得更坚决了。

"摘下来！"

他赌气地把勺子扔回翻滚的热汤中。他抓住了面具边缘，动作有些犹豫，而我则不知道自己是想眯起眼睛，还是想瞪大眼睛。莫洛克掀起面具，把它从头上取了下来。几秒之前还披在他肩上的那件破烂黑披风就像裂成了一片片阴影一样，流淌而下融化在草丛中。

我失神地张开嘴，又闭上嘴，不知道该对哪件事更吃惊。是在我面前消失的披风，是面具后有一张人脸，还是面具后的人是伊莱，那个大约一周半前送过我蜂蜜棒棒糖的人。

即使莫洛克看上去像个活人，都没这样惊人。

我觉得自己不仅被欺骗，而且被背叛了。我被他玩弄于股掌之间，这超出了我的想象力。我的发辫上戴着他送的礼物，我承认喜欢他，甚至还期望他吻我。

太阳穴一跳一跳地疼，而且在不断加剧，这些念头则在我脑子里盘旋。这是否说明，那个戴着乌鸦面具的莫洛克也是类似活人的存在？

"这是个玩笑，是吗？"我满怀希望地问道，嘴角痉挛地笑着。

伊莱一点儿也没变。天蓝色眼睛还是那么专注，几绺长可及肩的褐色头发贴到了汗湿的脖子上，短须又长了一些。只是骨雕师脸上再也不见调皮的表情，双眉紧锁，眼睛下面的黑眼圈说明他要么没睡好，要么根本没睡，左颧骨上有一块青黄色的瘀斑。

"你到底是什么？"

伊莱不满意我的用词，皱起了眉头。他把面具扔到一旁，上身只穿着黑色皮甲，但最后连皮甲也脱掉，扔到了一旁，随后又扔掉了黑手套。现在是温暖的夏季白天，他看样子也想脱下多余的衣服。当伊莱身上只剩下裤子、靴子和衬衫时，他才不再脱衣服。我则一直坐在原地，惊讶地看着他的每一个动作，就好像第一次看到。

骨雕师对着傻呆呆的我呵呵一笑。

"我是活人,玛拉。更确切地说,我更像你,是人,但不完全是。"

他的声音让我安心,但我又因为自己的反应而骂起了自己。我不应该想念骨雕师。我不应该想念他,也不应该想念他的声音,他的脸。

"你的面具是个……玩笑吗?莫洛克是怪物。"我仍希望给看到的东西找一个解释,试图相信这是个恶作剧,虽然我亲眼看见了他的披风具有的魔力。

即使他撒谎,我也准备相信他。

"不,它是真实的。在某种意义上,莫洛克确实是怪物。"伊莱的笑容更像是龇牙,但没让我感到恐惧。

"你杀死了恶魔。"我又出声重复了一遍。我第一眼就觉得伊莱是个强壮的男人,但现在我知道他是莫洛克了。他当着我的面几剑就杀死了我无法对付的恶魔,尽管我学了不止一年。"你怎么杀死它的?"

"武器。"伊莱言简意赅地答道,然后又露出了宽容、温存的笑容,越来越像以前的他。骨雕师蹲在火堆前,想给鱼翻个身。

"玛拉们对付恶魔很困难,因为你们要找到并且抓住生命线,这样才能用武器割断生命线。莫洛克们几乎看不到生命线,也不能把它们拉出来。我们只是知道生命线在哪里而已。我们的武器可以直接割断生命线。"

"恶魔可能有很多条生命线。"

"是的，所以我只要把这类怪物砍成碎块儿就行，这样更有把握。"

"这个方法一般。"我嘴里不认可伊莱的办法，带着反感回忆他是如何把怪物肢解的。

"这比用手去它们身体里翻找更好。"骨雕师马上针锋相对地反驳，暗示我因此需要找到恶魔所有的生命线。

"你确实很了解玛拉。"我郁闷地承认。

"大概比你自己了解得还要多吧。"

他居然这么直白而又自信地说了出来，这令我内心里一下子十分恼怒。我大声吸了一口气，现在都不知道如何对待伊莱了。

"我的武器呢？"

"在我这儿。"骨雕师往汤锅里看了一眼，仍用那种无耻、直白的口吻回答。

"如果你不打算杀死我，那把武器还给我。我走我的路，你走你的路。"

"我觉得需要的时候，会给你的。"

伊莱幸好离我很远，我踢不到他。他转过头，视线迎向我愤怒的目光，然后直起身来。

"我马上回来。"他说完就朝对面的小树林走去，但走了两步后又站住，慢慢转过身来，"聪明一点儿，哪也别去。"

他是故意这么做的。

他放肆地慢慢说着，咧开嘴，露出了殷勤得发腻的笑容。

"你怎么不把我绑到树上？！"我冲他后背怒吼着，一瞬间再次后悔踢不到他。

"还不到晚上呢。"我正拼命回想最恶毒的咒骂时,他语气轻松地回了一句就走开了。

"真是个浑蛋!"等伊莱从视线中消失后,我啐了一口。

如果他以为我只会骂他,那他就大错特错了。他大概是莫洛克,但因为他戴的面具不同,所以我不会把他看作仇敌。但他把我双臂绑了起来,这也太侮辱人了,我不打算轻易放过他。

我更仔细地查看着周围地形,思考他会把我的鞍袋和武器藏到哪里。但这个见鬼的骨雕师太狡猾了,他把马鞍都藏了起来,让我无法轻松逃走。我仔细看了下肋部:他包扎得很好。我再次检查着胳膊上的几个绳结,想用牙齿把它们咬松。虽然我现在不能掐死他,但他说得对:

"还不到晚上呢。"

我觉得下巴开始酸痛,但仍固执地咬着绳结。我看了一眼火堆,琢磨着是否用火把绳子烧开,但这样做有被烧伤的危险,而且可能有更坏的后果:我可能全身都会烧起来。我摇摇晃晃地站起来,走近还在煮着的食物。我没理会散发着香味的诱人热汤,想起伊莱曾用刀子切过蔬菜,于是双手在周围地上摸索起来。但该死的伊莱就连这么短的刀子都警惕地拿走了。

我又站直身子,沮丧地叹了一口气。我肋部受伤,无法骑着不备马鞍的马逃走,而且两只胳膊还被绑着。我走回离我睡觉的地方不远的那棵橡树下。我趁着伊莱不在,在树干上磨起了绳子。这样做很费力,某种程度上甚至毫无用处,而且我有两次差点儿擦伤了手腕,但我不想老老实实地坐着。

宁静的河里传来了溅水声,吸引了我的注意力。左边有个小河湾，水几乎静止不动。我感到肋部在一跳一跳地疼，于是不再试图脱困。我不能太过用力，因为还要恢复伤势。我凝神静气地听着水面上的声音，过了一分钟又听到了溅水声。一圈圈的波纹在平静的水面上向四处散去，那里可能有一条鱼，但直觉告诉我并非如此。

"哎，你！出来！"我语气平静地喊了一声。当那个生物毫无反应后，我走到毛毯旁坐在上面，不想让鬼物感到更多的威胁。现在任何援手都对我有用。我继续喊道："出来吧，想求你点事儿。"

美人鱼先从水里露出头顶，然后露出了鼻子。我在它的金发中没看到绿色，它则睁着灰色眼睛打量我。年轻而又好奇心重，对我来说正合适。美人鱼说着什么，但只有气泡从水里冒了出来。它发现自己犯错后，把整个脑袋都露出了水面。

"你是玛拉？"它问道。

"是的。"

鬼物马上离开了岸边，溅起一片水花，虽然我都没向它弯过身子。

"我需要你帮个忙。"

"哦——哦——哦。"美人鱼对事态转折产生了兴趣，慢慢落入了我的设计里，"有人把你绑起来了？你想让我帮你解开？"

"你能帮忙吗？"

"不能。"美人鱼坦诚地摇着头，一圈圈波纹从身边向四处散去。

我朝它嘘了一声，紧张地瞥了一眼伊莱离开方向的林子。得让美人鱼小点儿声。

"我帮不上什么忙,但可以把你送到姐姐们那里,它们肯定能帮忙。"

我翻了个白眼儿,算是对这个看上去毫无恶意的提议的回答。它脸上那童真的、怯怯的笑容对任何愚蠢的凡人来说,大概都很迷人。但问题在于,它是想把我拖进水底,去见它的姐姐们。

"我自己想办法吧。"我随口答了一句,但两秒之后又甜甜地冲美人鱼一笑,"但我有个伙伴。他不反对和你的姐姐们认识,他喜欢金发美女。"

我想笑得更温柔些,但当我想起伊万诺夫节的事,以及伊莱和众多金发姑娘的关系后,我左边的嘴角有些抽搐。美人鱼不见得能对付莫洛克,但如果能让他洗个澡,也不是件坏事。

"真的?!"鬼物马上兴奋起来,"你也不反对吗?"

"真的。把他带走,和姐姐们一起给他呵痒吧。想怎么做都行!"

我不知道美人鱼为什么喜欢给人呵痒,这是一种十分奇特的杀人方式——把人胳肢到死。我不确认这是不是事实,感觉更多的人只是在去美人鱼"姐姐"那里做客时,被淹死了而已。

美人鱼向我报以会心的微笑,我们就像是在同谋某事的好姐妹,然后它沉入了水底。我疲惫地靠在树干上,闭上了眼睛。心脏不听话地怦怦跳着,不知是因为身上的伤口还是在担心什么。

❦

第十九章

伊莱十五分钟后才抱着一大堆枯枝回来。汤已经彻底煮沸了，骨雕师把柴火扔到火堆旁。

"你还在这儿呢！"莫洛克朝我投来挖苦的目光，不是询问，而是陈述。

"我还在这儿呢。"我郁闷地回应。

骨雕师蹲在火堆旁，背朝着河湾，拿起勺子，搅着锅里的汤。他尝了尝汤的味道，可笑地皱起了鼻子。他有点儿不满意，于是又往汤里加了些蔬菜。伊莱看起来有些奇怪。他如果确实是莫洛克，经常居无定所到处旅行，那他不应该太关心食物的味道。最主要的是能吃饱，吃上热饭，帮他获得体力。但伊莱不光想吃饱，还想吃好。我突然察觉自己正观察他的一举一动，无意识地微笑着，差点儿想给自己一个耳光。我马上掩饰着脸上开心的表情。

"有点儿淡。我的盐不多，但我觉得蔬菜能增加点儿味道。"他大声说着，验证了我刚才的猜想。

他没看我，但大概已经发觉我在关注他。我一声不吭，眼角盯着水里的动静。我脸上特意保持着冷漠的表情，看美人鱼悄无声息地从水里爬出，几秒后就爬到了伊莱身后。它头上是湿漉漉的长发，白色萨拉凡紧贴在身上。它扑到骨雕师后背上，胸部压了上去，两只胳膊抱住了他的脖子。

这是美人鱼典型的攻击动作——从背后发动。它现在会对骨雕师耳语，而他则会被它的大眼睛所迷惑，顺从地跟着它进入水里。当然，过程不会太长。只要水进了鼻子，自保的本能会超过美人鱼甜言蜜语造成的诱惑，之后它就会被骨雕师修理一番了。

我还没来得及想象伊莱在水里挣扎的情景，莫洛克的脸色就沉了下来。他脸上的微笑消失了，收缩的瞳孔和凝视的目光让我后背起了一层鸡皮疙瘩。他被激怒了，迅速进入了冰冷而又愤怒的状态。我敢打赌，他的眼白变成了灰色。

身体总是比大脑更早察觉危险。我的心跳自己加快了，手掌也出汗了，我感觉身边出现了一头猛兽，当然肯定不是美人鱼。

伊莱轻巧地站了起来。美人鱼哎呀了一声，害怕地抱住了骨雕师宽阔的肩膀，但和伊莱相比，它就像个十三岁的孩子一样。它够不着地面，手足无措地在空中荡来荡去。它不想摔下来，所以用苍白的双腿勾住了他的身体，而莫洛克全身紧绷，像个雕像一样站着，直直地看着身前。

"下来。"伊莱声音低沉地威胁道。

他没有叫喊，甚至没有提高声音，但美人鱼马上放开他，摔到了草地上。它全身抖成一团，两眼满含恐惧，盯着刚才的猎物。

"滚开。"莫洛克还是用威严的声音命令道，甚至没有转头去看美人鱼。

我困惑地看着美人鱼的下唇不停地颤抖，珍珠般的泪水从它眼睛中滑落。它抽咽着迅速跑开，我差点儿没看清它是如何跑回水里的。当惊讶过去以后，我皱起了眉头，对小美人鱼没帮上忙很不满意。

伊莱又咬了一会儿牙，腮帮子绷得紧紧的。然后他的脸放松下来，神色虽然仍不满意，但已经不再那么恶狠狠的。男人抓住后背的衬衫，突然把它从头上扯了下来，裸露出上身。他看着被美人鱼弄湿的衬衫，骂了一句。我及时抬头，把目光从他腹部的肌肉转到他脸上。

"你干的吧？"他嘟哝着。

"你指什么？出什么事了？"我无辜地扇动着睫毛，故意满脸惊讶地装出没发现美人鱼的样子。

伊莱抖动衣服，咧着嘴呵呵一笑。

"这么说，你喜欢玩游戏，玛拉？"

"我最痛恨玩游戏了。"我马上反对。

"太好了，那我们就玩一玩。"

我没回应他，因为不知道该做何反应。他脸上带着意图报复的笑容，把衬衫晾到了旁边的树枝上。他把鱼和小锅从火上拿下来，把汤倒进了一个木碗里。

伊莱走过来，坐到了我面前的草地上，我全身紧绷。他没有紧挨我坐着，离我有一臂远的距离。我不知道，他这么做是考虑我，还是考虑他自己。

"你不想穿衣服吗？"我冷冷地问道，故意不去看他裸露的上身。

"再告诉你鞍袋和马鞍在哪里？"他低下头，满脸挖苦地问道，"大概还是不穿的好。我等衬衫干了再穿。你可以大胆地看，这样更坦诚。"

我沉默了一会儿，想搞懂他最后一句话的意思。

"你不会以为我是闭着眼睛给你缝合伤口的吧？"骨雕师给了我一个提示，我脸色苍白，想打他一顿，身体不停地颤抖着。

"我都看到了。你被麻醉后还威胁我，如果我不把你送到灌木丛那儿去解手，你会把我的肠子掏出来。我可是学到了不少骂人话。你需要别人帮忙解手这件事，太让你难为情了。"

我基本上确信自己已经因为羞恼而脸色煞白。伊莱明显发现了我脸色的变化,马上把话题转移到了其他方面:

"我只是把你抱到灌木丛后就回来了,不用难为情。你得吃点儿东西。玛拉的伤口比普通人愈合得快,但伤口已经裂开一次了。而且也不知道,鬼物会不会造成感染。"

"那你给我松开双手。"我表示自己不方便,吩咐着他。

先狠狠揍他一次。

我想起了莫洛克手里的食物,觉得还是不要浪费食物。

先吃点儿东西,再揍他。

"不。"伊莱一边搅着汤,一边神色平静地张口拒绝。

"'不'是什么意思?"

"看见这个了吗?"伊莱指着脸上的瘀青。如果凑近了看,那块瘀青面积很大,已经到了下巴那儿,"这是你踹的。"

我带着无声的疑问打量自己脚下的成果。因为他给我脱了衣服,又帮我解决了某些需要而带来的恼怒稍稍减少了一些。看来骨雕师已经受了些惩罚。

"我给你处理伤口时,你像个小马驹一样乱踢。你的伤口就是因此才裂开了,我只能再缝一次。"

"我不会打你的。"我下了保证,虽然不知道自己是不是在撒谎。

他最终肯定还会胡诌些什么,那时我可能会不小心手抖一下。

"回答太棒了,玛拉。十分感谢。"伊莱挖苦道,"但我敢肯定,你如果说'对不起'或'谢谢'会更正确。"

我执拗地抿起双唇。这有些孩子气了,但我确实因为他这段时间一直瞒着我,装成普通人而十分生气。

"我前两天还把你的腿也绑住了,因为猜到你甚至会不顾伤口裂开而逃跑。不过我后来往水里加了些催眠药剂。"伊莱继续向我透露实情。他极其冷漠地提到了把我绑起来,给我喝了安眠药,好像控制别人对他来说不过是家常便饭一样。"不过为了自身安全,我决定把你的胳膊也绑住。我知道你很顽固,你会用牙齿把手腕上的绳结咬开。"

我刚才尝试过了。

我微微一笑。他一直坚信我的性格十分狂暴,这让我有些开心。他看过我在节日上如何狂怒地追赶莫洛克,想杀死他,所以骨雕师有理由担心我会在夜里割开他的喉咙。

我吸入一口蘑菇汤的香气,稍微向伊莱低下了头,想看下食物。骨雕师利用这个机会,把手放到了我额头上,但我马上向后躲开。

"没发烧,一切正常。"他看到我好像受了委屈的样子,立即解释道,不过我做出这个样子是用来掩饰突然涌上来的难为情的。

我还是没搞清,自己是高兴面具后是伊莱,还是希望面具后是活尸。我的内心被两种念头揪扯着:是再踹他的脸一脚,还是承认有些想念骨雕师,然后彻底放松下来。

伊莱把盛汤的勺子递到我面前。我把疑问的目光从食物转到了对方脸上。

"你不是不想让我吃东西吗?"

"想的。但我暂时不会给你解开绳子,我不信任你。"

我冲他无精打采地笑笑。他不信任我,虽然他是莫洛克。他是姐姐们让我远远躲开的怪物。当我还是孩子时,一个像他这样的人，就袭击过我的家人。

饥饿战胜了我的执拗，我顺从地吃了起来。我们没再说话，享受着这虽然并不紧张，但有些尴尬的平静。我打量着他，寻找着蛛丝马迹，那些可以提示他是什么人的信息。

"我不信任你。"

也好。这是相互的。

"你戴着我送的礼物。"

我被食物噎住了，咳嗽起来，一块胡萝卜从嘴里掉了出来。我感到菜汤正顺着下巴往下淌，于是闭住嘴，抬头看向他的眼睛。我双臂被绑，没法给自己擦脸。

伊莱忍着笑，拿出手绢，帮我擦着脸。这让我想起了自己不能说话的那段时间，于是他刚给我擦完，我就直起身子，想离他远一点儿。我骂自己心理脆弱，被爱情冲昏了头脑。我为什么要接受他送的丝带？而且我不仅接受了，还用它编了辫子。再责备自己也没什么用了，反正伊莱已经看到了。

"骨雕是你的爱好吗？"我稍稍转了话题。

"不，这是我的工作。没人给莫洛克送礼物，而我也想吃饱饭。"

"盖文知道吗？"

"当然。盖文也是莫洛克，是我的老师。"

我猛地站了起来，以至于肋部又疼了起来，而刚吃下的东西也在胃里跳动着。我没猜出伊莱是莫洛克，这让我感到恐惧，我们确实对幽冥之仆一无所知。但在玛拉们眼皮底下还有第二个莫洛克，这彻底颠覆了我对世界的认知。

我和盖文打交道已经好几年了，玛拉们经常从他那儿买武器。我们哪怕做了最荒唐的噩梦都不会梦到,盖文是我们必须躲开的怪物。

伊莱被我剧烈的动作惊得一哆嗦,也马上站了起来。他想抓住我的胳膊肘,但我退后两步,绊了一下,肩膀靠到了橡树上。我觉得自己呼吸困难,骨雕师谨慎地给了我点儿时间,让我自己平静下来。

"他已经不年轻了,已经不再做事了。"

"不年轻了?!"我嗓音干涩地问道。

我觉得盖文连四十岁都不到。

"他只想当个铁匠。只有当本地出现怪物以后,他才会戴上莫洛克面具。"伊莱没理会我嘲讽的目光,手里捧着几乎空了的碗,继续说着,"你是知道的。他人很安静,更喜欢铸剑或演奏音乐。"

我好像不由自主地冷笑了一声。

"演奏勺形响板。"我想起这些时甚至都有些恐惧,"他是莫洛克,喜欢演奏……勺形响板。"当我在脑海中努力想象着白天演奏音乐,晚上把吸血鬼和恶魔砍成碎块儿的盖文的形象时,声调不由自主地抬高了一度。

"别惹他生气。勺形响板能很好地给其他乐器伴奏。"伊莱一边舀起剩下的汤送进嘴里,一边面色严肃地反驳我,责备地看了我一眼,走向火堆。

他怎么……生气了?

伊莱穿上了晾干的衬衫。我又站了一会儿,思考、消化着听到的信息,然后依然震惊不已地坐回了自己的临时床铺。骨雕师请我吃鱼，但我拒绝了。骨雕师吃完以后，手里拿着一个小瓶子又走了回来。

"最后一次了，玛拉。"当我斜眼盯着小瓶子，猜到里面又是镇静剂或安眠剂时，他向我保证，"只要再喝一次，明天你就能上马了。这里面只有少量安眠剂，主要是抗感染和恢复体力的成分。你没发烧，但还在出汗，说明你的体温高于正常。"

"现在是夏天。"我辩解道。

"我们靠近山脉，位置靠北。虽然是夏天，但还没热到这种程度。你不喝的话，我还要绑你更长时间。你如果听话，我明天早晨就给你松绑。"

我不满地嘟哝着。不过他如果明天给我松绑的话，那我确实可以赶路了。需要尽快给雅斯娜寄信，告诉她我没放弃，仍在搜寻公主。当我想到艾莉娅时，不禁有些担心。我希望公主没到过这片森林，而是坐在温暖的旅舍中，躲避着我父亲和她的未婚夫。

我喝完药，顺从地躺回毛毯上。我得听话一点儿，免得伊莱总这么防备我。骨雕师在不远处坐着，等着我入睡。

"你说你们的武器与众不同。有什么不同？"我沉默了一会儿后问道。

"它可以在切割的同时割断生命线。"他又重复了一次，就好像这些信息有可能被遗忘一样。

我转过头，想看下他的脸，而莫洛克则从挂在腿上的剑鞘中抽出一把长匕首。刀刃颜色很暗，中央有银色符文，但刀刃本身与精钢不同，并不反光。这件武器应该能吸收光线。我身体动了一下，想摸一下刀刃，但想起自己双臂是被绑住的，所以只是仔细地打量着匕首。伊莱刻意转动手里的匕首，让我能从不同角度打量它。手柄很普通，包着黑色皮子。武器没有任何装饰，除了奇怪的刀刃之外看不出其他特殊之处。

"是你做的吗？为什么是黑色的？"

"这是盖文的老师打造的。我还有一把盖文铸的剑。每个学会铸造的莫洛克都能打造一把剑和一把匕首，更多的就不够了。"伊莱看着心爱的匕首，回答道。

"什么不够？"

"幽冥之力。"

睡意慢慢爬满全身，药剂开始生效了，但我频繁地眨着眼睛，想打听清楚幽冥之力的事。

"你想告诉我什么？"

"不光我们的披风是用暗影做的，"伊莱把匕首插回鞘内，转头看我，"就连我们身体、血液里面都有幽冥之力。有人认为，是刀刃上的符文帮助我们割断生命线，但这并不全对。剑的钢材是因为和我们的血液混合才出现了这种颜色，才能割断生命线。不过这会让我们丧失部分能力，所以只有当剑刃里带着它主人的部分血液，使用时才能发挥全部威力。你的剑断了，就会丧失部分能力。但剑无论如何都会损坏的，所以我们会把那些还能用的剑传下去，免得我们主要的武器用坏了。这种魔力是有限的，所以我们都尽量小心使用。盖文的佩剑里有他自己的血液，我的武器则是盖文的老师传下来的。当这把剑用坏以后，我会给自己打造一把剑。"

"每个莫洛克都会铸剑吗？"

伊莱低声一笑。

"不，根本不是每个人都会。但起码有一个在世的莫洛克会，其他莫洛克会来找他帮忙。"

"你认识所有莫洛克吗？你们一共有多少人？"我差不多是在喃喃自语，眼皮像灌了铅一样沉重，伊莱没有回答我。

我在寂静中想到，应该问一下盖文的面具是什么样的，难道节日那天我看到的是他吗？一想到我熟悉的善良铁匠可能与哥哥的死有关，我就觉得一阵耳鸣，脑袋也疼了起来。我拼命驱赶着这个念头，但我还没来得及向伊莱问起面具的事，就沉入了忐忑不安的梦乡。

我昏睡了一个白天，到黄昏时才醒过来。我们所在的林间空地被染上了橘黄和鲜红的色彩，而宁静的河湾中的水变得颜色深沉。火堆还在燃烧。我觉得自己稍微好了一点儿，头也不痛了。

"我给你包扎了，衣服也给你缝上了。"伊莱立刻提醒我。

他坐在离我一米远的地方，靠在一棵橡树上，两条腿舒服地伸向前方。骨雕师没朝我看，懒散地玩耍着我的小斧头：扔起来，然后伸手抓住它的手柄。斧头在他手里显得比在我手里小很多，不过我看到心爱的武器没被弄丢，开心地长舒了一口气。

"之前我们见面时你还说我是裁缝。"我这样回答更多是出于习惯，而不是想和他拌嘴。

我没问，他趁我睡着后到底脱了我多少衣服。虽然我和伊莱说不到一块儿去，但我相信他不是乘人之危的人。

"我不知道给你缝衣针到底安不安全，我还是挺喜欢自己的两只眼睛的。"伊莱微笑着，在话语上毫不相让。

篝火发出了"噼啪"的爆裂声，鸟儿在暮色中欢快地鸣叫，我身上也几乎感觉不到疼痛了，这一切让我心情变得宁静起来。不过当我想挠一下鼻子时，被绑的双臂仍然让我恼火。他没有掩饰曾把我的绳子松开，然后又系了绳结的事实。他肯定发现我想在树上磨断绳子了。

"你是不是也顺带给我洗澡了？"

"没有，只是把血擦过了。明天你可以自己洗澡。"

我推掉暖和的毛毯，小心地坐了起来，把双腿收到身下。

"你醒早了，躺回去吧。"伊莱不再抛接斧头，漫不经心地说道。

"你找到我所有的武器了？"

"短剑，这把小斧头，还有你想插入我脖子的匕首。我想我找齐了。"

"怎么了？""谢谢！"我诚心道谢，伊莱却一脸惊讶地看着我。

"这太让人意外了。"他呵呵一笑，"我救了你的命，你一脚踹在我脸上回报我，而且还唆使美人鱼对付我，却因为我没扔掉你的武器特意感谢我。"

"这是我喜欢的小斧头。"我坦诚相告。

骨雕师把武器拿到眼前，仔细打量这把老旧的、已经刮痕累累的武器。因为经常使用，曾经鲜亮的斧柄有的地方发乌了。但斧头上的纹路还清晰可见，刮痕也没有破坏上面雕刻的花纹。

"盖文告诉我,一个玛拉买了我制作的第一把小斧头。这个玛拉居然是你,真是够巧的。这是我很久以前做的,不是最好的。"伊莱审视着自己的作品,"我回头再给你做一把。"

我脸上保持着平静,不去费心考虑我们以后会是什么关系,或者以后还会不会有关系。

"我有几个问题。"我换了个话题,想尽可能多了解一些信息。

"我听着呢。"

"你和普通人相比,有什么区别?"

"和你一样,寿命更长,老得更慢。我们闲暇时会在普通人中间生活,过着平常日子。"

"你怎么成了莫洛克?"

"也是和你一样。我十岁时,老师盖文来找我了。"

"也是把你从家里带走了吗?"

"不,我父母病死了。我们很穷,而冬天很冷,特别冷,没有钱买药。我那时已经一个人在歪斜的小房子里生活了半年时间,不知道如何养活自己。我能干活,会打猎,但一个字也不认识。所以盖文教给我的第一项本领就是读写和正确讲话。"

"你实际多大年龄了?"

"你自己多大了?真是十九岁吗?你虽然看起来很年轻,但谁知道呢。"

"我是十九岁。"我满脸怀疑地看着他的脸,"你看上去二十二岁,但谁知道呢。"

"聪明。"他承认了,"我马上就要二十七岁了。"

我点点头,觉得他没必要撒谎。

"你的面具为什么是驼鹿?"

伊莱把脑袋靠在树干上,满脸微笑地想着什么。他沉默了一会儿,思考着该如何回答,我则耐心等待着。傍晚的气氛令人感到宁静,而黄昏和即将来临的夜晚让我们只能留在这块林间空地上,所以我聊天时感到了从容不迫的心情。

"面具是老师做的。当我在狩猎时有意放过了三头驼鹿时,盖文决定给我做这个面具。我来自阿绍尔公国的最北部地区,住在一个小村子里。那里的土地上石头很多,经常冰冻,所以人们主要靠狩猎驼鹿为生。我在处理它们的骨头和鹿角时,学会了制作护符和骨刀。这些动物总是令我着迷,所以只要能不杀死它们,我都会放过它们。"

我记得他关爱活的生物,也记得他如何小心地掩埋怨魂尸骸。他对待活物很小心,但对吸血鬼就不那么客气了。

"盖文戴什么面具?"我尽量表现得若无其事,但伊莱的眼睛还是闪过了怀疑的目光。

"狐狸,怎么了?"

我脸上神色不变,心底里却感到了放松。我本想问他是否认识一个戴着乌鸦面具的莫洛克,但为时尚早。他看到过我对幽冥之仆的反应,如果他要盘问的话,我只能把以往经历告诉他。我只能讲出哥哥和袭击的事,同时还要透露自己的真名,告诉他我是什么人。但我现在还不太信任他。

"感兴趣而已。你怎么找到我的?跟踪我了?"我又换了个话题。

"跟踪的时间不长。"他神色不变地承认了,"不过,我是从北边过来的。村子里有人说到吸血鬼的事,所以我决定来查探一下。当你轻松地对付吸血鬼时,我发现了你。我决定不掺和你的事正想离开,但之后察觉到有恶魔在靠近。"

"你在节日后就消失了。"我感觉他的叙述中有些奇怪之处,于是开始埋怨他。他为什么会从北方来?

"但你还是把我的礼物编进了发辫。"他马上回应,整个身子都转向了我。

我生气地抬起被绑住的双手,虽然不太方便,但还是轻松地解开发辫,把丝带揪了下来。

"别想太多。头发编起来只是为了战斗方便!哪个姑娘会喜欢用骨头做的饰品?!"

"玛拉啊,难道不是吗?"他沮丧地叫了一声。

我突然想起自己对盖文也说过同样的话,有些难堪地张开了嘴。骨雕师的目光很真诚,让我不想只是为了气他而撒谎。我喜欢这件礼物,喜欢里面的每颗骨珠,因为每一颗都形状各异。我在赶路时就确认自己确实喜欢这个礼物。我一秒前还想把丝带扔到伊莱脸上,现在虽然把它从辫子上揪了下来,但仍攥在手里,不想丢掉它。就像哥哥送我的半月项链一样,我有一种奇怪的愿望,想把它藏起来,不让别人看到。

伊莱发现我犹豫不决,于是转而向我挑衅,想考验一下我。他伸出手掌,等着我把丝带还给他。

"不喜欢的话,那就给我吧。"

他的嘴角颤动着,脸上又露出了坏笑,身子也靠近了一点儿。现在我能看清他天蓝色眼睛中反映的篝火和他褐色头发中熟悉的骨珠。

"如果你喜欢丝带的话，难道不应该还礼吗？"

虽然骨雕师的问题中并没有什么特指，但我听出了他话语中古怪的潜台词，于是屏住了呼吸。这很正常，你收到别人礼物后应该回送些什么。我稳了下心神，把丝带藏进了衣服口袋，觉得没必要伪装。

"你明天给我松绑后，我不杀你就是还礼了。"我抬起下巴，回答道。这让对方笑了起来，不是因为生气，而是开心地笑着。

骨雕师歪着头，笑了好长时间，以至于我也跟着笑了几声。现场的情形确实有些滑稽。即使我意识到他是莫洛克，但仍把他看作骨雕师，那个在雾气迷漫的清晨结识的言语刻薄的骨雕师。不过伊莱猛地停住笑声，脸上的笑容也消失了，抓住了我被绑住的双手。

"不行，我想要上次没收到的那个礼物。"

"哪个上次？"

伊莱倾过身子，双唇盖住了我的嘴。我身体一下子僵住了，直到现在才明白，他说的是伊万诺夫节的事，那天我们几乎……

骨雕师的动作不急躁，不执拗，我能感觉到的只是他柔软和温热的双唇。这个吻很温柔，很纯洁。在我决定允许他更进一步的一秒前，他放开了我。伊莱的脑袋向后移开了几厘米，想看一下我的眼睛。他的手指抚摸着我的脸颊，我不由自主地张开了双唇，身体因为他的亲近而涌起一股热流。我迫不及待地呼出一口气，又感受到了心脏在突突地跳，同时伊莱的身子又靠了过来。他现在的吻有些急迫。他的身体离我更近，一只手插进了我的头发里。我用鼻子吸了一口气，用更多的贪婪回应他，甚至跪了起来，想离他更近些。他身上散发着篝火和森林的芳香。我觉得头晕目眩，每一记心跳都把一波颤动送往全身。

我喜欢他，我……

我躲开他，头向前短促地撞去，额头撞到了他脸上。伊莱因为意外差点儿摔倒，但及时伸出胳膊拄在了地上。他的鼻子出了一点儿血。我肯定没撞折他的鼻梁，甚至不会在他脸上留下瘀青，因为头部刚才的动作很小。但我的耳鸣却严重得多，肆意妄为让我的头也疼了起来。我痛苦地把双手贴到额头上，想缓解头晕。

伊莱低声笑着，用手擦去脸上的血。

"我真佩服你，玛拉。我低估你了。"

我发出了愤怒的吼声和痛苦的呻吟声，两种声音交织到了一起。不过我不想告诉他，我并不是想撞他，我更多的是因为对他产生了感情而在惩罚自己。我不能当这种傻瓜。他对我撒谎，跟踪我，还把我绑了起来。

我要把这个"我喜欢他"的念头从脑海中撞出去。我不知道自己怎么突然认为，我只要按着这句话的直接意思去做就行了。

"这是两个吻，而你只送了我一条丝带。"我马上想出了一个理由。

"很公平。"他没对我的反应生气，而是点点头，"既然我已经提前拿到了报酬，那我再给你做一个。"

第二十章

我们离河很近。第二天早晨,周围变得雾气蒙蒙。当我坐起身,抖落毛毯上的晨露后,伊莱已经在火堆上烧开了青草茶。骨雕师这次只抱来了一点儿干树枝,一小时后就能烧完。我很清楚,我们到了分道扬镳的时候了,我得尽快去找艾莉娅。我闷闷不乐地看了看仍被绑着的双手,先摸了下自己的脸。我哪儿也不痛,希望脸上也没留下瘀青。

"给我解开。"

伊莱没有停下手里的活计。他一边琢磨,一边继续搅着茶水。他有意拖延着,我则不耐烦地用鼻子大声吸着气。

"再过两分钟,水马上开了。"

淡黄色的太阳升高了一些,雾气变得稀薄起来。现在我能更清楚地看到周围的树林、马匹和在树木间飞速闪过的红色披风。我一方面有些失望，知道她还是不信任我，但另一方面——当雅斯娜在骨雕师发现之前就站到了他身旁时，我的嘴角露出了坏笑。他迟了两秒才感觉不妙。当姐姐的刀尖抵到他的喉咙处以后，他的脸色沉了下来。

伊莱慢慢站了起来。雅斯娜比我高，所以只比骨雕师矮了不到一头，正神色不变地控制着对手。骨雕师谨慎地没有挣扎，猜到雅斯娜和我不同，她的手是不会颤抖的。姐姐则仔细打量着我。

"我看你倒是没觉得无聊。"她哼了一声，把腿上挂的另一把匕首扔给我。

匕首插在距我脚下不远的地上。我拔出匕首，不再关注伊莱沉重的目光，开始切割胳膊上的绳索。我相信他刚才确实想给我松绑，不过现在要让他看看，控制权是如何从他手里溜走的。

"你居然敢把我妹妹绑起来，骨雕师。"雅斯娜冷冷地朝伊莱说着，"我告诉你，我从看你第一眼时就讨厌你。"

莫洛克不再像刚才那样慌乱，脸上又浮现出了坏笑，甚至没有拨开喉咙处的刀尖。雅斯娜对他的行为表现得不动声色。我起初想警告伊莱，不要和她开玩笑，但后来想到，让骨雕师难堪一点儿也不是坏事。不管怎样，我的幽默感还是从雅斯娜那儿学来的。

"看来这个玛拉没有被我用草莓讨好过。"伊莱嘿嘿一笑。他故意不理雅斯娜，而是朝我说着。

手腕上的绳子被锋利的匕首一根根割断，我开心地把断绳扔到一边。我终于获得了久违的自由,开心地按摩着腕上的皮肤和肌肉,伸展着手腕。

"我觉得你太嫩了,讨好不了我。"雅斯娜也是嘿嘿一笑,反唇相讥。

我没向姐姐解释,也没有分开两人,而是把胳膊肘挂在弯起的膝盖上,下巴撑在手上,观察着事态发展。伊莱看我没有任何举动,有些不开心,郁闷地看了我一眼。

"你只要将这把小刀挪开,我随时都能给你证明,你的前男友们有多平庸。"

我忍着笑,雅斯娜则惊讶地扬起了眉毛。

"还是把你迷人的笑容留给我妹妹吧,骨雕师。她还年轻,喜欢这个。"

"你觉得我的笑容很迷人?"伊莱马上反唇相讥,歪着头,面带讥讽地盯着雅斯娜的眼睛。但他的动作很小心,免得碰到刀尖。

"你的肿泡眼太漂亮了。"姐姐看到了他脸上被我踹出的,现在颜色已经变淡的瘀青,恶毒地笑了一下。昨天我的额头撞到了伊莱脸上,却没留下任何痕迹,这让我感觉不快。"只有这么一块儿,它会不会觉得有点儿孤单?要不给它找个伴儿?"雅斯娜的提议听起来有些无赖。

"这不是肿泡眼,这块瘀青是在颧骨上。"年轻人有些恼火地纠正道。

"你还是多提醒下自己吧。"

"这是你妹妹干的。"

"我不怀疑。我教过她一些东西。"雅斯娜慢条斯理地说道。

我一边听着,一边若无其事地走到烧好的茶水前,把小锅从火堆上取下来,把骨雕师的金属杯子倒满。我毫不客气地在伊莱放在旁边的包里翻找,找到了他昨天发现的蜂蜜,往自己的茶里加了一点儿。

我的每个举动都招来了男人责备的目光,而雅斯娜则看得莫名其妙。我喝了几口茶,感受着它烫疼舌头和喉咙的感觉,皱起了眉头。

"伊莱,认识一下。这是我姐姐雅斯娜。雅斯娜,这个骨雕师叫伊莱,他是莫洛克。"

空气中一连几秒钟都弥漫着黏稠的寂静,伴着篝火燃烧的"噼啪"声和我喝茶的声音。雅斯娜猛地从骨雕师身边退开。姐姐眼睛里的开心不见了,不再想和莫洛克待在一起。姐姐退到了安全距离之外,脸色变得苍白,嘴唇紧张地抿了起来。她没有割伤伊莱,但紧张地用披风擦着刀刃,就好像摸到莫洛克的皮肤会让人中毒一样。伊莱获得自由以后,双臂抱胸,看着普通人见到莫洛克后的典型动作,不过谨慎地隐去了脸上的嘲笑。

姐姐收起匕首,抽出了短剑,准备投入真正的战斗,但为了不刺激对手,剑尖指着地面。

"玛拉,起来。"雅斯娜声音平静,但用命令的语气向我说道,而且没有透露我的真名,"我们走。"

"你有什么手段对付像我这样的人吗,玛拉?"伊莱冷冷地问雅斯娜。

"手段多的是。我们该走了。"

我几口喝光了茶水,然后站了起来,但没离开原地。我们三人现在站的距离一样远，空气中弥漫着尴尬的气氛。

"你在他身边怎么这么平静？"姐姐有些奇怪，握着武器的手不再颤抖。

"因为他的面具是驼鹿，而且我们已经讨论过他是谁了。"

"关我的面具什么事？"伊莱插了一句，但我没理他。

"你怎么找到我的，雅斯娜？还不到两周呢。"姐姐看起来有些惭愧，不过我仍然说出了自己的想法，"你觉得我完不成任务，是吧？你给我一周时间都成啊？！"

"给了你五天。"她有些不情愿地承认了。

"你应该相信我的，我不是小孩子了！"

"我担心你。好吧，玛拉，我们先离开他再说，而且我们还要完成任务。"雅斯娜朝伊莱的方向扬了扬下巴，恳求我。

朋友的目光在我和骨雕师之间游移。她想看下我的脸色，但又担心漏过了潜在敌人的动作。当她走过来，想用身体挡住我，保护我时，她全身都绷紧了。这又是她操心我的一个习惯：她只要看到敌人比我强大，就总是跑来保护我。我总是恼怒于她不相信我，但这种关心又让我无法恼怒。

"你的衣服怎么了？"她看到我身上被缝过的衣服和上面的血污，转头问我。

我应该洗一下或者至少换件衣服。看来伊莱没翻我的包，否则会在里面找到备用衣服。

"不小心遇到吸血鬼了。"

"还有恶魔。"莫洛克干巴巴地加了一句，不让我隐瞒真相。

"恶魔？！"雅斯娜马上叫了起来，我则皱起了眉头。现在她更加相信跟在我后面是明智之举了。

"我谢谢你,伊莱。"我裹紧被撕坏的红披风,回头寻找自己的挎包和武器。

"你不该一个人去对付恶魔的。"他面色严肃地数落我。

"好像我早就知道林子里有个恶魔似的!"

"你应该检查得仔细点儿!如果不确信的话,根本就不应该一个人闯到危险的地方去!"雅斯娜突然转过脸,帮着他训我。姐姐好像全忘了,站在她面前的并不是普通的骨雕师。

我无语地退了两步,纳闷他们两个怎么这么快就达成一致了。我转动脑袋,最后看到自己的马已经备好了鞍辔,还挂上了挎包。骨雕师已经准备动身了。我不知道该对他说些什么,只能转身走向马匹。雅斯娜没有收起武器,跟在我身后,不停地回头看着伊莱。

"我需要帮助。"莫洛克说道。

当我意识到他话里的意思后,停下了脚步。伊莱没有跟着我们走,但这句话足以让我停下脚步。我想象不出自己能帮上他什么忙。他是幽冥的仆人,分分钟就能杀死一只恶魔。

"大概没有莫洛克杀不死的怪物吧。"我随口答道,然后继续走向马匹。

"有的,而且只有玛拉才能帮我。"

我和雅斯娜没有停下脚步,但我听到,伊莱跟在我们身后。他仍然很认真,我则在脑子里思忖着,玛拉能给莫洛克帮上什么忙。

"现在没时间,我们得去找一个人。"雅斯娜回答道。

"我相信你们的事情是必要的,但我的麻烦更大。"伊莱仍在坚持。

"不见得吧。"

我心不在焉地摇着头,检查着鞍袋。如果我们不是去找艾莉娅,那我可能会留下来,看骨雕师到底有什么难处。但公主的命更重要。没有她就不会有联姻,也就不会有不流血的统一。甚至可能在北方公国之间爆发战争,因为塞拉特的大贵族们把艾莉娅的性命交托到了我父亲手上。如果她死了,同时那些大贵族想报复的话,那么南方人就有可能利用这个机会,趁乱攻击阿绍尔公国。

"我没法帮你,伊莱。现在不是时候。"我尽可能委婉地拒绝他。

我转头看向骨雕师,他沉默了好一会儿。他脸色阴沉地看着我,眼睛眨都不眨。我不知道他在琢磨什么。

"你欠我的。"他生硬地说道。

我的手指摸着鞍桥。

"你不能强求我做这些。"

"我能。我救过你的命,难道说你们玛拉不知道荣誉法则吗?"

所有人都知道这个法则。任何一个有自尊的人如果被人救过命,都应该偿还债务。

伊莱现在根本不像言语刻薄的骨雕师,更像那个遭遇美人鱼的猛兽。他目光冰冷,脸上毫无表情。但我知道,他是不会让我走的。现在我已经猜出,他可能没打算给我松绑。如果他向我提出请求,而我拒绝的话,他会拖着双臂被绑的我,把我放上马鞍。我对他的这种计划毫不惊奇。雅斯娜观察着已经变得紧张的局面，握紧了剑柄。伊莱看都不看她。他虽然手无寸铁，但浑身都是威胁。

"你没打算放我的，是吧？"

他沉默着，我等待着他回答。我想听到他的真话，不让他有机会搪塞，就让他当面说出。

"我没打算放你，我需要一位玛拉。"

我不知为什么，但感觉又一次被人背叛了。这不是插进心头的刀子，根本不致命，但我感觉失望把我从头到脚裹住了。它像恶疾一样从内向外吞噬着我，这种感觉和我在哥哥把黄金半月项链送给艾莉娅时体会到的那种感觉很相似。

"她以后会向你偿还债务的，骨雕师，或者莫洛克，或者其他的什么人。"雅斯娜很生气地说道。她很清楚，他刚才的话比撒谎都不如。他还不如撒个谎，但伊莱是个顽固而又太直白的人。

"你需要什么帮助？"我没等骨雕师回复姐姐，张口问道。

"我需要找到塞拉特的公主。"

我脸上神色不变，不想露出吃惊的神情，也不想让他看出我心里感觉如此巧合的念头，因为我们和他的计划根本不冲突。

但实际上还是有冲突的。

他的话就像地震一样在我们中间制造了一条地缝。地缝的边缘不断坍塌，裂成了一道深渊，虽然我们之间的距离不过三米远。

"艾莉娅？"雅斯娜想确认一下，而我则有一种不好的预感，

"我们也在找她。有人请我们找她，说她逃走了。"

"是的。我知道她去了哪里。"伊莱转头看向雅斯娜，明显轻松了很多，"所以我需要一位玛拉。"

"去了什么地方？"

"去了连莫洛克都对付不了的人所在的王国。"伊莱承认这些时毫无愧色，"我们需要去山脉的另一侧。"

第二十一章

我同意偿还债务,而雅斯娜则十分固执,执意要与我们同行。伊莱没有直接证据,无法证明公主去了山脉另一侧,但我们不认为他有理由撒谎。我们本可以按我的原计划前往塞拉特,去那里打听艾莉娅,但如果莫洛克没有说错的话,那我们会白白浪费时间,同时让公主生还的机会骤减。不过如果她已经身在山脉的另一侧,那么我不敢确信她还活着。

雅斯娜对伊莱抱有戒心,但大概和我一样,更多的是把他看成了骨雕师,而不是莫洛克。不过当他展示自己的面具和暗影披风时,她还是瞬间拔出了剑。雅斯娜答应和骨雕师同行,但让他把面具藏远点儿。

我们来到了附近村庄,想补充点儿食物,顺便洗个澡。雅斯娜一边查看我的伤口，一边夸奖伊莱手艺高超。我看到了肋部的两处正在愈合的狭长伤口后，几乎没什么感觉。伤口确实愈合得不错，只稍微有点儿疼，也没有感染的症状。我在自己身上还找到了几块大的血瘀伤痕，特别是后背上比较多，但这些并不妨碍我呼吸，肋骨也没有骨折。雅斯娜在旅舍的浴室里帮我洗了澡，之后给我拿了件新衣服。我穿上了惯常的衬衫、马裤和开口到大腿根部的束腰萨拉凡。虽然需要我奔跑和战斗的概率很小，但还不知道在山的另一侧会遇到多少怪物。

我们在黎明时分离开了旅舍。按莫洛克的话来讲，前往山脉的道路朝向东北方，路上还需要三天时间。由于我身上带伤，所以雅斯娜和伊莱希望途中能尽量休息。他们无视我的反对，也不理会我坚称能快速赶路的保证。我们有时会让马儿匀速前进，这通常也是大家谈话的时间。

这样我们就了解了一些有关莫洛克训练的事，知道只有一个人能感受到刚出现的学生——他的老师。伊莱给我们讲了他和盖文相识后最初几年间居无定所的生活，讲了他们如何到了道克尔，并在那里定居的事。当雅斯娜听说我们认识的铁匠也是莫洛克后，已经不再大惊小怪。然后伊莱说，莫洛克好像是为了保护玛拉而生的，而且他们确实应该成为我们最亲密的朋友和伙伴。无论是我，还是雅斯娜都无法接受这个真相。姐姐和骨雕师吵了好一阵，争论谁才是造成这些误会的罪魁祸首，为什么玛拉和莫洛克会各奔前程。伊莱很执拗，指责玛拉们太过冷漠。雅斯娜也很固执，说即使确实如此，那分歧也是在很久之前就产生了，没人拦着莫洛克来我们神殿，摘下面具把一切解释清楚。

他们继续争论，都据理力争捍卫自己的观点，不肯认输。我看着他们，越来越相信，所有问题都只是因为不能相互理解，都是因为双方的执拗造成的。我们觉得，即使我们把这些告诉其他姐妹，她们也不会相信伊莱的话。骨雕师也无法保证，其他莫洛克会向世人敞开心扉，会追随玛拉，去保护她们。我无法否认，莫洛克们生活得更自在些。他们可以随时摘下面具，伪装成普通人。他们如果愿意的话，可以组建家庭，外出旅行，在喜欢的地方生活。我们如果不是在这种情况下遇到伊莱的话，我永远都不会想到盖文是幽冥之仆。我大概还来不及发现他老得很慢时，就已经在某次不幸的战斗中丧生了。

"你知道去另一侧的路吗？确认那条路是真实存在的？"雅斯娜问伊莱。

姐姐逐渐忘了对莫洛克的恐惧和敌意，很乐意和骨雕师交流各种话题。我则越来越沉默，只在需要时才和伊莱说上两句话。我有时能看到他眼中的期待，想让我也参与他们的谈话，提个什么问题，但我没理他。

"是存在的。顺着秽水河走，以前有个很宽阔的山口。但根据传说，莫拉娜选中玛拉之后，就倾覆了那条通道，用来阻止活尸扩散。"伊莱神色平静地说着。我们都熟悉这些传说，都点头赞同。"但时间和流水冲开了某些地方的石头。而秽水河永不停歇，仍连接着两边。只要知道怎么寻找，知道哪些洞穴可以通行就可以了。这就是北方总是活尸比较多的原因。这也让人们远离那些森林，不敢去秽水河。当然也可能有人已经到过那里，还活着回来了，谁又知道呢。要知道这个公国的人与其他地方的不同,他们更乐于传颂关于这条通往冥界之河的故事。他们相信这条河连接着人间和冥国。"

我回忆起小时候艾莉娅曾经给我们详细地讲过秽水河、奥泽姆和苏梅拉的事,不禁频频点头。阿绍尔在山脉西侧,所以在公主到来之前,我和哥哥只是听过这些故事的片言只语。

"不过人们不理解这些。时间让传说变得十分混乱,很多人传言通过冥国可以找到莫拉娜。他们杜撰出了卡林诺夫桥,以为不光能遇到女神,还能和已死的亲人们见面。"

"你认为公主也是去了秽水河,她想和莫拉娜见面?"雅斯娜一边问,一边转头看我。

道路狭窄,她和伊莱并马走在前面。我咬着嘴唇,猜测着艾莉娅心里的想法。她几年前因为巴拉德的原因找过我,求我带她去找莫拉娜,之后公主逃往北方,我和雅斯娜只能捉她回来。当我们在北方的森林中抓到艾莉娅时,我想问她在那里做了什么,但她只是乱踢乱蹬,拒绝回家。不能排除的是,她那次也是想赶往秽水河,但被我们提前捉住了。

"有可能,但我还要搞清某些细节。"

"你自己到过那边吗?"雅斯娜问道。我虽然打量着周围的树木和原野,但也留神听着他们谈话。

"去过几次,莫洛克们知道前往东方的通道。人们经常在北方看到我们,因为我们去那里清理逃过来的活尸。我们有时也会前往山脉那边,清理那里的活尸,让那边的人也能生存。当然,我们暂时还不知道如何处理那个湖——前往奥泽姆和苏梅拉王国的通道。"

"也就是说,你们正在寻找彻底解决活尸的办法?"

"是的,但暂时还没找到,也不知道能否办到。最初只有被奥泽姆和苏梅拉杀死的人成了活尸,但当吸血鬼们爬到外面,开始杀死普通人后,活尸像瘟疫一样迅速扩散。现在当一个人死后,根本不清楚他的生命线是全断了,还是部分生命线仍是完整的。现在这更像是个不治之症。"

"你为什么需要玛拉?"

伊莱和雅斯娜马上对我的问题有了反应,同时转过头来。

"如果你已经知道了那条通道及艾莉娅可能在哪里……你为什么还需要玛拉?"我加了一句。

骨雕师继续沉默着。我看他脸上的表情以及他移开的目光,知道他不想回答这个问题。

"奥泽姆和苏梅拉害怕玛拉,因为会把你们和莫拉娜搞混。"他终于承认了,而我的身体几乎真切地感到了疼痛。我慢慢闭上眼睛,又张开了眼睛,疼痛像战栗一样掠过全身。

"原来你需要我当个稻草人,去吓唬那些近似神灵的存在,去对付那些我没有任何机会的存在?"

"不是。"他打断我的话。

他脸上露出明显的不快,但我不知道是出于什么原因:是他不喜欢我这么直白地说出了这一切,还是他终究有些惭愧,却不想表露自己的惭愧。

"玛拉在最后关头才需要。你可以这么认为:任何人都能进入冥界,但只有活尸和玛拉才能从那里出来。"

我的马紧跟着他们。我盯着伊莱的眼睛,想看他是否撒谎,是否在装腔作势。

"我只要感觉你可能受到一点点威胁，就一步也不会离开你。"

他声音低沉，有点儿威胁的意味，因此我没有马上明白他的意思。雅斯娜尴尬地咳嗽着，我则一声不吭。我觉得胸膛里闷闷的，莫名其妙地想和他吵一架。我不喜欢伊莱的语气，但他突然惭愧地闭住嘴，知道回答问题时太欠考虑，于是不再说话，这让我想吵架的冲动慢慢平息下来。

"如果艾莉娅已经死了呢？那样的话，我们怎么办？"我不知道如何缓和气氛，于是换了个话题。

"我们只要找到尸体就可以了。"伊莱的回答听起来模棱两可，语气出奇的平静，大概还在考虑如何分散我们对刚才那句含义模糊的回答的注意力。但他也看到了我和雅斯娜脸上露出的吃惊表情。

"你们应该知道莫洛克的能力吧？知道我们能唤醒死者？"伊莱问道。

"是的，我们听说过，但能了解一下细节就更好了。"雅斯娜回答说，我则赞同地点点头。

我们听说过幽冥之仆拥有这种能力，但如果骨雕师能亲口讲述，那我们大概能了解到更多信息。

"莫洛克的生命力超过任何凡人，甚至比玛拉都要多。我们可以唤醒死者，然后把它复活。但最后一项我们只能完成一次，因为我们要永远地付出一半的生命力。"

"你能复活任何死者吗？"我想确认一下。

伊莱又转头看着我，摇了摇头。

"不能。尸体可以有伤口，但不能腐烂得太厉害。我想最长不超过死后三到五天，一切取决于尸体保存的状况。"莫洛克谈起死亡来十分淡定，不过对他来说这毫不奇怪。幽冥之仆和玛拉一样，经常与死亡打交道。

"另外，唤醒之后还要等上一段时间。先建立联系，之后尸体才能完全恢复机能。"

"如果尸体恢复了机能，那它就能复活了？"

"差不多。只要尸体恢复了机能，这个人就和活人没什么区别了。建立联系后，我们的生命就联系到了一起。如果莫洛克死了，那被他唤醒的人也会死掉。为了避免这种危险，莫洛克要把自己的部分生命力给予被唤醒的人，真正复活他。"

"哪怕公主死了，你也能复活她。"我总结道，"但你同意把部分生命力给艾莉娅吗？你认识她吗？"

"不认识。"伊莱回答说。

"那你为什么这么做？丢掉一半生命力对你没影响吗？"我有些困惑。

"有影响。我虽然仍旧比普通人活的时间长，但比其他生命力完整的莫洛克要弱得多。以后也能唤醒死者，但再也不能给予别人生命力。"

"那你到底为什么？！"我用力抓着马缰，冲他怒吼道。

我一想到骨雕师的做法和巴拉德一样愚蠢时，心里就一阵狂怒。这又是因为艾莉娅！我不应该担心莫洛克和他的生命力。我只要想着如何履行义务就行，想着哪怕艾莉娅死了，我们也能把她活着带回家。

但我还是恼怒。

令我恼怒的是，伊莱为了公主，就这么轻率地决定了牺牲自己的天赋能力。他甚至不认识她。

伊莱让马走得慢了一些，和我并辔而行。他紧皱眉头，脸上郁闷的表情和我如出一辙。

"为了我家乡的阿绍尔公国和北方的统一！为了守护和平，因为战争只会带来更多活尸，这不仅对普通人有危险，对我，对盖文和其他莫洛克也一样！我们需要清理这些活尸，所以我做这些是为了……自己的兄弟们，为了……怎么了？"

骨雕师开始时态度坚决，但看到我的脸色变化后，语气变得不再坚定、自信。我听到他说出最后一句后，下意识地拉了下马缰，忍不住笑了一下。

"怎么了？"他有些摸不着头脑，"你觉得这些原因很可笑？"

"不，一点儿也不可笑。"我忍着笑，真心地回答道，"我明白。也正是因为你说的这些原因，我和雅斯娜才第二次去寻找公主，虽然玛拉们并不负责这些事情。"

"第二次？"

"是的，公主已经逃跑过一次了。"雅斯娜帮我解释道，"玛拉那次还没毕业，是我带她出来的。"

"莫拉娜的侍从们确实不负责找人。"骨雕师一边活动着脖子，一边赞同地说道，"是谁请的你们？"

"韦列斯特王公。"我随口答道。

"王公？他手下有很多人，怎么想到请你们找人？"

"因为王公……"我意识到自己差点儿说出实情，猛地闭住了嘴。

伊莱扬起了眉毛,用疑问的眼神看着我,等着我回答。

"钱。"我撒谎说,"王公送来了丰厚的礼品。"

"金子?这是你单身来到北方,差点儿丧生在恶魔爪下的原因之一?"伊莱满脸怀疑地问道,显然根本不信我的话。

玛拉们一直以不被金钱收买而著称于世,这也是事实。另外我即使拒绝王公的请求,他也不会拿回自己的礼物。不过这个念头是最先跳进我脑子里的。

"恶魔不在我的计划之内。"我的回应有些无力。

"我相信所有死在它们爪下的人都是这么想的。"

他还在挖苦我。

我扫了他一眼,几乎可以断定,他也打算和我吵一架。我们就好像正绕着圈子,准备发动正面攻击,但无论如何也找不到出手的合适机会。

雅斯娜大声清了下嗓子。

"我懒得听你们吵架了。你们要么打一架,要么高高兴兴地把问题解决了。不管怎么样,你们都是独立自主的成年人了。"

姐姐的激将法让我和伊莱猝不及防,我们马上停止了视线接触。我们谁也不想反驳她,而雅斯娜觉得她三言两语就让我们两个闭了嘴,低声笑了起来。

我们加快了速度,一直走到暮色沉沉才停了下来。之后我们找了一处林间空地过夜。我们都走得疲惫不堪,所以草草吃了晚饭,都懒得说话。当雅斯娜前往最近的小溪,给我们的皮囊灌水时,我和骨雕师准备着卧具。我现在弯腰还很困难,所以我把衣服摊在身子下面，跪在草地上。

伊莱蹲在我面前，一言不发地帮我干活。我没拒绝他，也没感谢他。我的心里仍有两个同样强大的愿望在斗争。一方面想让他离我越远越好，我们再也不见；另一方面又不想让骨雕师从我的视线中长时间消失，因为我的眼睛会不由自主地寻找他。我的念头和愿望因为他而颠颠倒倒。我自己都纳闷，一个人怎么能同时忍受这相互矛盾而又同样强大的感情的折磨。

"我知道你恨我，因为我是莫洛克，因为我对你撒了谎，还把你绑了起来。我知道。"伊莱的声音很低，但语气坚决。他没有看我，从铺好的被子下面抽出一根木棍，随手扔到一旁，用双手抚过被子，看是否还有碍事的石头或树杈。

"但我说一步也不会离开你时，我没有撒谎。是我把你拖了进来，我会一直保护你的，哪怕需要我付出生命代价。"

"如果只有你能复活艾莉娅，那冒这种险有什么意义吗？如果她死了，而你因为保护我而死，那所有一切都是徒劳无益的。"我反驳的话语很克制，不是为了吵架，而是想让他看清这明显的事实。他可以相信人们对他说的话，但现实却很残酷。

"我是玛拉。我每天都和死亡打交道，从六岁起就做好了死亡的准备。"

"为什么从六岁起？不是十岁才能成为玛拉吗？"

"这不重要。"我无力地挥挥手，"我们找到艾莉娅后，你保护她就行了。她最重要。"

"不，我不是为了艾莉娅才向伊戈尔的父亲要了棒棒糖，也不是为了公主才雕刻了丝带上的每颗骨珠。所以玛拉，不需要你来告诉我谁应该是我最重要的,我已经决定了。"

我嘟哝了句什么,但伊莱可能并不想听我的回答,所以铺好了我的毛毯后,轻快地站了起来。他没听完我的话,就转身去处理我们匆忙燃起的篝火。

✦

到第三天时,我感觉比前两天好多了。挥之不去的疲惫感和骨头的酸痛终于消失了,睡眠也出奇的安稳,肌肉再度充满了力量。肋部的伤口愈合得不错,但无论是雅斯娜还是伊莱,都不急于给我拆线。当两人一本正经地查看我的伤口时,我无奈地翻着白眼。我在他们面前露出了自己的肋部,听着他们旁若无人地讨论我的伤口,感觉很不自在。当伊莱的手指抚过长长的伤口,同时告诉雅斯娜,如何缝合才能让疤痕将来显得最整齐时,我全身紧绷,但没有哆嗦。姐姐看上去饶有兴趣,承认他缝合得确实很好。我最后终于忍不住推开他们的手,决定不用他们帮忙,自己把绷带缠好。

时值仲夏,但这里距山脉和北方很近,所以天气并不热,不会出汗。正午时虽然阳光灼人,但凉爽的风吹到身上,让人心情舒爽。我把小斧头挂在腰上,抬眼看着右方山脉。能看到常年积雪的高大山峰,山尖隐没在云雾中。据我所知,还没有哪个玛拉试图翻越这条山脉,因为我们在这边的工作已经够多了。而且从来没人从山那边过来,向我们寻求帮助。王公们也忙于争斗,无暇顾及东方疆域。

而且还有传言说根本没有去那里的路,说那里都是活尸,使得很少有人想去那边。不过我更相信,很多人终日操劳,根本没想过山那边的事。

我童年时还对那些未知的土地充满兴趣,但听年长的玛拉们讲过秽水河、冥国和那片土地上成群游荡着的吸血鬼的故事后,已经再也没有去那边的兴趣,也不想知道那里是否确实如传言所说。大多数普通人相信,那里连土地都没有,世界在这片山脉后终结。

"我们还要走多长时间?"雅斯娜一边把手里的东西放进鞍袋,一边问伊莱。

"不会太久。我想,我们今天要在山口前最后停一次。现在我们正在朝东方走。"骨雕师模棱两可地回答。

他还是没有准确地告诉我们,那个只有莫洛克才知道的山口在哪里。而且他对我们不信任也是有道理的,大概是不允许他们泄露信息吧。不过我看不出这有什么意义,因为玛拉们的方向感极强,哪怕伊莱想绕晕我们,我们也能记住路线。

"如果可以的话,我倒是建议加快赶路的速度。"雅斯娜说道。

"我觉得自己好一些了,所以我们可以跑快点儿。"我知道是自己拖慢了大家,同意她的建议。

我披上红色披风,把两只胳膊伸进了披风袖子。我用梳子梳理着散乱的头发,看了伊莱一会儿,看着他一边紧盯着几个特定位置,一边用太阳定位,观察着周围的地形。我伸手去衣兜里拿丝带,想把头发扎成辫子,但我除了伊莱送的礼物之外,没带其他丝带。我郁闷地松开手,把丝带放回兜里。我不想让骨雕师觉得我们和好了。虽然我们不像以前那么针锋相对了,但我们的关系还不算融洽。

十五分钟后我们经过了最后一个小村庄,前面的漫长路程里将再无人迹。我们开始时还走在荒草丛生被废弃的道路上,但骨雕师稍后就拨转马头,走上了连绵的山丘,进入了森林。我们有次还穿过了一大片松林。幸运的是,我们在这段时间里连一个活尸都没遇到,但我很清楚,为什么在这片土地上没有活人。

我说不好是由于什么原因,但心里在不断战栗,提醒我这里不是适合人类生存的地方。森林里有鸟儿在鸣唱,松鼠在树上跳来跳去,我们甚至还看到了一只年幼的驼鹿,但我们大家都紧闭双唇,仔细观察着周围的动静。

我们放马奔跑,跑过了大半路程。中午时分我的后背和大腿开始酸痛,胃部被饿得一阵阵痉挛,但我没有叫苦,也没要求停下休息。根据伊莱的说法,莫洛克们比我们更了解这片区域。如果他没有提议休息,那我们就还未赶到安全地带。他有两次回头问我感觉如何,能否继续赶路。我每次都让他不用担心,但他嘟哝了句什么,然后露出一丝苦笑。

"我们到了。我们在这里吃点儿东西,休息一下。"当我们面前露出一片不大的瀑布时,他一边对我们说着,一边欣赏着我们诧异的脸色。

瀑布的部分水流沿着陡峭的山壁淌下,部分水流则直接从悬崖上飞落,在山下汇成一片清澈的湖泊。湖里的水呈天蓝色,出奇的透明,可以看到浅底。太阳高悬天空,明亮的光线滑过松树,照到了水流上。阳光和飞溅的流水形成了一道彩虹。我心醉神驰地观赏着这绚烂的流光溢彩。

"这里可不像秽水河。"雅斯娜一边下马,一边慢慢说道。

伊莱已经站到了地上,正抚摸着马脖子,对我们的猜测微微一笑。

"秽水河和我们要穿过的通道稍微靠北一点儿,但在这里休息很安全。把马系到那里。"他指了指旁边的几棵槭树,然后拉着自己的马走了过去。

骨雕师建议给牲口除去鞍鞯,说它们需要多休息一会儿,而且我们最好也饱饱地吃上一顿。我已经累得拿不动剑,就把它留在了马鞍旁,但把小斧头和长匕首都带在身边。莫洛克让我们不要走远,就自己去打猎了。雅斯娜留下来准备生火的地方,我则四处走着寻找柴火。我找来的第一抱干树枝不够用,于是姐姐决定和我一起去,想一次性找足木柴。

"你觉得他怎么样,贝拉?"当我们走进树林后,雅斯娜低声问我。

她在叫出我的名字前,小心地环顾四周。骨雕师应该很快就回来了。

"我不知道自己对他有什么感觉。"我一边回答,一边把一根树枝踹成两截,拿给姐姐。

"你不担心他是莫洛克吗?"

"你好像都接受这些了,但我不会告诉其他姐妹的,至少暂时不会。我觉得鲁斯兰娜和茵嘉肯定接受不了。"

"我也这么认为。"雅斯娜用下巴指了指我忽略的另一根树枝，也赞同我，"我不确信她们会如何对待莫洛克身份的问题。如果骨雕师没有胡说，而且玛拉们以前确实和他们联系紧密，那么现在完全是另一种局面。他们大概已经习惯和我们保持距离了吧。"

"大概吧。回去后还得和盖文谈一下。"我一边踹断刚找到的树枝，一边说道。

"这个老滑头！"雅斯娜嘟哝着，"我跟他打了那么多年交道，他连一句口风都没露，也没暗示过什么！早就该注意到了。这么多年过去了，他连一根白头发、一条皱纹都没有。他只是把胡子留长了，想糊弄大家。"她愤怒地哼了一声。

我一边听着她恼怒的自白，一边微笑着。如果我们想从盖文那儿买东西，总是叫上她一起去。她喜欢和盖文交流，他们总能轻松地找到共同的话题，虽然经常因为价格而争吵。现在雅斯娜和我一样，感觉自己是个傻瓜，被别人轻松玩弄于股掌之间。

"那你还喜欢他吗？"

"盖文？不管怎么样，我还是喜欢他。"我把一根潮湿的树枝扔到旁边。

"我问的不是铁匠，问的是骨雕师。你还喜欢伊莱吗？"

我停住脚步，脑子里盘旋着"喜欢"和"不喜欢"两个答案，但让我头疼的是，我自己都不知道该选哪个答案。我停了一会儿，刚要张嘴告诉姐姐我心里的迟疑，突然听到了说话声。

谈话声是从我们刚才所在的林间空地传来的。我以为伊莱回来了，就朝那个方向走了一步，但忽然听到有人在和他讲话。陌生人的声音很低沉，不像是人声，由于有回音，根本听不清在说些什么。

这个声音让我想起了某些事情。

雅斯娜小心地把怀里的干树枝放到地上。我们交换了一下眼色，姐姐手指握住了剑柄。我没有伸手去抓武器，但慢慢地向前走去，准备应付可能的意外。

"我说了要……"伊莱转了下头，我虽然听出了他语气中的不满，但他的后半句话变得模糊不清。

"我不能再等了。"

我们走近了一些。我意识到这个声音是另一个莫洛克发出的，后背起了一层鸡皮疙瘩。伊莱脸上戴着面具，声音听起来差不多。又有一个莫洛克来到了这里，这个想法既没有让我，也没有让雅斯娜开心。

"我提醒过你了，让你再给我一个晚上！你能想象她们对莫洛克有多仇恨吗？我把一个玛拉绑了好几天，免得晚上被她杀死。"伊莱生气地回答，"我们需要她们的帮助，不能强迫她们！如果我连你的计划都不清楚，我又怎么说服她们呢？"

"对不起。只是……我担心，我们来不及了。我低估艾莉娅了，她计划这事已经不止一年了。"

因为面具产生的回音，"对不起"几个字听起来更像是威胁，但伊莱只是郁闷地长出了一口气。我和姐姐对视了一眼，骨雕师并不是独自在寻找公主。

"再给我一个小时，我得和她们谈一下，让她们准备再接纳一个莫洛克加入队伍。"伊莱的语气很坚决。

"她们？你不是只找了一个玛拉？"

"不是，第二个跟踪了我们。她们都在寻找艾莉娅，韦列斯特王公雇的她们。"

我们离林间空地越来越近，但还想多偷听一会儿，所以并没有急着从林子里走出。伊莱明显没把全部情况告诉我们。

"她们叫什么？"戴着面具的莫洛克突然问道。

我从藏身之处探了下头，想看下和骨雕师谈话的人，但陌生人背朝我们站着。伊莱面朝着我们站着，我担心他发现我们偷听，又藏回树干后。

"雅斯娜和玛拉。"骨雕师回答道，不过他比我们还纳闷对方为什么会提这个问题。

"叫玛拉？是认真的吗？"

雅斯娜傻笑一声，我则翻了个白眼儿。我应该一开始就想好一个化名，我每次结识新人时都会看到别人的这种反应。一开始我还觉得有意思，但现在已经让我厌倦，甚至有些恼怒。雅斯娜曾提醒过我这一点，但我没当回事，现在她则喜欢嘲笑我毫无远见。

姐姐想探头看一眼，却不小心折断了旁边灌木丛的一根枯枝。正在谈话的两人停了下来。我从藏身处走出，装作刚刚来到这里，根本没听到他们谈话的样子。雅斯娜跟着我走了出来。

伊莱意识到，他想让我们准备接纳另一名莫洛克的计划失败了，皱起了眉头。第二个莫洛克终于朝我们转过身来，我一下子忘了呼吸。我的心脏痛得发紧，之后疯狂地跳了起来。阳光温暖，我却出了一身冷汗。戴面具的人歪了下头，这个动作透着因为意外而有些失神的味道。

"我知道，我们没有谈好……"伊莱说了起来，但雅斯娜只说了一句"没有",就打断了他的话。

我的身体反应比大脑还要快,我一边大步向前,一边拽出匕首。莫洛克挡开了我一记直刺,震得我整条胳膊生疼。我的刀尖刺到了他的黑色剑身上。我现在没时间去欣赏他的武器是否漂亮,我甚至感觉不到肋部伤口的隐痛,尽管知道自己不应该做出这样剧烈的动作。

"玛拉,住手!他不会伤害你的!"骨雕师在我背后大声喊道。

"你应该早点儿说。"雅斯娜抽出剑,但没加入战斗,而是苦恼地对伊莱说道。

我把牙齿咬得生疼。我已经不记得自己上次这样拼命是多久之前了。我的每次攻击,身体的每个动作都迅捷无比、异常准确。我狂暴地攻击着戴乌鸦面具的对手,就好像我的死活将取决于这场战斗。莫洛克连连后退,他挡开我的一次次攻击,呼吸听起来很沉重。他只要放我近身一秒钟,我的匕首就会插入他的身体。我刚开始没意识到,那狂怒的号叫声是从我嘴里发出的。

"不。"对手突然开口请求,我迅速朝他的面具扫了一眼。我一直没眨眼,眼睛因为一直瞪着而变得干涩,脸上的肌肉因为紧张而变了形。

"停下!我不是你的敌人。"

莫洛克比我高一头,在力量和剑术上稍逊于伊莱。但我知道,面具后面是个真人,我并不害怕他恐怖的声音。

伊莱又在我背后喊了句什么,但所有声音都因为刀剑不断的撞击声而听不清楚。我大口喘着气,但一步也不退后,而出乎我的意料,幽冥之仆继续只守不攻。我只要杀死他,我的噩梦就结束了。

"够了！"对手知道劝说不起作用，于是用命令的口吻冲我大吼。

我则用一记猛刺来回应他的怒吼。匕首撞上了他的长剑，险些脱手飞出。

"贝列达，够了！"莫洛克又是一句大吼，故意放弃抵抗，停了下来。

当我以难以置信的意志力停下来，把刀尖停到了他锁骨旁的位置时，我的全身都在酸痛。

"停下，贝列达！"幽冥之仆命令道。

我的手指开始痉挛，整个胳膊变得麻木，匕首掉到了草地上。当紧张让位于恐惧和慌乱后，我开始全身哆嗦。

"贝列达？"伊莱在我背后小声重复着，"这个名字是……"

"你是谁？"雅斯娜大声问道，而我则一句话也说不出来。

我面前的莫洛克缓缓地把剑插回背后的剑鞘内。他犹豫了一下，最后他那只戴着黑手套的手举到了黑色、金色相间的面具边缘。我紧张地眨了几次眼睛，看着他慢慢摘下了面具。他先是低下了头，当面具到了他手里，暗影披风裂成碎片，消失在阳光之下后，巴拉德朝我抬起了他的绿色眼睛。

第二十二章

泪水顺着我的脸颊淌下。他的眼睛更亮，也更绿了，黑发长到了肩膀上。我上次看到哥哥时，他还是个十岁的孩子。他还没有长着黑色短须的刚毅下巴，双眉间没有皱纹，左边脸上也没有那道短短的疤痕。但我片刻也没有怀疑，这是哥哥的脸，因为他长得太像父亲了。巴拉德的眼睛里掺杂着恐惧、忧伤、遗憾和愧疚。他想说话，但双唇颤抖，目光在我脸上扫来扫去。

我无声地痛哭着，喘不上气来，拼命张口呼吸，喉咙里发出了嘶哑的声音，努力想吸入哪怕一点点氧气。我眼前的一切都在摇晃，身体也不听使唤。我向后退了两步，当我双腿绊在一起时，雅斯娜从后面扶住了我。

"贝拉！"

"你怎么了？！"骨雕师抓住了我的另一只胳膊，慌乱地问道。

我一开始抓住了他的胳膊，身子靠向他，但我又开始感觉胸闷，于是我知道他们帮不上忙，想推开他们两人。我声音嘶哑地喘着气，摸索着半月项链。我几乎想抓破自己的喉咙，只要让我喘上一口气就好。

"让开！"巴拉德推开雅斯娜和伊莱，大吼了一声。他抓住我的胳膊，不让我抓伤自己，"我知道怎么办，她以前经常这样。"

哥哥轻松地摇晃着我的身体，我的牙齿在打战，一瞬间忘了突如其来的痛苦。

"没事了，贝拉！你看，瀑布上还有彩虹呢！"他指着喧嚣的落水，用认真的语气说道，响亮的声音盖住了其他噪声。我的目光跟随着他的每一个动作，继续哭泣着，艰难地呼吸着，但顺从地听着他说的每一句话。

巴拉德甩掉了手套，飞快地从我脖子上解下了半月项链。他像童年那样在我面前抖动着半月项链，吸引我的注意力。我的动作依然迟缓，但已经能把目光聚焦到那个项链上。

"你怎么还戴着这条项链，贝拉？难道没人送你更好的东西吗？"他挖苦着我，故意激发我的其他情绪，不让我再流泪和张皇失措，"这只是银的啊，而且做工也很粗糙。你怎么还戴着它啊？！"

我听到他的话后，本想表示一下自己的愤怒，但只是声音嘶哑地吸进了一口空气。巴拉德突然使劲弹了一下我的脑壳，疼得我"嗞嗞"地叫了起来，皱紧了眉头，迅速抽了哥哥一记耳光。这记耳光十分突然、凶狠，而且十分用力，打得他脑袋偏向了一边。

我的抽泣声停了下来。我疲惫地喘着气，但已经不再张皇失措。我打了哥哥，未来的阿绍尔王公和莫洛克。当我把手按到胸前时，感到全身麻木。而巴拉德捂着变红的脸颊，吃惊地瞪大双眼，慢慢向我转过头来。

我刚才的情绪中又掺杂进了惊愕。哥哥则把目光转向伊莱，想听他的解释。

"她手重。"骨雕师若无其事地回答。

"你死了。"我怔怔地盯着巴拉德，声音沙哑地说，"我看见你的尸体了。"

哥哥脸上的苦笑消失了，目光中露出了忧伤。

"贝拉……"他向我伸出双手，但我神经质地摇着头，向后退了一步。

"我看到了你房间里的血迹和你背上的斧头。"我继续说着，就好像站在我面前的是个幽灵，它忘了自己不应再留存于这活人的世界，而我只能给它解释这显而易见的道理，"他们把你安葬了。"

"最后这句值得商榷。"他犹豫着嘟哝了一句，然后猛地向前跨了一步，紧紧抱住了我。

他紧紧抱着我，而我则试图调整心里的迷茫——我说了这么多，他只对最后一句话感到难为情。

巴拉德把我的脑袋紧紧按到自己胸前。我听着他急促的心跳，没有挣扎，但全身再度变得麻木。哥哥就站在我面前，但我无论如何也搞不清，我是否身在现实中，这一切是如何发生的。

"你带来了我妹妹，伊莱。我妹妹！"巴拉德努力压抑自己，不想提高嗓音，但话语中仍透着紧张，声音就好像从牙缝里挤出的一样。我的脸颊能感到从哥哥胸腔里传出的嗡嗡声。

"你可以带任何人来，但不能带我妹妹来。"

"她介绍自己时报的是别的名字，而且你说你妹妹死了！"骨雕师的声音里也透着紧张。

"你难道看不出我们两个有多像吗？！"巴拉德不接受他的解释，固执地说道，然后把我抱得更紧了，就好像有人会把我拉走一样。

"她比你漂亮一百倍！"出言反驳的伊莱火气也很大，"我两年没见你了，巴拉德！只是在伊万诺夫节上才收到那个该死的纸条。你跟我正常见个面，不用面具吓唬村民，就这么困难吗？！"

他确实到过那里。他去过庆祝现场，那个戴乌鸦面具的莫洛克。

哥哥颤抖着呼出了一口气。我用手撑着他胸膛，想推开他。他不再紧紧抱着我，但也不想放我走开一步远的距离。

"你叫雅斯娜，是吗？"巴拉德问我姐姐，声音十分柔和。

"你真的是阿绍尔的巴拉德吗？"她有些慌乱地问道。她手里仍紧握着剑，但剑尖却指着地上。雅斯娜和我一样，都不知道该如何应对眼前的事。

"是的。另外谢谢你，我知道，你很关心贝拉。"

"你怎么知道？"我几不可闻地嘟哝着，又向后退了一步。"你死了！"我大声说道，又提出了这个我还没得到答案的最重要的问题。

"贝拉……"

"不！"我打断了他的话。我现在可以轻松地吸入空气，脸上的泪水被风吹干了，只有眼睛还火辣辣的痛，"如果你没死，那你去哪里了？！妈妈快死的时候，你在哪里？！我一句话也说不出，一口硬的食物也吃不下时，你在哪里？！你为什么不回家？！"

我不只是抬高了声音，而是在大吼，根本不担心别人会听到我们的谈话。我没有担心伊莱会听到我们家的事情，不过看样子他比我更了解哥哥。巴拉德耐心地等着我说完。

我大声吸了一口气，又一连几次愤怒地提到，人们告诉我他死了。我提到，王子的遗体被惊马践踏，让人根本认不出来。我给他详细讲述了我曾经患过的恶疾和父亲的冷漠。我讲到最后时，肋部突然疼了起来。我感受到了刚才短暂的战斗带来的后果，疼得猛然弯下了腰。

巴拉德朝我扑过来，扶住了我的胳膊，没让我摔在地上。雅斯娜站在我身旁，扶着我走到旁边的树下。我嘴里呻吟着，顺着树干滑下，疲惫地坐到草地上。

"你怎么了？"哥哥在我身旁坐下，而雅斯娜则解开我的腰带，查看我的伤口。

"她一个人遇到了恶魔。"伊莱替我们回答了问题，但仍一个人远远地站着。

雅斯娜迅速解开了浸透鲜血的绷带。巴拉德朝自己的伙伴投去不信任的目光，但当他看到我肋部的伤口时，脸上露出了理解的神情。

"一处伤口裂开了，还好不长。"雅斯娜松了一口气，"骨雕师，拿点儿药膏和干净的布过来。"

伊莱听从了命令，转身走向我们的鞍袋。他速度很快，我刚发现他走开，转眼间他就回来了。我抬眼看着他，看到刚才的一切对他也有所触动。他平时目光里的那种傲气和戏谑不见了。他面对眼前的场景，比我还手足无措。现在他知道了我的真名，知道我是什么人了。

"贝拉，你怎么能一个人去找恶魔？"巴拉德的话打断了我的念头，"你能活下来，真是奇迹！"

"你都是死人了！"我马上冲他吼道，"别跟我提什么小心不小心的事！"

雅斯娜嘿嘿一笑。她迅速给我抹上了止痛的药膏，但仍低声笑着，让我们大家都有些奇怪。

"怎么了？她说你说得很对嘛，王子。"当雅斯娜看到巴拉德脸上不满的表情后解释道。

"这好像是你的手艺，伊莱。是你给我妹妹缝合的？"我不知道巴拉德话里哪种意思更多一些，是惊讶还是不满。

骨雕师大概也听出了这些，但明显不想承认为此给我脱了衣服。

"他救了我的命。"我突然嘟哝了一句，帮伊莱解释，"你到现在连一个问题都没回答我！"

雅斯娜给我裹上了干净绷带，帮我把衣服整理好。

"我去拿其他柴火。你，骨雕师，去做饭。让哥哥和妹妹处理他们的问题吧。"雅斯娜下了指令后，站了起来。

伊莱回去处理猎获的几只兔子。巴拉德扶着我，走到了为生火而刚刚挖好的小坑边。当哥哥把一堆柴火放进坑里时，我更加认真地看着他。现在虽然是夏季，但他和骨雕师一样，身上都穿着黑色衣服，衬衫外面套着护甲。我眨了几次眼睛，等着这幻象或噩梦最终消失，但无论我做什么，巴拉德仍留在这里。

"我确实死了，贝拉。"哥哥考虑着用词，开始讲话。

他从容不迫地打出火花，点燃了枯枝。这是个很简单的事情，但比刚才的话更让我吃惊。我熟悉的巴拉德只有十岁：他喜欢恐怖故事、白菜馅饼、格瓦斯，喜欢和我玩耍。但这个年轻人已经二十三岁了，本身就是恐怖童话里的人物，比父亲卫队里的任何战士都更精通剑术。看他胳膊上的肌肉，他能轻松扭断别人的脖子。

"贝拉？"巴拉德发现我正凝视他的胳膊，喊了我一声。

"从头到尾，把一切都告诉我。"我把注意力转回谈话，向他提了要求。

巴拉德点了点头，疲惫地坐在我旁边，用一根长棍翻动着燃烧的干柴，想让火苗烧得更旺些。雅斯娜抱着一堆树枝回来了，把树枝放到旁边，之后走到伊莱那儿去给他帮忙。我知道他们会偷听我们的谈话，但我信任雅斯娜，而巴拉德看起来也和骨雕师很亲近，所以没必要在谈话时躲开他们。

"我那天晚上死了。"巴拉德又重复了一遍，"他们在卧室里就攻击了我。幸好攻击者们没带火把，而我在漆黑一团中更熟悉自己的屋子。他们砍伤了我的肩膀，但我跑进了走廊。我没去父亲房间里找他，知道他不在那里，因为他正准备和朋友们一起去吃夜宵。"

我点点头，想起了当时我和哥哥被早早地打发去睡觉了，父亲则招呼亲信贵族和卫队去参加一个小酒会。我最近几年一直翻来覆去地琢磨那天晚上发生的事,最后确信,韦列斯特王公正是由于这个原因才没成为受害者。他当时没睡觉,而且周围有很多人。

"我要把他们引离卧室。我不能去找妈妈或你,他们会把你们杀死的。所以我跑出了庄园,想去找父亲或护卫。但外面的杀手更多,他们已经点燃了庄园的房子、马厩和铁匠铺。父亲的人放出了马匹,这是我后背被斧头砍中前记住的一切。我死了,贝拉。"

"我看到了。我找到你时,你已经死了。"

"我知道,基雷告诉我了。"巴拉德点点头。

"基雷是谁?"

"是我的老师。他告诉我在我身边找到了你,相信你看到他了。"

我不知道自己是点了下头,还是低下了头。

"我看到了一个戴乌鸦面具的莫洛克,他杀死了所有靠近他的人。不管是袭击我们的人,还是父亲的人。我最后只记得,他从你身体上拔出了斧头。莫洛克们的面具不是都不一样吗?为什么你的也是乌鸦面具?"

"因为这就是基雷的面具,他没来得及给我做面具。伊莱告诉你莫洛克的能力了吧?"我还没来得及问他导师的事,他就问起了我。

"他给我讲了你们的剑,讲了你们如何杀死鬼物。"我一边回想,一边转头看了看骨雕师。

他和雅斯娜准备好食材走了过来，他们没加入我们的谈话，而是开始在火堆上做晚饭。他们烤着兔子，煮着粥。

"讲了每个莫洛克都有老师，都能唤醒死者……"

巴拉德听我结结巴巴地讲着，疲惫地笑了笑。他耐心地等着，直到我慢慢明白了他说的话。

"那个莫洛克……基雷，他复活了你？"

哥哥没有回答，而是解开了胸甲的绑带，拉开衬衫领口，露出了锁骨处一块奇怪的黑斑。黑斑像是几根手指和掌根的样子。

"这是莫洛克印记。"哥哥接着讲道，"先用这个印记和死者建立联系。当尸体的身体机能全部恢复后，就与活人没什么区别了。莫洛克可以向死者注入一半生命力，然后复活死者。你已经感受过新玛拉的召唤了吧，贝拉？"

"是的，我有妹妹了，兹拉塔和艾卡。"

"据我所知，所有玛拉都能感受到新玛拉的出现，但只有一个莫洛克能感受到未来的幽冥之仆。只有这个人才会成为新人的老师，教给他所有必要的知识。基雷因为召唤而来，但在路上耽搁了，最终晚到了一天，在袭击最猛烈的时候到了。他赶到时，我死了还不到十五分钟，他马上和我建立了联系。我的尸体在几天后被完全唤醒，有了心跳，之后他给我注入了部分生命力。"

"因为他杀死了所有靠近你的人，所以我以为，他……也参与了袭击。"我含含糊糊地说着，确信当时看到了基雷杀死我们的护卫。

"他大概不知道是谁发动了袭击吧。他当时最担心的是如何取走我的尸体。"

"那么，你那时活着……"我慢慢意识到，我在两句话之间停顿的时间太长了，"……这些年一直活着？"

哥哥很愧疚，一言不发，而雅斯娜和伊莱屏住呼吸听着，不想让我们注意到他们。当我又开始发火时，我脖子后面的头发都竖了起来。

"这么多年了，巴拉德！"我咬牙切齿，一字一句地说着，极度失望地叫了哥哥的名字，"妈妈因为伤心而死！我忍受着噩梦的折磨，一年年地喝着安神药！"

"你喝安神药了？贝拉，要是上了瘾，就……"

"你只是担心这个吗？"

我刚才一直在高声叫喊，现在又累得喘不上气来了。巴拉德咬牙听着我的斥责，只是更用力地握着手里的木棍。木棍被哥哥捏碎了，"噼啪"地响着，但我一点儿也不可怜他。我只清楚一点：如果巴拉德能忍受我的语气，那他就会意识到自己的错误。

"你为什么不来找我们？"我抓住他的手，满眼恳求地问道。

"我想找你们来着，贝拉。我发誓，我想过。"他抓住我的手，紧紧握住，他满眼期待地看着我的眼睛，希望我能理解他的想法，"我一开始太小，没法反抗老师，而基雷又带我走了很远。他花了一个月时间说服我，让我不要把王公和莫洛克的事情搅和到一起。他告诉我，亲人们会慢慢熬过痛苦，而且与我从死人堆里站起来，戴上幽冥之仆面具的事相比，人们更容易接受我已死的事实。"

我刚开始想反驳，但最后还是没有说出违心的话。确实如此。我们根本不知道父母会不会接受这个消息，他们有可能不想与幽冥扯上关系,从而与巴拉德断绝关系。女儿成了玛拉,这可以认为是一种祝福,但儿子成了莫洛克就要另说了。

"我不会拒绝你的。"我知道自己认可了他的话,但仍固执地说道。

巴拉德相信我的话,但只是冲我苦笑了一下。我那时只是个六岁的小公主,我的话与王公和贵族的意志相比,连个臭鸡蛋都比不上。

"基雷带着我尽可能往南走,不让我得到家里的任何消息。我们在索伦斯克公国和阿拉肯公国生活了将近四年时间,我没有听到任何关于母亲病死的消息。我也没听说你的事,贝拉。基雷是那种把舍弃家庭看作是最好出路的人,认为这样能让所有人都少受点儿痛苦。但有一年冬天,我快十五岁那年,基雷不幸死了。他死得很突然,我当时根本不知道以后怎么办。老师应该教给我所有知识,然后给我制作一个面具,但他没来得及完成这些。所以我就拿了他的面具和武器,找到了盖文和伊莱。我只认识他们两个莫洛克。我十二岁那年,基雷给我介绍了他们。"

当我猛地转头看向正在搅动粥的伊莱时,他吓得一动不动。我目不转睛地盯着骨雕师,等着他的反应。他神情紧张地把目光从我身上转到哥哥身上,又转了回来,咳嗽了两声,替巴拉德讲了下去。

"他突然来到了我们家门外。我们当时在道克尔已经生活了好几年,所以巴拉德很容易就找到了我们。那年我十八岁,已经结束了莫洛克的学业,所以我们收留了你……哥哥,教他学习,给他传授了基雷没来得及教过的知识。"

"虽然我不经常去道克尔，但有时也会和姐妹们去找盖文。我们为什么没见过面？"我和雅斯娜面面相觑，姐姐脸上也露出了同样的疑问。

"我教巴拉德时，有几年时间带他在北方旅行。我们只是偶尔回道克尔。我们在北方待的时间越长，就越容易听到关于你们父亲的传言。有一次巴拉德听说他母亲和贝列达公主……听说你很早就死了。"伊莱停了下来，他在提到我的全名时，嗓音有些沙哑。

"于是我丢下一切，去了阿绍尔，想弄清这些传言哪些是真的。"巴拉德继续说道，"我不能去找父亲，所以就去找那些我还记得的人。我最想找的人是奥丽佳和阿丽娜，但她们那时都死了。"

"奥丽佳是袭击那晚被杀死的。"我点点头，尽量不去翻动记忆里她死亡时的画面，"根据我听到的消息，阿丽娜是在我成为玛拉几年后才病死的。为什么你没来我们神殿？"

"我不知道你成为玛拉了。阿绍尔的人都说，贝列达公主死了。"巴拉德的情绪有些激动，"我是在几年之后，偶然之下才知道这是谎言。"

伊莱和雅斯娜把粥倒进碗里，递给我和巴拉德。我们都没注意手里的粥。姐姐递给我一块面包，我下意识地接过来，目光又转向哥哥。

"我们曾经偶遇过，贝拉。那年你十四岁，我十八岁。我刚结束了莫洛克的训练，正一个人在无尽森林里清理吸血鬼。那次我看见了几个玛拉。你们的人很多，所以我不可能把你们和其他人搞混。"他低头看着碗，一边用勺子搅着粥想让它凉下来，一边忧郁地微笑着,"我在她们中间看到了你。我那时太吃惊了,所以想要拖着杀死的吸血鬼去找你。我太想和你谈一下了,确认是不是你。"

"这么说让贝拉差点儿冲过去动手的那个莫洛克是你?"雅斯娜猜得很准。

我没动碗里的粥,只是握紧了碗。巴拉德又搅了一会儿,等粥里冒的热气少了以后,把碗递给我,然后拿走了我的碗。他微笑着,而我则有些困惑地接过了他的碗。是的,童年时他一直保护我,但也只是在出了麻烦之后。例如,当我摔倒了,胳膊和膝盖擦出血后。我们吃东西时吵架很多,争论馅饼该归谁所有。我觉得他现在关心得有些过分,让我觉得陌生,但同时也让我开心,还有些难为情。

"所以我什么都没说,就离开了。贝拉当时很愤怒。我听说玛拉们都不想遇到幽冥之仆,所以当时以为你们仇视我们。我不知道玛拉们是怎么教你的,你们怎么看待像我这样的人。在我出现之前,你好像很安静,甚至很开心,贝拉。"巴拉德向我转过头,"许多年过去了,所以我想最好不要打扰你的生活。"

"你错了。"我喝了一勺粥,闷闷不乐地说。胃饿得生疼,咕噜噜地响着。我的脸有些发烧,因为大家都听得很清楚。伊莱"嗯"了一声,把兔肉递给我。

我含含糊糊地冲伊莱嘟哝了一声,表示感谢,他好像也会意地嘟哝了句什么。现在他知道我也对他撒谎了,而且这个谎言对他的生活也产生了影响,就像他的谎言对我的生活产生了影响一样。

"是因为你的面具。"我从伊莱身上收回目光，继续说道，"那时我想起了袭击那天看到的莫洛克。我也想起了一个传言，说幽冥之仆有时会做杀手，去做一些脏活。我以为你是因为莫洛克的原因才死了，我们全家才垮了。"

"这是谣言。"巴拉德还没张口，骨雕师就出言反驳，"莫洛克不会为了钱去杀人的。只会有人伪造了类似的面具，伪装成幽冥之仆来对付敌人。我们不做这些肮脏的交易。"

听着他好像受了侮辱的口气，我不敢再提其他有关莫洛克的传言。

"这么说，你觉得我没有你的话会过得更好，所以你才离开的？"我又转头看向巴拉德。他已经喝完了自己碗里的粥，而我刚喝完一小半。

"我希望你能过得更好，贝拉。我有段时间在你们神殿周围徘徊，想确认你是不是安好，所以我才知道你和雅斯娜成了朋友。看到你斧头用得很好，我也很骄傲。"

我脸红了，低头喝了几勺粥。我不应该因为他的话而开心，也不应该感激他。巴拉德不应该躲着我，我一直是因为这个才生他的气。

"怪不得你失踪了半年，原来是去神殿守护妹妹了？"伊莱一边把空碗放到身边，一边愤愤地说着。看来他现在要批评自己的伙伴了。

"你为什么不告诉我，你妹妹还活着？！那样我们就没这么尴尬了。"

"我一直犹豫是否和贝拉见面。我想，如果你知道了真相，有一天会劝说我和她见面,我会顶不住的。"

骨雕师虽然有些不快,但也认为他的担心是有道理的,没再坚持自己的意见。一阵冷风吹过,我缩起了身子,下意识地环顾四周,发现在我们谈话的时间里,太阳已经落山了。我们所在的空地已经没入从西方松林投下的阴影内,只有瀑布还反射着橘红色的光线。

"你为什么来这里,巴拉德?"雅斯娜问道。这让我想到,这次见面并非偶然。

哥哥若有所思地眨了几下眼睛,想从童年回忆中挣脱出来,回到迫切的现实中。他脸上露出了担心和困惑的表情。他紧闭双唇,迟疑地看了一眼伊莱,但伊莱神色不变,哥哥只能自己出面,解释事情的前因后果。

"艾莉娅。我们大家来这里,是为了救她。"

现在轮到我把牙齿咬得"咯咯"响了。我和巴拉德十多年不见,见面第一天就从他嘴里听到了公主的名字。

"凭什么?"我忍不住爆发了。

这句话很生硬,充满了恨意,但这句话我已经忍了大半辈子了。只有雅斯娜没有吃惊,而伊莱和巴拉德则满脸疑惑地看着我。

"凭什么,巴拉德?"我冷冷地重复着,没感到半分愧意,"他们来到父亲家里,喝我们的,吃我们的,然后大晚上跑了,保住了他们自己的性命。而我们家呢,巴拉德?!"我控制着自己没有大声叫喊,却紧张地全身颤抖。

"贝拉,你是知道的,来了杀手并不是艾莉娅的错。是的,他们听说有可能被袭击,确实逃走了,但我们父亲做得也不对,他低估了敌人的力量。"

"如果他们不来我们家,就不会有袭击了。"

"你不可能未卜先知的,贝拉。"

"该死,巴拉德,你死了!你没看到妈妈是怎么病死的!你不知道父亲是怎么对我视而不见的,因为他的公主女儿流着口水,一句话都说不出来!你什么都不知道!父亲看不到我,虽然我还活着,就坐在他旁边的椅子上。父亲把我换掉了,巴拉德!他把艾莉娅带回了家,说是他女儿!你……抛弃了我,让我一个人面对噩梦。而你现在坐在我面前,刚一见面就让我去救艾莉娅?所以我还是要问那个问题。凭什么,巴拉德?"如果说我讲到一半时,因为心里痛苦而讲得颠三倒四,那么讲到最后时,我的话语变得很强硬,我也相信自己有强硬的道理。

"你还活着!莫洛克们可以摘下面具,像普通人一样生活。没有艾莉娅也能统一。你是真正的阿绍尔王公,就像巫师们预言的那样,你是整个北方的王公!你回父亲那里,跟他说你失忆了,被别人收为义子,一直住在道克尔。我相信,伊莱和盖文能帮你解释以前的事。"

巴拉德搓着脸,大概第一次听到了这么多事情。但他不是小孩子了,应该知道他的亲人们遭遇了什么。我是因为北方统一的原因才卷入了艾莉娅的事,而在我面前坐着的是人们期待的王公。王公不仅活着,而且强大无比,不仅能抵御南方邻国,还能抵御活尸的攻击。

"只有联姻之后,塞拉特公国才同意联合。"巴拉德提醒说,

"即便我去找父亲也会是这样,我需要艾莉娅。"

"不需要。"我斩钉截铁地说道,"你是独子,而且你不仅是王子,还是巫师们预言的王公。是的,即使艾莉娅嫁给了某个贵族子弟,大贵族们也已经准备联合,但韦列斯特王公死后,我们的血统将会断绝。谁会成为阿绍尔和整个北方的首领?是那个最富的大地主的儿子吗?!如果你是从死人堆里站起来的,那么即使没有艾莉娅,整个北方都会追随你的。"

我长篇大论地说完以后,雅斯娜和伊莱琢磨着我的话,点着头。大家都知道我说得对,但巴拉德仍固执地沉默着,更加用力地搓着鼻梁,就好像在琢磨如何反驳我。

"但我需要艾莉娅。"巴拉德几不可闻地承认了,强调了"我"这个字。我的胃在收缩,意识到他爱着她,所以为此不仅自己去冒险,还要拖上了伊莱、雅斯娜和我。

在我承受了那么多痛苦之后,艾莉娅不配拥有这些。

我知道自己的这些想法有多自私,所以拼命压抑着不想说出来,也装作没有听到哥哥最后一句话的样子。

"你从哪儿听到了艾莉娅的事,听说她逃跑了?"

我看到他的双手马上僵住了,双肩也紧绷起来,不禁觉得全身冰凉。看来,他最不想听到的是这个问题。我转头看向伊莱。骨雕师虽然没有转过头去,但也十分紧张。看来我们触碰到了一条红线,它将决定这件事后续的发展。

"因为她知道我还活着。"哥哥小声回答。

"多长时间了?"

巴拉德疑惑地抬起头,看了我一眼,纳闷我为什么如此平静。

"我十七岁那年。那时我已经和伊莱、盖文一起生活了两年。我们在道克尔和艾莉娅偶遇过，父亲当时和她一起巡视公国边界的村庄。王公没看到我，但艾莉娅一下子认出了我，我只能把所有情况都告诉了她。"

"六年前。"我吃惊地计算着，"六年……"

我又一次把碗推到一边，手神经质地颤抖着。所有画面都拼合到了一起，现在我明白了，艾莉娅为什么三年前来找我，请求我带她去找女神。

"*巴拉德是可以回来的，只有你能帮我们。你侍奉莫拉娜，是她亲手选中的，也就是说，你可以请求她。求你了，贝拉。这不是为了我，是为了巴拉德！请她放过他！*"

愚蠢的公主。

"你告诉了她你是莫洛克，是吧？"我苦笑着问。

我都不用看到巴拉德点头，就知道肯定是这样的。他把一切都告诉了公主。

"是的。她和你一样，请求我摘下面具去找父亲。但我是莫洛克，无法放弃这个身份，这是我现在的生活。"

艾莉娅认为，莫拉娜可以取消巴拉德的莫洛克身份。她认为女神可以做到这些，凡人也有权力提出这样的请求。我弯下腰，发出了神经质的笑声。我想哭，但身体不知为何却想笑。

"公主真的相信那些童话，以为通过秽水河就能找到莫拉娜，虽然她唯一能遭遇的只有吸血鬼或奥泽姆和苏梅拉？她以为自己能和莫拉娜说上话？"

我身子弯得很低，披散的头发落到了身前，碰到了草地。我抱着自己的肩膀，希望能消化刚听到的消息，但仍忍不住发出了几声神经质的笑声。

"她第一次逃跑是在她十八岁时。"巴拉德继续说着，知道再无可隐瞒。也就是说，我和雅斯娜是在她第一次逃跑时抓到的她。

"在那之后，她又逃跑了几次，但我每次都捉住她，把她送了回去。现在她连我都骗了。我们比她迟了三四天出发，她这次走的路线很长，而且还绕了路，隐藏了踪迹。她甚至还在道克尔停了一下，以此欺骗我。"

"她可能已经死了。"雅斯娜语气肯定地提醒他。

"有可能。"巴拉德赞同她的意见，"所以我给伊莱留了字条，请他帮忙。如果需要的话，他可以复活她。而且我请他找一位玛拉，因为只有和玛拉一起才能从冥国出来。"

这就是骨雕师准备牺牲自己天赋能力的原因，虽然他根本不认识艾莉娅。他是为了巴拉德。

伊莱现在听说了这一切。他望着我，天蓝色眼睛里含着愧疚。但看得出，他已经做了最后决定。如果需要的话，他会复活艾莉娅，为了朋友而牺牲自己的部分生命力。与我相比，他可能更像巴拉德的兄弟。

"但不是每个莫洛克都擅长这个吗？如果你能自己复活她，为什么还需要骨雕师？"雅斯娜有些纳闷。

"他不能。"伊莱回答说，"因为他死过一次。他身上的幽冥之仆的生命力已经因为死亡而全部消失了。他之所以活着，全靠基雷的一半生命力。巴拉德会像普通人一样老去，因为他是被复活的。他身上还有莫洛克的能力，可以使用面具，能把活尸送往幽冥之地，也能把它们杀死。"

我忍着没有提出新的理由，没有继续劝说巴拉德去当王公，哥哥会和普通人一样衰老，这样不会引起其他人的怀疑。

"你相信艾莉娅已经到了秽水河及冥国了？"雅斯娜有些怀疑。

"我今天早晨去过那个湖边。"巴拉德答道，"附近有她的东西。但我答应过伊莱，一个人不会深入搜寻的。穿过山口需要将近三个小时。"

"你真的让骨雕师带一名玛拉来，让她和你们一起去冒险？"

"是的。但我没想到，他不知用什么方法，居然带来了贝拉。"

"这么说你不想让我去冒险，但我的姐妹们就可以去了？"我的问题很尖锐，而哥哥则大声叹了一口气。

"她们是我的家人！这些年来只有她们陪着我！玛拉们甚至还治好我的病，这样我才又开始说话了。"

"贝拉，玛拉只是帮我们逃出来时才需要的。你的姐妹可以留在入口处，是安全的。"巴拉德一边保证，一边抓起我的手。但我把手从他温暖的手掌里抽了出来，我不会让他说服我的。

大家都沉默了。我吵累了，也喊累了。我的身体因为突如其来的战斗而疼痛，眼睛因为流泪而疼痛，头疼是因为生气，而心里难受则是因为哥哥虽然还活着，却抛弃了我。这一天发生了太多事情。天色越来越暗，篝火发出了"噼噼啪啪"的声音，燃烧着最后的木柴。

"我去。"雅斯娜一边收拾着我们的空碗，一边说道。

"不行。"我马上反对,"这些麻烦是我哥哥造成的,我去。"

"贝拉,你现在状态不好,没法战斗。"雅斯娜想说服我,但我已经毕业了,她不能再命令我了。十九岁之后,我可以自己做出每个决定。

我站起身来,向大家示意讨论已经结束了。如果莫洛克们需要玛拉的话,那一定是我。

"贝拉,我从一开始就不打算带你去。"巴拉德一边跟着我站起来,一边插话。他的声音出人意料得严厉起来,但我只朝他投去了阴沉的一瞥。

"我六岁时,你就不再是我哥哥了。"我冷冷地答道,"你自己选择了这条道路,所以不用你来给我指路。雅斯娜不会去解决我们家的麻烦,这是我最后的决定。"

所有故事中都提到，当活尸们通过湖泊爬到外面后，莫拉娜变得异常惊骇，十分愤怒。在她得以掌控局面之前，鬼物们已经把灾祸传播到了所有公国。那些不得安宁的灵魂没有去转生，而是继续在大地上游荡。

据说，莫拉娜在事件发生后开始标记自己选中的姑娘，同时阻断了山口，但这并不是女神所做的全部工作。她决定处罚奥泽姆和苏梅拉，因为是他们的行为导致了这场灾祸。

我们多多少少已经习惯于把莫拉娜看作女神，她给予人类仁慈的转生，但都忘了，冬季和死亡女神手里还握着锋利的镰刀，她走路时踩踏在别人的尸骨之上。

我听到过有关莫拉娜处罚奥泽姆的几个故事。她用锋利的镰刀无情地割下了他的金舌，不再给他说话和辩解的机会。

但我没有听说……莫拉娜是如何处罚苏梅拉的。

玛拉基·佐托夫
《玛拉和莫洛克轶事》

第二十三章

我们将在黎明时出发。用巴拉德的话说,我们中午就能到达湖边——奥泽姆和苏梅拉王国的入口处。我脑子里还是无法接受,童话居然变成了现实。一想到即将遭遇的即使不是神灵,也是比玛拉和莫洛克还要古老的存在,我心里就忐忑不安。那是比我父亲的公国还要古老的存在,他们出现的时间可能比公国成立的时间还要早。但谁又知道那时的世界是什么样子呢?这些土地的疆域大概比现在要宽广无数倍吧。

我想平复心里的恐慌,但实际上根本无法想象奥泽姆和苏梅拉是如何存在的,而且和哥哥的重逢也让我不再大惊小怪,也无心再感受其他情绪。我在几小时内体验到了幸福、开心和希望,然后它们又迅速变成了失望、委屈和愤怒。

我们在暮色中准备着宿营和明早出发所需的东西，都紧张地沉默着，偶尔说上两句话，冲淡紧张的气氛。伊莱和巴拉德有两次走到一边，争论了很长时间，也高声吵过架。雅斯娜观察着事态发展，没有掺和他们的争吵，也没有劝我。姐姐只关心我会如何处理这一切。我说一切都挺好的，虽然我们两人都知道，局面已经没法再差了。

我睡前去湖边洗脸，特意走了很远，不想因为刚才的事当着大家的面哭泣。我看到巴拉德复活了，感到从未有过的轻松，就好像有人把这么多年一直插在我心头的一根刺拔了出来。虽然他做的所有决定都是错误的，但最好让我来承受各种背叛和失望。我只要知道他还活着，就够了。

我垂着头，心灰意懒地坐在湖边。我得考虑一下以后怎么办，但脑子里一点儿想法也没有。

"对不起。"伊莱无声地走过来，真心地道了歉。

他小心地走近我，好像不确信我会不会也冲他喊起来。我沉默着，他胆子大了起来，坐到我身旁。

"贝列达是个漂亮的名字。"他说话时声音很轻，甚至有些胆怯，让我木然地笑了一下。不过他看不到我的笑容，因为我的脸被垂下的头发挡住了。

"可以叫我贝拉。"

"你为什么刚见面时没告诉我？"

"我不想让你把我看成傻子。你应该听过阿绍尔公主的事吧？"我知道人们背后是怎么说我的，一脸苦笑地回答他。

伊莱揪下几根长长的草，迟疑着，但最后还是点头承认了。

"听过。"他烦躁地把一根草揪成了几段,"但我永远不会这么想你的,巴拉德给我讲过很多你的事。"

"那你知道些什么?"我本来不应该好奇的,但脑子还没反应过来,话语就脱口而出了。

"他说你很固执。"伊莱想了一下,回答说,他身体后仰,身子支在两只胳膊上,觉察到我不打算冲他喊了,所以放松了下来,"你喜欢好吃的馅饼,却不太喜欢浆果。该死,我知道我错在哪里了!姑娘们一般都喜欢浆果的。"

他说最后两句话时声音很轻,可笑地皱着鼻子。我抬起头,把脸转向他。

"馅饼。"他回答着我无声的问题,"应该送你馅饼,而不是草莓。"

我明白他在说什么,忍不住笑了起来。

"棒棒糖和骨珠丝带也不错。"

"馅饼……"伊莱故意伤心地叹了一口气,摇着头,"原来这么简单。"

"你想干什么?"

"让你喜欢。"

"不,光馅饼还不够。"我和他一样,假装若有所思。

"蘑菇馅饼都不行吗?"

我忍俊不禁。巴拉德确实给他讲了很多,甚至告诉他蘑菇馅饼是我的最爱,不过白菜馅饼我也喜欢。

"巴拉德就像我弟弟。"伊莱突然难为情地承认了。他坐直了身子,搓着两只手,想把上面的土搓掉。当我听到有个人可以保护比我年长的巴拉德时,我感觉怪怪的。

"如果我当时知道了你的名字,知道你是谁……那我绝对不会……"

"绝对不会什么?"我好奇地歪着头。这是在我的记忆中第一次看到骨雕师不再泰然自若,不再自信。即使当雅斯娜的匕首抵到他的喉咙上,当美人鱼骑到他后背上时,他都没这么手足无措,窘迫失常过。

"永远也不会给我灌下曼陀罗药或者不会把我双手双脚绑起来?"我用挖苦的语气问道,虽然相信这两个问题恰恰是骨雕师最不烦恼的。

当听到他嗤之以鼻的反应后,我确信自己猜对了。

"或者如果你知道了我的真名,永远也不会提议在森林里玩双人追游戏?难道你只是想要接吻的奖励吗?或者你的愿望是脱光我的衣服?应该是第二个吧。"我故意直白地提出了这个问题,看到他紧张地咽着唾沫,同时还用手无力地捂住眼睛,我怎么也压抑不住开心的感觉。

"你说话刻薄肯定是从雅斯娜那里学来的。"他承认我说得对,"你们虽然在神殿里生活,但完全不像修女。"

"这是肯定的。"我声音响亮地回答他。

我们又笑了一会儿,之后又回到了现实中。

"如果你怕影响和巴拉德的关系,那不用担心,伊莱。我不会告诉他伊万诺夫节或者几天后的那次接吻的事。虽然这和我哥哥无关,但我尊重你的愿望,知道你当时确实不认识我,现在也不想让事情变得复杂。"

随着每一句话说出口,我觉得自己正一点点碾碎最近一个月以来我刚感觉到的那种美好的东西。残留的美好伴着我说出的每一个字,"咔嚓咔嚓"地在我耳边碎裂了。骨雕师的脸色变得越来越严肃,他仔细听着我的每一句话。

伊莱突然抓住我的右手,把我握紧的手指一根根掰开,打开了我的手掌。我默默地看着他的动作。我没有抽出手掌,而是享受着他舒缓的抚摸和粗糙手掌上传来的温暖。骨雕师弯下了身子,双唇碰触我的手掌。他的气息喷到我手上,让我觉得手腕痒痒的,手指也因为愉悦的感觉而有些麻木,继而这种感觉爬遍全身。

"我已经错过最后的机会了,贝列达。"伊莱的声音里透着挫败感,他抬眼看着我,但没放开我的手,"我有过机会,并且渴望过那些我根本无法奢望的东西。"

⋄⋄⋄

我本以为听到了这么多消息后,我根本无法入睡,但我刚躺到燃尽的篝火旁,把自己卷进薄薄的毛毯后,过了一会儿就沉入了梦乡。我是最后一个睡醒的,再过一小时天就大亮了。天空中闪耀着淡蓝色,已经能看清周围的东西了。

当我站起身来,活动着麻木的后背时,雅斯娜、巴拉德和伊莱已经收拾停当。我的身体得到了休息,精神却饱受折磨,所以我不再和哥哥吵架,而是心平气和地和他谈话,只是有些冷淡。其他伙伴耐心地把我们拉入谈话中,认为时间会抚平一切。我一想到昨天吵架的事,就更加感觉后悔,所以我差不多要同意他们的想法了。但之后巴拉德又提到了艾莉娅，让我们之间的鸿沟再次扩大，又变回了一秒之前的距离，而且再也没有消失。

我们沿山脉方向纵马狂奔了将近两个小时。我们身处峭壁的阴影之下，感觉有些冷，于是我裹紧披风，期望太阳能尽快升起来，但我的希望注定无法实现。天空刚刚发亮，我就注意到了正在卷集的浓厚的云彩。不时吹起的风儿拂过树叶，扯动了树枝。

道路变窄了。巴拉德驱马走在最前面，他后面是雅斯娜，之后是我，最后是伊莱。两个男人都没戴上莫洛克面具，因为从周围情形可以看出，这里根本无人居住。周围的森林静悄悄的，向北走了一段路后，就连偶尔的鸟啼声都听不到了。马匹虽然继续沿着狭窄小路向前走着，但经常不满地晃动脑袋。

天亮一个半小时后，天空布满了乌云，不过幸好鸟儿还在天空中高飞，意味着不一定会下雨。

"什么味儿？"雅斯娜问道。

我嗅了嗅，想搞清是什么气味让她担心。气味最重的是苔藓和针叶树的香味。因为我们跑了很长时间，所以我也能清晰地嗅到马匹和自己身上的汗味儿。但除了这些味道之外，空气中还掺杂着硫黄味和一种甜甜的味道。这些气味混合以后变得很柔和，但纠缠不休，让人感觉不舒服。

"这是秽水河的气味。"巴拉德回答道。我们这时刚好赶到了河岸边。

我不知道自己曾期待看到什么：是水流无比湍急的清澈河水，还是漆黑一团的河面，又或是里面成群滋生的活尸抓着岸边的香蒲和芦苇，想从河里爬出来，甚至可能期待看到一条着火的河流。我已经做好了心理准备，期待看到人类世界中从未有过的新奇景象。但秽水河实际上更像一个污水塘，混浊的河面上浓雾缭绕，遮盖了大部分几乎停滞不动的河水。倾斜的河岸上长着常见的野草和苔草，只是长得都很低矮和晦暗。

现在是仲夏，大自然闪耀着鲜活的绿色，树木伸展着枝叶繁茂的树冠，花儿迎着太阳绽放。但这里完全不一样。

周围的一切晦暗、丑陋，好像经年不见阳光一样。我觉得雾气可能永远都不会消散。这里不光颜色黯淡，就连所有声音都被压抑着，除了朋友们的呼吸声及马匹紧张的脚步声，我什么都听不到。就连马儿都不想待在这里。我在看到河水中竖起的一只手臂之前，就已经闻到了微弱的腐尸气息。我们看到的河面出奇地平静，毫无生气。我仔细看着那只手臂，猜测是溺水鬼或隐身怪爬了出来，但那只手臂一直毫无动静。于是我怀疑水下是否有尸体，那只手臂有可能是被砍下或扯断的。

"我们可以继续骑马走。"巴拉德提醒大家，"但要小心看着周围，不要出声。"

"我们会遇到从这条河里来的客人吗？"姐姐问道。她和我一样，紧张地盯着河里混浊的死水。

伊莱和巴拉德看起来不是很戒备，他们不是第一次来秽水河岸边了。

"不大可能。鬼物们在很遥远的年代里曾成群结队地通过湖泊爬了出来，因为那时在冥国里聚集了很多死人。"伊莱回答。我们转向东方，沿着河岸向前行进，但仍和河水保持很远的距离。伊莱继续说："现在只是偶尔有普通人能找到这条通道，死在这里，所以很少有活尸漂向我们这边了。"

雅斯娜脸上露出厌恶的表情，拉了下马缰，绕开岸边一具被水泡胀的尸体。它一动也不动，所以是一具普通尸体。它很走运：死时身上的三条生命线都断了。我们平时通常会停下来，把它安葬，但现在救艾莉娅更要紧。巴拉德越来越紧张，我们都一言不发，加快了速度。

又过了十分钟，我们在一块峭壁前停了下来。由于雾气浓重，我没有马上发现峭壁。当我猛地看到阻断我们去路的障碍后，因为意外哆嗦了一下。巴拉德和伊莱下了马，我们也跟着下了马。

"现在是最难走的一段路。"哥哥直截了当地提醒，"我们要钻山洞。一开始河岸有点儿窄，所以我们无法并排前行。抓紧马缰，它们会因为路窄和气味而受惊。"

"活尸呢？"我想确认一下。

"活尸也可能出现。"巴拉德嘴角带笑，当先走向峭壁。

这里的雾气更浓重，所以等我走到洞口前时才看到它。如果不知道的话，虽也可能找到入口，但明显不会很轻松。

我一只手紧抓马缰，另一只手握着腰带上斧头的手柄。哥哥说得对，这里的河岸特别窄：从石壁到水面大约只有一米的距离。秒水河在这里变得窄了一半，蜿蜒向前，消失在黑暗的洞穴中。巴拉德停在一面墙壁前，上面有两个金属环，里面放着两个火把。他用火石打出火花，点燃了火把。

"你们两位莫洛克做过准备了。"雅斯娜半开玩笑，半是嘲讽地说道，伊莱和巴拉德同时嘿嘿一笑。

"我们常来这里。"巴拉德一边解释，一边拿起一个火把，当先走进黑暗中。

我们还按以前的次序向前走。伊莱走在最后，拿起了第二个火把。他们的马匹表现得很平静，大概不是第一次走在这石岸上。我们的马匹没这么听话，但也没有惊慌。我看着自己脚下，想到在离我不到一米远的水下随时可能爬出一只怪物来，我后背大汗淋漓。我努力不去注意后背的冷汗。

"整条路都是这样的吗？"雅斯娜很小心地问走在前面的巴拉德，免得激起大的回声。

"不，只有十分钟。然后路会宽阔一些，再之后甚至更亮一些。"他自信地回答道，我们都能听到他的声音，"这不是真正的山，而是以前的山口。前面还有大地缝，透过它们可以看到天空。幸好在这里不会迷路，只要沿着水走就可以了。"

"艾莉娅怎么知道这个通道？就连玛拉们都没听说过。"

"艾莉娅是塞拉特王公的女儿，她熟悉自己父亲的领土。"

"她可能知道这条河，但山洞呢？她怎么就敢断定这里没有分岔，不会拐到其他路上？"雅斯娜不依不饶，怀疑地打量着山壁。

"是盖文。"巴拉德尴尬地沉默了一会儿后承认了，"他们聊过两次，艾莉娅装作只是好奇的样子，从他嘴里套出了需要的信息。他没察觉她的意图，因为她没有问山洞的入口在哪里，只是问了山洞里的情况。"

"真是只狡猾的狐狸！"

姐姐又低声骂了两句艾莉娅和盖文。

河里的气味变得更加难闻了，幸好我们很快就通过了这段路。我越来越频繁地用嘴喘气，因为当我有次闻到了腐烂气息后，已经无法摆脱有关溺水鬼的想法了。山壁上有的地方有水流下，我聚精会神地倾听着水滴落下的声音，打量着石头上稀疏的青苔。阳光透过狭窄的地缝照到青苔上。我们越深入山洞，河岸就变得越宽，洞顶也变得越高。

我们只有一次遇到了吸血鬼。它正躺在河岸上，部分身体泡在水里。它有气无力地哼哼着，想把头转向我们。巴拉德出奇地冷静，用靴尖一脚就把它踢进了河里。鬼物没有抵抗，消失在河水深处。哥哥这种习以为常的动作再度让我惊讶。我还是无法想象，他比我更了解这些怪物。

当山洞变宽后，我们看到了一道宽阔、修长的山缝。我有一会儿甚至忘了我们身在何处，前面将有什么遭遇。山壁上的部分石头崩落下来，阳光可以竖直地照到这里，最少照亮了一半空间。山缝里光线充足，空气潮湿，石头上长满了淡绿色的苔藓。这里的雾气几乎全部消散了。我惊奇地瞪大眼睛，环顾着大自然造就的美丽景色，庆幸这一切没被鬼物们破坏，因为它们还没有来过这里。

"冬天这里特别漂亮，你会喜欢的。"伊莱走到我身边，突然开口说道，"现在可以两人并排走了。不过我不会犯傻，在冬天邀请你来秽水河的。"

我没问他是从哪儿知道我最喜欢这个季节的，应该也是巴拉德告诉他的。

"是的，这可不是个见面的好借口。"我忍着笑，也赞同他的说法。

伊莱抓起我的手。我虽然感觉不到他的皮肤，因为他手上戴着手套，但这种触摸仍然让我感觉很舒服。我哆嗦着长出了一口气。骨雕师握紧我的手掌，以为我是因为河的原因感到紧张，不过我其实是因为他才有些发窘和慌乱。

那次奇怪的接吻和后来寥寥数语的交谈之后，他直接改变了话题，说要去睡觉了。他飞快地走开了，我都没来得及得想清楚他到底想说什么，最主要的是，我不知道该怎么回应他。

我不知道自己是什么时候不再生他的气了。大概是在知道完美无瑕的哥哥对我并不好之后吧。伊莱的目光从我的手掌移向肩膀，最后停在我的头发上。出发前我把头发扎成了辫子，但这并不表示我和他之间已经和好如初了，这多多少少是为了方便。我不想费心考虑和那些传说中神祇的战斗，因为肯定无法获胜。但如果什么准备也不做，那就太愚蠢了。当我看到骨雕师发现自己的礼物被我系到辫子上，再也忍不住幸福的微笑后，我也很高兴，脑子里开始浮想联翩。他大声清了下喉咙，避开我的目光，又看向前面，看着雅斯娜和巴拉德的后背。

我们几乎没有说话，沿着洞穴继续走了两个多小时。双腿和受伤的肋部在隐隐作痛，但我没要求停下，也不想在这恶臭的河边休息。伊莱一路上始终抓着我的手，甚至当巴拉德转回头看到这一幕愣了一下后，骨雕师还是没放开我的手掌，相反握得更紧了，还挑衅地看了一眼哥哥。巴拉德向我投来疑问的目光，但看我没反应后，决定先把这注定十分艰难的谈话放一放。

我们走了两个多小时后才感受到了清新的风儿。它远远地，从山脉另一侧向我们吹来。这不是凡人们该来的地方，甚至玛拉们也不该来这里。现在我和雅斯娜感受到了突如其来的激动，急不可耐地对视了一眼，不知道山那侧的世界里有什么在等着我们。那块土地上早已无人类生存，不知道和人类掌控的世界有何区别。马匹感觉到了出口，主动向前走去。

洞穴突然到头了。我有点儿不习惯阳光，眯起眼睛不停地眨着眼，想尽快摆脱眼前浮现的白斑。距中午只剩两个小时了。在我们穿过洞穴的时间里，天空已经放晴。乌云消散了，或者飘向了西边，露出纯净无比的天幕。这边秽水河上的雾很稀薄，河面上飘着轻薄的烟雾，露出了沿岸丛生的绿色芦苇。

我环顾着长满高草的空旷的林间空地，野草长到了我的小腿中部。这里没有道路，就连被践踏出的小径都没有，好像很多年都无人来过。空地周围是松林，粗壮的树干高大得令人难以想象，比我见过的所有树木都要高。我不由自主地瑟缩着：我们站在荒野中，这里没有人类的位置。

在这长满了各种植物、野草和高大乔木的地方，唯一让我们惊奇的是没有任何动物的声音。没有鸟儿歌唱，没有蟊斯鸣叫，也没有松鼠的攀爬声，我甚至听不到苍蝇的嗡嗡声。如果说山那边是浓雾偷走了所有颜色，那么这里则是黏稠的寂静剥夺了所有生命。

当阵风拂过野草，吹得树叶沙沙响，给这无声世界带来某些动感时，站在我身边的雅斯娜吐出了长长的一口气。

"这里很安静。"我第一个说出了大家的心声。我不知道这里能不能讲话，所以说话时压低了声音。

"是的。"伊莱赞同我的话，说话时语调正常，"但只有这里才这样，因为离湖泊和河很近。"

"你们走过很远吗？"

第二十三章

283

"我和巴拉德走得不远。但盖文说过,有些莫洛克曾经走到了东部海岸边,到过大地的边缘。"

"我们得抓紧了。"巴拉德一边提醒,一边上了马。

我们跟着他,又跑了大约五分钟。河流在高大的松树间蜿蜒流动,穿过森林,又流到了一片林间空地中,但变窄了很多。

当我看到了我曾怀疑是否存在的湖泊后,我的胃收紧了。巴拉德和伊莱谈到它时语气坚决,玛拉们都讲过关于它的传说和故事,但当我看到这实实在在的湖泊时,还是感到一种真实的震慑,一瞬间有些恍惚。我的马和雅斯娜的马并排停了下来。秽水河远远地流向了东方,在树木间时隐时现,而湖泊就在我们身前不远处。秽水河的一条支流汇入了湖泊,不过只能勉强把这汪水称为湖泊,它更像一个直径为十二到十五米的水塘。

"艾莉娅步行来过这里,这是她的东西。"巴拉德向几根树那里指了下。我仔细打量,看到那里确实有一个挎包。"我没找到马匹,相信她没乱跑,也没被怪物拖走,因为没有任何痕迹。"巴拉德继续说道。

没人怀疑这一点,因为草地上如果有马匹走过,很容易看出蹄印。我们没讲话,都把马匹拴到了旁边的树上,但尽量远离湖泊,免得吓坏牲口。虽然它们都出奇地温顺,但我还是满腹狐疑地打量着平静的水面,怀疑这是否确实是冥国入口。

我把长匕首和小斧头拴到了腰带上。我考虑了半天是否带剑,但考虑到它的重量和我肋部的伤势,知道带着它我跑不动。如果我们后面还要通过狭窄的地道,那这种武器更多的是一种累赘,所以我只带了短武器。伊莱和巴拉德低头做事,他们一语不发,但配合得很好。哥哥把一条长绳拴到离湖不远的一棵松树上,骨雕师则在绳子另一端拴了块大石头,然后他们一起把石头扔进水里。

石头入水后,就像失去了部分重量,慢慢地沉向水底。我和姐姐默默看着这陌生的仪式,没打扰莫洛克们干活。我们绕着林间空地走了一圈,倾听着周围的声音,想查看周围是否有活尸,但没发现什么异常。

拴着石头的绳子突然绷紧了,石头好像终于又有了重量。两个年轻人猛地抓起绳子,又更加紧张地忙活起来。我们等他们快忙完了,才开始问他们。

"这是为了更容易出来。"巴拉德又搬来了几块大石头,伊莱则给我们做了解释。

骨雕师接着又拿出了几条新绳子:"现在我们要下去了。"

"怎么下去?"雅斯娜的问题很直接。

"潜到湖底。"伊莱笑着回答。他很清楚,这是个诚实的回答,但却既让人无法理解,又让人恼火。巴拉德用胳膊肘捅了一下他的肋部,暗示他现在不是开玩笑的时间。

"你们这么干过?去过那里?"我想确认一下。

"没有。但有人给我们讲过该怎么做。"巴拉德解释说,"在我们和我们老师的有生之年,没有人下去过。大概只有一个人做过这种傻事。在莫洛克中间流传着一个故事,是三百多年前的事。一个莫洛克冒险跳进了湖里,但再也没有出来。而另一个莫洛克知道奥泽姆和苏梅拉害怕莫拉娜,于是向玛拉们求助。一个玛拉同意,下到了里面。他们一起找到了失踪后还活着的莫洛克。被找到的莫洛克说他出不来,因为湖水不让他往回走,但他最后和玛拉一起出来了。谁知道这故事里面有多少真实的成分呢?那个莫洛克也可能只是迷路了。"

"还有两个古老的传说也提到,有些人可以从地下宫殿里爬出。他们曾提到,冥王和冥后如何坐拥黄金和珍宝。但这些传闻更像是传说和故事,所以都不可信。不过活尸曾经也是活人,所以这里面也有真实的成分。至于莫洛克的事,传说中幽冥实际上来自冥国,这一点是不能反驳的,有真实的成分。"伊莱拴好了石头上的绳结,异常平静地补充道。

"搞到最后,你们手里只有古老的传说和从很久很久以前就死了的莫洛克口里传下来的消息?"我冷冷地问道。

"比一无所有要好。"巴拉德一边检查绳结,一边回答。

"你们的全部计划就是这个?"

"哪个?"

"听天由命,顺其自然。"

伊莱和巴拉德忘了手里的活计,朝我投来诧异的一瞥,就好像我又诋毁了盖文的勺形响板一样。

"倒是无可辩驳。"雅斯娜看到两个男人给不出确切答案,她的话也不客气。

"如果不知道下面有什么,那制订计划就是白白浪费时间。"巴拉德有些别扭地辩解着,而伊莱也装作忙着手里的活,低声嘟哝了句什么。

巴拉德搬起一块石头,一边递给我,一边换了话题:"绑到腰上,这样能更快地沉到湖底。"当他看到我惊讶地瞪大双眼后,若无其事甚至还带着微笑地说道："如果我不信任盖文的话，是不会建议你这么做的。相信我，贝拉。"

"你说这话就像小时候提议去鸡窝里偷鸡蛋，看谁偷得多一样。"我嗤之以鼻，不过还是接过绳子按他说的去做了。

"但你赢了啊。"哥哥笑着说道。

"那里有只公鸡！我腿上现在还有伤疤呢。"我发起火来，引来雅斯娜的几声笑。

"我看，你这个哥哥当得真一般。"伊莱挖苦巴拉德。

"那是因为贝拉不是和你一块长大的，否则她会知道你差得更多。"哥哥马上反唇相讥，不过两人都哈哈大笑起来。

我不知道他们是否确实开心，或者他们只是想分散我们和他们的注意力，不去担心下面的危险。我们大家都在做同一件事——主动把石头系在身上。我时不时地看下莫洛克们，猜测他们会不会承认这只是个玩笑，但他们已经收拾妥当正看着我们。我第一次在他们眼里看到了稍纵即逝的担心和怀疑，但他们眨了眨眼睛，一切担心和怀疑又都不见了。

"现在来点儿魔法。"伊莱仍然显得很开心，想保持战斗热情，但无论是我还是雅斯娜都面无笑容。

他和巴拉德摘下了右手手套，把手掌举了起来。他们的小臂都裸露着，因为天热的原因，他们把衬衫袖子卷了起来。我和姐姐瞪大眼睛，傻傻地看着他们，不知道他们在等什么，但突然发现他们的皮肤下出现了阴影。阴影像蛇一样从衬衫下钻了出来，爬到小臂上，想钻出手掌。阴影慢慢汇聚到一起，形成了莫洛克面具的形状。面具一开始并不平整，就像是熔化的金属，但慢慢变得平滑起来，变成了需要的形状。某些地方的暗影吸收太阳光，变成了金色。

"原来你们把面具藏这儿了？"雅斯娜不禁赞叹，"它们是你们身体的一部分。"

"是的。但生成面具需要一定的时间，所以如果我们只是摘下面具一会儿，会保留它的物理形态，把它放进包里或口袋里。"巴拉德分享着信息。

"这么说，它不会损坏？"

"是可以损坏的，虽然不那么容易。它只要处于物理形态中就可能损坏，不过需要非常大的力量。"

"但这不是你的面具。"我想起来了，"基雷没来得及给你做面具。"

"她很认真。"伊莱走过来对巴拉德说道。巴拉德点点头，很受用他的夸奖。骨雕师转头看着我说："巴拉德很幸运，面具接受了他，就像接受基雷一样，因为你哥哥身上流淌着他的生命力。"

"我们该走了。"巴拉德戴上面具，提醒大家。

伊莱也戴上了面具。阴影汇聚着，编织成了黑色披风。莫洛克们整理好衬衫袖子，又戴上了手套，把皮肤包了起来，然后检查着身上的长剑。我们走向湖边，把石头抱在手里。我咽了口唾沫，向水里看去——水面平静，反射着周围的景色。水塘没有倾斜的湖岸，只有垂直如削的边缘，一直通向深处。我虽然感觉自己很平静，但心脏却紧张地跳动着。

"谁第一个跳下去？"如果这阴沉的声音不是透过面具传出的，我肯定会说，伊莱又在笑了。

我在研究各种传说时，越来越确信一点：要搞清幽冥是从哪里来的问题，最好从莫洛克入手，因为他们还活着，而且是莫拉娜那位快快不乐的伙伴在活人中的投影。

但我在研究时无论如何也找不到一个问题的答案：为什么莫洛克的面具上不仅有黑色，还有金色的部分？

玛拉基·佐托夫
《玛拉和莫洛克轶事》

第二十四章

巴拉德看着我和雅斯娜脸上的不满，推了一把伊莱的后背。而伊莱大概等的就是这个动作，因为他只是向前迈了一步，就无声无息地落入水中，没有溅起一个水花。

"最主要的是要垂直潜入。"巴拉德提醒说，"要准备好硬着陆。"

"你也好，骨雕师也好，都不会像个正常人一样给别人解释。"雅斯娜数落着他，我也不太满意他这种解释。

"没什么奇怪的，我们就不是正常人。"

雅斯娜翻了个白眼儿，向前迈了一步，落入湖里。我紧张地默默数着秒数，但无论伊莱还是雅斯娜都没浮出水面。

"你游泳很棒，贝拉。不过实际上不需要会游泳。"哥哥想鼓励我。

"我会弄坏武器的。"我想起自己的小斧头上装的是木头手柄，突然含含糊糊地说道。

"不会弄坏的，相信我。"

我深深吸了一口气，希望自己并不是盲目地相信他。我屏住呼吸，主动朝前迈了一步。我"扑通"一声落入水中，马上潜向湖底，手里沉重的石头拉着我慢慢向下沉去。虽然还是夏季的白天，但水很凉，不过不至于让手指冻僵。我睁开眼睛，想看下水里有什么，但这里只有漆黑一团。除了从头顶落下的暗淡光线外，我什么都看不到。肺里开始灼热，我放开石头，它拉着我更快地向湖底沉去。我身体里掠过一阵恐惧，自我保护的意识在惊叫，我解开绳子浮出水面。但我还没被恐惧击溃，就猛地出现在空中。石头的重量增加了一倍，于是我像个口袋一样从两米高的空中摔到地上。

我狠狠地摔到坚硬的地面上，疼得我骂了一声。

"你姐姐也说了句差不多的话。"伊莱一边低声笑着，一边说道，然后把我扶起来，扶着我走到附近墙边的位置。

他解下了我身上的石头，而我则困惑地摸着自己的头发和衣服，差不多都是干燥的，就好像我从没进过湖里一样。雅斯娜站在旁边，一脸坏笑地看着惊愕不已的我。

"你刚才的表情也是这样的。"骨雕师对雅斯娜说道。他的面具掀起来了，所以我能看到他的脸。

"这是什么魔法？"我摸不着头脑，含含糊糊地问道。

"所有的水都会留在湖里。"姐姐一边指着头上，一边回答。

我顺着她的手向上看去。那里还是那个水塘，同样的形状，同样的大小，只是悬在头顶上。所有的水在某种奇怪力量的作用下全留在了那里，没有流下来。

"这像个兔子洞，不像湖。"雅斯娜给这个地方下了定义。

"说它是个洞，我同意。但要说是兔子洞，就不一定了。"伊莱一边小声说着，一边抬头望去。

先是一块石头露了出来，跟着是巴拉德。当哥哥还在水里时，他下落得很慢。但当石头刚一进入空气，巴拉德就飞速落了下来。他身上的衣服瞬间就干了，水汽以可见的颗粒状分离出来，好像在某种奇怪引力的作用下，又回到了头顶的湖里。哥哥和我不同，他对着陆做的准备更多，所以轻松站了起来。

我环顾周围的空间，我们站在一条地道里，地道相当宽阔，三个人可以肩并肩地向前走。头顶水幕离地不足两米，而洞壁则是褐色的，是泥土和岩石的混合物。山洞一头是死胡同，另一头则通向下面。远处可以看到闪烁的光线，通向更宽阔的洞穴。但这不仅没让我开心，反而让我更加担心。当我还在水里时，感觉身边都是黑暗，现在却有稀薄的阳光照到了我们，感觉湖的深度不超过二十米。

"我们得在日落前解决问题。"巴拉德提醒大家，"根据传说，奥泽姆和苏梅拉冬天才会沉睡。而现在是夏季，所以不知道他们在这段时间做什么。"

"我们还是希望他们不在家吧。"雅斯娜无精打采地开了个玩笑，把手放在匕首手柄上，但我拦住了他们的去路。

"不。"我声音很小，但语气很坚决，"我说了我去，雅斯娜留在这里。"

"贝拉,你这是犯傻……"姐姐张口刚要说下去,我就挥手打断了她的话。

"你留下来。有几个原因,第一,我们四个人一起进去太显眼了。第二,这是我们的出口,而这条地道是唯一通向这里的路。我们如果在这里不留人,那就太蠢了。"

大家认真听着我的话,考虑着这些重要的理由。

"那把她一个人留在这里还是有危险的。"巴拉德说道。

"是的。"我赞同他的话,"所以你和她留下来,我和伊莱一起去。"

巴拉德大声吸了一口气,但我又抬起手,让哥哥不要说话。

"如果你想让玛拉帮忙,那你就留下。你因为艾莉娅的事把我们大家都拖进了危险里。我不能让我的哥哥和姐姐因为一个在暖暖和和的庄园里坐不住的没心没肺的公主而受到伤害。"我的话很尖刻,巴拉德的双肩耷拉下来。他看着我,眼睛里露出愧疚和被压抑的执拗。但他小时候就说不过我,现在更做不到了。

巴拉德发现,我又把他加入了我所担心的人员当中。他大概因为意识到我又开始信任他,所以忍着没有贸然张口。

"我不喜欢你的计划,贝拉。"

"我不喜欢这次的整个行动。"我脸色阴沉地驳回了他的话,"你们如果守不住这条地道,那么我们是四个人进去,还是两个人进去,即便我们找到了艾莉娅,都不重要了。因为我们大家都会完蛋。"

"她说得对。"伊莱支持我的意见,站到了我身边,"你们两个留在这里。我们如果什么都找不到的话,两个小时以后回来。"

"我不赞同你的决定,贝拉,只是因为你的结论符合逻辑才同意你。"雅斯娜干巴巴地说道,"两个小时,不能多。"

我握住姐姐的双手,握了几秒钟,然后和巴拉德也握了手。哥哥突然把我拉到身边抱住了我,把我的头按到他胸前。我没有拒绝,感到他的心跳比平时更快。我闭了一会儿眼睛,呼吸着他身上皮护甲的味道。我们没有告别,因为我不想死在这个地洞里,但也不想失去这个可能是最后的相聚时刻。

"我们下次拥抱前先洗个澡吧。"我从巴拉德怀里挣脱后对他说道,他则低声笑了笑。经过长途跋涉以后,我们都该换衣服了。

伊莱按下了头上的面具,我们两个沿着通道向光亮处走去。我们匀速地照直走着,尽量不激起响亮的回声。根据通道的坡度,我们一直在向下走,走向地层深处。

"对不起。"我小声地向他道歉,"把你拖了进来。这是我们家的麻烦。不关你和雅斯娜的事。"

骨雕师默默地向我转过头来:"我知道你担心巴拉德。哪怕你选了他,我还是要替他进来。"

"为什么?"

"我这么多年来一直像对弟弟一样照顾他,而且我的战斗经验也更多。"

我无力地笑笑,希望我们用不上他的这些经验。我肋部的伤还没全好,如果需要战斗的话,我更多的是伊莱的累赘,而不是助力。

"你知道艾莉娅长什么样吗?"我倒是知道,但伊莱不认识她。

"知道。我们见过两次,但从没说过话。"

骨雕师把手指放到面具前，那里是嘴唇的位置，于是我们继续静静地向前走。我们越靠近出口，周围就越明亮。我也第一次发现，地道墙上有时会凸出骨头和骷髅。不仅有人的尸骸，还有动物的骨头。

地道忽然变成了宽敞的大厅。我惊讶地张开嘴，环顾着四周。这里更像是举行庆祝活动的大厅，而不像山洞。洞顶高得出奇，消失在黑暗中。地面好像是用黑色玻璃铺成的，而数不清的柱子上则装饰着黑水晶和银色的涡形纹饰。我转动脑袋寻找光源，因为每个东西的表面都反射、流动着光线。这里的光线仍然柔和、昏黄，但与地道中的昏暗不同，这里已经能够看清水晶的每条边和脚下石块的拼缝。我们的身影模模糊糊地映照在镜子一般的地面上，同时由于脚下镜面的原因，巨大的空间再度被放大。地面非常干净，没有一丝划伤和污渍。我蹲下身来，用手指摸着地面，但在上面没找到一丝污迹。

伊莱打了个手势，让我接着向前走。我们不知道该向哪里走，所以只能一直向前。我们无论如何小心，脚下仍然出现了回声。一分钟后，我们找到了光源。

这是金子，而且不光有金子。

这里还有银子和铜器，有珍贵的水晶，有一块块祖母绿和红蓝宝石。在堆成小山的金币中还有金锭和小雕像，有随处可见的银块和缟玛瑙做的大碗。孔雀石和琥珀做的垂饰和串珠装满了镶嵌着红宝石的碧石首饰盒。用水晶做的头箍和用贵金属做的桂冠散落在打开的箱子里，和无数镶嵌着祖母绿及石榴石的戒指堆在一起。一卷卷缀着钻石的精美锦缎铺在地上，而金色丝线和使用金丝制作的精致饰绦随意堆放在一起。这些珍宝堆积成山，闪着光，照亮了周围的空间。有些地方的珍宝堆得比我高一倍，有的宝物则随意丢在地上。

有人看到这些珍宝会兴奋得发狂，但我和伊莱都退了一步，知道不能触摸这些东西。冥王和冥后对他们的财富极度狂热，如果有人偷了他们哪怕一个金币，谁知道他们会有什么举动呢？莫洛克默默地指了下旁边，回答了我带着疑问的眼神，告诉我那些盗贼会有什么命运。

在金子的闪光之下，你不会马上注意到那堆成山的尸体。有些尸体像布娃娃一样堆在一起，另一些则像雕像一样一动不动，就好像在奔跑时突然停了下来。我嗅了一下，闻不到腐烂的臭味，空气中只有灰尘、金属和煤的气息。

我握着匕首，仔细打量着尸体，担心其中有些会动起来。我在紧张的寂静中等了一分钟，但什么变化都没有。伊莱握住我的手，无声地支持我，拉着我走向尸体检查，看看其中有没有艾莉娅。我们为此花了大约十五分钟，但幸运的是，没有一具尸体站起来，我们也没找到艾莉娅。我一开始放松地出了一口气，但如果能在这里找到她，事情会变得更简单。伊莱可以在这里复活她，我们的冒险就能平安结束了，但现在我们还得接着搜寻。

我们从这一刻起步子迈得更加小心，免得无意间踏到黑玻璃地面上几乎无法辨别的宝石或黑色缟玛瑙。我们绕过成山的黄金，都不敢让披风蹭到财宝上。

我们在房间尽头又进入了一条新的地道：地道很短，通向下一个大厅。这个厅虽然小一些，但也堆满了珍宝和成箱的宝石，而整个地面则是用橘红色的玉髓砌成的。我虽然曾贵为公主,但父亲的财宝和这里相比,可怜得不值一提。

第三个厅里的光滑洁净的柱子完全是用各种颜色的蛋白石制成的。在柱子之间站着很多石化的人,看起来像卫士一样。他们脚下的液态金子像小溪一样,流成了一个个水洼。我和伊莱相顾无言,根本没兴趣去了解这些金属是否确实是液态的,还是在这种熔化的形状下冷却了。

我们不再惊讶于珍宝和闪闪发光的金子,只是忙于查看石化的尸体,到处寻找公主。我们的时间快要被无情地用光了。巴拉德和雅斯娜一分钟都不会多等,会马上进来寻找。如果我们和他们在这些空旷的大厅中错过了,那我们找到深夜都找不到对方。

我们又经过了两个大厅,突然进入一个不大的建筑里。它虽然比很多农舍都宽敞,但和我们刚才看到的那些建筑相比,显得太小了。这里连一根柱子都没有,整个地板是用闪闪发光的金子浇筑的,房间中央有个寂静无声的黑色水塘。

"这是什么?"我停在水塘边,开口问道。

水面一动不动,不仅不反光,更像是在吞噬光线,所以水看起来像松脂一样黏稠。

"大地之血。"伊莱站到我身旁,提醒说,"不要碰它。"

我点点头,退到安全距离之外。

"我们有麻烦了。"当我正不错眼地盯着黑色水面,期望着这奇怪的水塘里能有轻微的晃动或涟漪时,莫洛克的话吸引了我的注意力,"前面有两条地道,通向不同方向,而我们剩下的搜寻时间不超过二十分钟了。"

"分头行动。"我提议道,"我们没有别的办法,今天一定要找到艾莉娅。"

伊莱踌躇不决地盯着我平静的脸色,其实在我的平静之下藏着对这个地方的忐忑不安和紧张。我知道,巴拉德是不会空手从这里离开的。我们需要找到艾莉娅,无论她是活的还是死的。

"好的,我们二十分钟以后在这里见面。如果你没来的话,我去找你。"

我点头同意后,我们马上分头行动。莫洛克选了右边的地道,我则走向左边。我现在走得更快,不去看地下王国里那些奇特但阴郁的美丽景象。我不关心光线是从哪里来的,奥泽姆和苏梅拉到底聚敛了什么财宝。我只在死尸旁停留,但这里更多的是男尸,基本上没有像艾莉娅一样长着金发的姑娘。

我的时间感极强。等我刚刚看完了三个厅,就知道得转身回去了。但一声东西摔落的声音让我停住了脚步,我一下子愣住了,甚至屏住了呼吸,倾听着传来的声音。有人摔了一个金属杯子或碗,金属物在地面上滚动,发出了响亮的声音。它在慢慢停下之前,转了几圈。

我在原地又停了两秒钟。虽然这时更符合逻辑的做法是远远跑开,但万一艾莉娅还活着呢?或者这里有类似监狱的地方?或者人们并非马上石化,而是需要时间呢?

我抽出小斧头,朝墙边一个漆黑的墙洞走去,那里有一条阴暗的走廊。走廊很窄,只能容一个人通过。走了几步后,右边又出现了一个墙洞。我停了下来,眨着眼睛,看着熠熠发光的金子。金子扔得到处都是,而墙壁和地板则是用珍贵的金属浇筑的。高大的半柱矗立在地板和天花板之间，上面镶嵌着迷人的绿色橄榄石。房间很深，但不宽。从门口向里，大约三十米处有一个低矮的平台，上面放着三个黄金宝座。两侧的宝座体积巨大，装饰华贵。中间那个小一些，也更朴素，但仍比世间所有王公拥有的宝座更华贵。

我看着沉睡的奥泽姆和苏梅拉，紧张地咽了一口唾沫。但坐在他们中间的艾莉娅却让我一下子愣住了。我不停地眨着眼睛，以为是我出现了幻觉或是吸入了太多的地下毒气。但无论我如何驱赶着幻觉，它都没有消失。

他们三个都穿着黄金做的衣服，上面有雅致的绣花，缀着闪闪发光的宝石。他们长袍上的纽扣是用贵金属和胡桃大小的红宝石制作的。冥王和冥后看起来并不老，他们都是成年人，但脸上的皮肤很光滑，没有皱纹。他们正在沉睡，均匀地呼吸着，但紧锁双眉，显得并不开心。奥泽姆长长的胡须垂到了胸前，银发像波浪一样披散在双肩上。他头上戴着高高的王冠，手里紧抓着用贵金属制作的长权杖。

苏梅拉身上的繁复长裙比我见过的任何衣服都更华贵。她肩上披着一件宽袖长袍，没系扣子，长长的袖子从王座扶手上垂落。我看不清她头发的颜色：头发包在半透明的头巾里，头巾披在闪耀着钻石光芒的盾形头饰上，而盾形头饰上的长长垂饰一直垂到肩上。苏梅拉的右手温柔地放在艾莉娅肩头，而艾莉娅则全身颤抖着。她正双手捂脸，拼命忍着眼泪。

我走了几步，小心地绕开几个溢出了宝石的大箱子。脚下的金属屑发出微不可闻的声音，暴露了我的存在，听到声音的艾莉娅把双手从脸上拿开。

"贝——拉。"她委屈地叫了起来,声音却小得出奇。"请——你……"

我把一个手指放在唇边,让她不要说话,我知道她这时会说些什么。公主顺从地闭上嘴,咬住了下唇,眼里闪着泪光,我一时之间甚至开始可怜她。许多姑娘置身于黄金和尸体的国度中,会失声痛哭或者晕过去,但艾莉娅幸好还神志清楚,我可不想背着她走路。

远远看上去,她变得更漂亮了。我感觉这是她最青春、最美丽的时刻。她纯真的眼睛仍炯炯有神,而金发则闪着光,映着她身上沉重、奢侈的衣服。我又朝她走了几步,脑子里瞬间闪过无数念头,纳闷她为什么会温顺地坐在冥界王者中间,另外公主应该不是穿着这套衣服来这里的。

我慢慢向前走着,不再对成堆的宝石眼花缭乱,也看到了艾莉娅的黑眼圈。她的脸颊变得消瘦、凹陷,皮肤十分苍白。她看上去极度虚弱,看样子很久没睡觉了。公主开始浑身颤抖。我紧张地看了一眼苏梅拉的手。

"解释一下。"我简短、小声地要求她,希望谈话能分散她的注意力。

"他……们……说,让我做……他们的……女儿。"

我走近艾莉娅,把手里的小斧头转了一下,避开斧刃,抓住了斧子头部。

"你还活着?"

我的问题让艾莉娅苦笑了一下。

"是的，但时间……不……多了。他们不知道什么是食物，他们这儿有很多水，但我把带来的食物都吃光了。"她用下巴指了指扔在一边的袋子，"我很久没吃东西了，几乎没活动过。他们不让我走，说怕我迷路。"

"你怎么到的这里？"

"雇了几个杀手，答应给他们堆成山的金子。"

*看起来很聪明，但又像个傻子。*如果杀手们和她一起来到了这里，那他们已经留在某个大殿里，成了冥国的尸体战利品。

我咽下了一口黏稠的唾沫。

"记着。出门左拐，进大厅。需要穿过三个厅，或者说一直向前走，到最后一个厅后向右转。每个厅只有一个出口，第三个大厅后有一个弯曲的地道。出了地道后停下，等着莫洛克。"我以前所未有的自信清晰地讲着，眼睛却紧紧盯着苏梅拉的眼睛，"你要跑起来，声音尽可能轻，明白了？"

"莫洛克？巴拉德？"

"不是。你记住路了？"

"是的。你呢？"

"我跟在你后面。"

真希望能这样。

"不要动。"我先用斧柄慢慢地把苏梅拉的手指挑起，然后把她的手掌抬起。当冥后对我的动作做出反应，更加用力地握紧手指后，我僵立不动，而艾莉娅则猛地哆嗦了一下。我憋着一口气，感觉灼热无比。当苏梅拉放松后，我才长出了一口气。我最终抬起了冥后的手掌，艾莉娅则从镀金王座上滑了下来。公主因为坐的时间太长而全身打晃，失焦的目光环顾四周，想缓解饥饿带来的头晕。我则因为要兼顾各处而头痛起来。我撤回小斧头，于是苏梅拉的手没了支撑，垂了下来。我退后两步看着王后，但她仍安静地沉睡着。

我抓住艾莉娅的胳膊肘，没发出任何多余的声音，几乎是拖着她向出口走去。她个子比我高两厘米，另外她的华贵衣服重得要命，在前面的大厅里得赶紧把她的披风扔掉。

"你要去哪里？"

我和艾莉娅在距门口几米远的地方停下了脚步。公主明显打起了寒战，我的心脏也疯狂地撞击着肋骨。艾莉娅牙齿打着战，身体抖得像筛糠，就好像做了最可怕的噩梦。她目光中的慌乱让我慢慢压住了自己的恐惧，我们两个人中起码有一个要保持平静。

"别人想从我们这里偷走一切财宝，但你更过分！"背后传来了苏梅拉的声音，优美、悦耳、温柔，就连最后一个词的重音都让人觉不出严厉，"你想偷走我的孩子。"

我向王后转过身去，不过转身时偷偷地向门口挪了一步。艾莉娅仍站在我背后，但我能感觉到，她的手指紧紧抓着我的红披风。在苏梅拉的目光之下，我勉强保持着脸上的冷静。她眼睛里应该是眼白的地方只有一团漆黑，而虹膜和瞳孔则全是金色。她的目光从艾莉娅转到我身上，眼睛里就像有一个金盘在漆黑的水面上转动。她眼睛的颜色让我想起了装满大地之血的水塘。如果冥王和冥后的血管里也流淌着那样黏稠的液体，那我丝毫也不奇怪。

苏梅拉像个凡人一样左右转动脑袋，活动着脖子。我趁这个机会，又向后退了半步，同时把手里的小斧头转了一下，又握住了斧柄。王后突然向前倾过身子，紧张地盯着我的脸。艾莉娅抽泣着，手指把我的肩膀抓得生疼。

"莫拉娜！难道是你？！"

苏梅拉的声音里掺杂着惊讶和一丝恐惧。他们确实分不清玛拉和莫拉娜。

"但你的眼睛怎么了？"苏梅拉眯起双眼，从王座上站了起来，"你喜欢改变外貌，但从不喜欢夏季的绿色，而是喜欢天蓝色瞳孔，就像被你冻住的河流中寒冰的颜色。"

我不知道该如何假扮自己的女神，只是咬紧了牙关。我只能假装镇定地抬起下巴，想控制住颤抖的身体。

"我想尝试一下。"我冷冷地答道。

王后淡淡的眉毛皱了起来，显然并不满意我的答复。

"你的时间还没到呢，莫拉娜。你来干什么？我们没违反诺言，没去地面上，也没杀人。我们现在整年睡觉，有时可能一睡就是十几年。"

撒谎。根据巴拉德和伊莱的说法，现在仍有人沿秽水河走路时失踪，虽然人数不多。不过，她的话给了我反击的借口。

"但你们违反了规矩，捉住了这个凡人。"

"她是自己来的。你看一下这个孩子，莫拉娜。她和我们的女儿一模一样，也长着这么漂亮的头发。你看下我的脸，就知道我和她长得有多像。"

我喉咙里像被堵住了一样，又紧张地吞咽了一下。她们两个毫无相似之处，苏梅拉只是幻想着她想看到的东西。

"我早想有个女儿！奥泽姆睡得比我还要久，几乎从不醒来。我厌倦了孤独，而当我给这个凡人梳头，给她穿上黄金衣时，她也没有反对。"苏梅拉一边从王座上走下来，一边抱怨着。

我全身绷紧，不希望她走近。幸运的是，冥后走到半路时，停了下来。

"不。"艾莉娅在我背后委屈地抽泣着，发出了抗议。

"她的眼泪说明事实正好相反。"我打断了她的话。

"你说什么啊，莫拉娜？她这么开心，眼睛里长出了珍珠。我从没见过这么漂亮的珍珠，她真的是我的女儿。"苏梅拉把双手举到胸前，带着无辜、委屈的表情说道。她悲伤地皱着双眉，就好像因为我不理解她而伤心一样"没人比你更了解我是多么孤独！我的丈夫因为你已经很久没说话了，我再也无法忍受让人耳鸣的寂静了。"

我迅速瞥了一眼奥泽姆，想起了莫拉娜割掉他的舌头的传说。如非此时此地，我肯定很想知道这是不是事实，另外还有哪些传说是真实的。但眼前的宫殿里堆满了无数珍宝和死尸，所以了解传说是否真实并不是最迫切的问题。

我不知道苏梅拉透过自己黑色和金色的眼睛看到的世界是什么样的，但她看到的现实是被扭曲的，所以你没法说服她。

"根据约定，你们不能杀人，但这个凡人已经快死了。"我尽可能迅速地说着，而冥后则诧异地挑起双眉，"她需要食物！凡人不吃东西会死的，所以我会带走她，这是我的最终决定。"

我坚定地转身，默默祈祷后背不会受到攻击，然后推着艾莉娅向门口走去。

"不!"苏梅拉的尖叫声使得宝石和随处可见的金杯都发出了共鸣,"你不能拿走我的东西,莫拉娜!我已经付出了最高代价!你不能这样!"

我转回头,只是想看下奥泽姆。他的头虽然动了一下,但仍在沉睡。我勉强骗过了苏梅拉,但如果她丈夫醒了,我和艾莉娅肯定活不了。

"你的代价……"冥后等着我的反应,而我却说得很慢。我一边拖延时间,一边盘算着莫拉娜能从苏梅拉这里拿走什么,但在苏梅拉身上没看到任何明显的伤残,所以只能胡乱猜测,"是……必需的,也是等价的。"

"等价的?!"苏梅拉又尖叫起来,猛地朝我走了几步。我在一个镶着金框的镜子里意外地看到了冥后的形象。她的脸色没有变,但皮肤有时会变得透明,露出骨头和黑色的血管。她大声喊道:"你夺走了我儿子!"

当我意识到,我面对的是一个狂怒的母亲后,我感到全身僵硬。我拼命回忆有关奥泽姆和苏梅拉儿子的信息,但在所有该死的传说中却没有一句话提到他。莫拉娜是冬季和死亡女神,难道她会夺走奥泽姆和苏梅拉的儿子吗?这是多久之前发生的事,他又是谁?

"你是说我儿子——拥有着无数宫殿的年轻而又英俊的王子和那些只能活过可怜的瞬间就会死掉,腐烂成灰的凡人是等价的?!"无数镜子和宝石因为冥后绝望和狂怒的声音而发出悲鸣。

"他……"我像离水的鱼一样大张着嘴,一声也发不出,不知道该怎么回答她。

"过了这么长时间了,数都数不清,莫拉娜!我们把最卑鄙的灵魂禁锢在宫殿最阴暗的角落里!把它们关在最深处,谁都找不到它们,它们也逃不出去!我们按你的吩咐做了一切,而你对我的处罚是不公平的!"苏梅拉的话语中带着威胁。

她的双手颤抖着,脸上既露出了恐惧,又透着恨意。她害怕莫拉娜,与此同时她心里的怒火也越来越强烈。在冥后的盛怒之下,我们周围的金子黯然失色,宝石的颜色变得暗淡,银子变得灰暗,墙上的贵橄榄石出现了裂缝,有些箱子则"砰砰"地关上了。当奥泽姆因为刺耳的噪声扭了下头,并且皱起眉头时,我的心脏开始刺痛。

我们完了。

我全身肌肉绷紧,准备逃跑。

苏梅拉突然变了脸色,而珍宝又恢复了正常颜色,就好像什么事都没发生过。冥后的暴怒在几秒钟内消失了,取而代之的是爱怜和欣喜,她的眼睛则紧盯着我背后的某个地方。她一瞬间从狂暴的怪物变成了一个美丽妇人,甚至看起来有些胆怯。

当一个人的手掌放到我肩膀上时,我感到了说不出的平静。我低下头,看到莫洛克披风的影子拉长了,把我的双脚包了起来。

"莫拉娜,你是把他带来和我见面的吗?"冥后的声音比她的双手抖得还厉害,但现在是因为激动和开心,"还是你终于让他回家了?等一下,莫拉娜!你把他带回家了。我要把奥泽姆叫醒,他会很高兴的!把这个凡人带走吧,莫拉娜,带走吧!只要把他交给我,你带走什么都行!"

苏梅拉开始喃喃自语,说话颠三倒四,她的目光在我和莫洛克的脸上扫来扫去。伊莱的手指更加用力地抓着我的肩膀,我感到明显的头晕。

她说莫洛克是她儿子……

莫拉娜没有杀死他,我们的女神……

"不要!"在苏梅拉想叫醒奥泽姆之前,我语气坚决地叫住了她,我不打算把骨雕师交给她。苏梅拉迟疑地停了下来,我则转头对莫洛克说:"把这个凡人带走,我跟在你后面。"

伊莱的手指抓得我肩膀生疼,幸好他很配合,一语不发,但他尽可能地表示了抗拒,一动不动地站在原地。

"你听到我说什么了吗?"我故意用恼怒的语气重复了一句,"带她出去。"

我没抬高声音,但话语里表达了最严厉的语气。我能感受到他每个缓慢而又紧张的动作中,包含着不满甚至是愤怒。他抓住正嘤嘤哭泣的艾莉娅,消失在大厅拐角后。

"不!!"苏梅拉尖叫起来,但我挡住了她的去路。我做的最愚蠢的事就是挡在了冥后前行的道路上。"你不光带走了我儿子,莫拉娜!我记得,你还割下了自己的影子,给他做了这恶心的披风和面具,想遮住他的眼睛!你让我的儿子,冥国王子听命于你,把灵魂送往黑暗的最深处,深到我们都无法到达那里!"

苏梅拉发狂般地跺着脚,镀金地板上出现了一条条裂缝。我没有哆嗦,但目光却不由自主地望向了她的脚下。

灵魂被送往无尽的幽冥之地?比这个冥国还要深?

"我跟你说过,他从没扯断过那些可怜的凡人的生命线,那是我和奥泽姆干的！"苏梅拉朝前迈了一步，又吸引了我的注意力，而我无法抵抗她的愤怒造成的压力，马上向后退去。我不应该这样做，应该表现得若无其事，但我的冷静只足以保持面部平静，与此同时身体却不断后退。"你说死尸因为我们而复活，我请求你把我带走！我可以替儿子做这些事，但你不同意！你想嘲弄我，所以你让他爱上了你，把他带走了！你怎么可以把他变成你的影子和侍从？"

我拼命控制着颤抖的膝盖，手心里全是汗，我用双倍的力量紧握斧柄，感到木头斧柄被手里的汗湿透了。我听到了莫拉娜和她的幽冥的真实历史。我震惊地听着每一句话，但同时又满心恐惧，因为我不应该听到这些。这是莫拉娜和苏梅拉之间的谈话，这不是玛拉的耳朵应该听到的。

莫拉娜确实割下了自己的影子，但她的伙伴却不是因此而出现的。他是奥泽姆和苏梅拉的儿子，所以他才会有黑色、金色相间的面具，就像他的眼睛。如果苏梅拉说王子爱上女神的事是真的，那可能是他自己想去找莫拉娜，想保护她。原来我听到的所有传说，无论是北方的还是南方的，都不是事实，但同时又都是真实的。这些传说就像一个被切割成碎片的历史，每一个碎片又变成了虚假的事实，形成了有关莫拉娜和幽冥的完全崭新的神话。

我得走了。

"把儿子还给我。"苏梅拉咬着牙，缓慢、低声地说着，语气从绝望变成了威胁，"取下他身上该死的暗影披风！别再用虚假去麻醉他！让我看下他的脸……"

冥后低头看着我的脚下，猛地闭住了嘴。当她脸上的表情变得十分放松和落寞时,我的后背掠过一阵寒意。

"你有影子。"她在陈述一个明显的事实,"你不是莫拉娜,而是她可怜的替身……玛拉?那么你们……"

我没听苏梅拉说完,就转身逃走,消失在了大厅拐角后,没感到丝毫羞愧。

当我十四岁那年想扑向莫洛克之后,姐姐们就说我做事鲁莽冒失,但我相信,她们现在肯定会为我骄傲,因为我准确地遵循了她们的教导。

遇到比你强大的人以后——逃跑。

当我穿过最近的大厅时,苏梅拉的怒号声从我背后传来。我一辈子都没跑过这么快。我没有担心伤口:伤口即使再度裂开,也好过落在冥后手里。

脚下的大地响应着冥界女主宰的狂怒,不停地震动、颤抖。我已经惊慌失措,所以当我想到还要躲开时不时从头顶掉落的石头时,也只能漠然地接受了这个身处绝境的事实,绕着堆成山的金子狂奔。我又跑过几个大厅,然后听到了苏梅拉在背后的诅咒声,说会把我撕成碎片,然后再拼成玩偶,而且一定会给莫拉娜看一下。她大声叫喊,发誓用金子做一个我的雕像,往眼睛里镶上两块祖母绿宝石。

知道冥界女主宰正紧跟身后,我没在任何拐弯处迟疑。我从和伊莱分手的那个地道中跳出,跑过黑色水塘。我跑得上气不接下气,呼吸变得异常沉重。当所有墙壁都因为苏梅拉之怒而颤抖起来时,我勉强没有摔倒。我跑过石化的人和地下的尸体,却没及时发现人脸上的石化壳裂开掉了下来。一具尸体从侧面向我撞来，我被撞得飞了出去。撞击很猛，以至于我被砸入了黑水晶做的柱子里，而黑水晶却十分脆弱，被撞碎了。我一边痛得大叫，一边伸手在水晶碎块中寻找斧头。两个手掌变得鲜血淋漓，因为水晶和玻璃一样割手。手指及时抓住了斧柄，让我来得及挥起斧头，砍进了敌人的头骨中。我恐惧地瞪大了双眼，这确实是具死尸，但被石化后很好地保持了原来的相貌，所以我就像杀死了一个活人。只有它的眼睛是混浊的，毫无生气。

我推开了身上的尸体，迅速站起来。又有五具尸体甩掉了身上的石化壳。我把小斧头挂到腰带上，抽出了长匕首。锋利的刀刃轻松扎入了离我最近的尸体的喉咙中。我拉出它身上剩下的最后一根生命线，割断后就冲向了下一条地道，不再理会其余活尸。我要赶到出口，苏梅拉在地面上无法捉到我们。

我感觉自己在全力奔跑，但实际上只是勉强挪动着双腿。随着每一步迈出，身体变得越来越不听使唤，越来越沉重，骨头的酸痛和伤口的剧痛也同时袭来。现在就连受折磨而死都不再让我感到恐惧，因为每一步都越来越难以迈出。

伊莱会听从命令，在出口处等我，因此我不会遇到任何人。当我跑进曾经看到的第一个矗立着水晶柱子和黑色镜面地板的大厅时，我不由自主地抽噎了一声。这是最宽阔的大厅，也是我逃跑路上的最后一个大厅。心里升腾的希望让我的心跳平静了一些，我满满地吸了一口气。

只要再跑一会儿，只要再……

当地面再度颤抖时，一块泥土从头上落了下来。我想躲开它，却脚下一滑，重重摔在地上。我这次没能麻利地跳起来，但我扶着最近的柱子，顽强地站了起来。

"玛拉，你喜欢被做成和你的女神一样的玩偶吗？"

我看不到苏梅拉，但知道她肯定在大厅的某个地方。地道离得不远了，已经出现在视野里。我慢慢向前走着，大腿疼得钻心。我咬着牙把身体重量压在左腿上，吸了一口气，准备做最后的冲刺。但当苏梅拉出现在我身边，用精致的权杖砸在我身上时，我猛地吐出了一口气，却又疼得喘不上气来。

我没发现自己是如何倒地的，肋部疼得让我咳嗽起来。苏梅拉再次挥起权杖。在她的金属权杖砸碎我的脑袋之前，我飞快地翻身躲过。镜面一样的地板被砸出了裂缝，冥后生气地把武器扔到一旁，想用双手杀死我。

"把和你一起来的幽冥交给我，凡人！"苏梅拉冲我怒吼道，但当我一脚蹬到她肚子上，然后站起身来，举着匕首朝她冲去时，她惊慌地向后退去，朝我投来惊讶的一瞥。

刀锋被她身上的黄金衣弹开，我骂了一句见鬼，知道只有攻击她的脖子才有用。冥后死死盯着我，就好像以前从没人敢对抗她，没人敢冲她挥动武器。我趁她愣神的机会，冲向了地道。远远的，在湖水暗淡的光线下，我看到了雅斯娜的红披风，伊莱也正朝我跑来，已经跑到了半路。又一波地震把我抛到了墙上，然后苏梅拉的一只手抓住了我。

我现在没法反抗，甚至一动都不敢动，因为她牢牢地抓住了我的生命线。我熟悉这种感觉，也无法抑制失败带来的绝望。她还不如在黑色水塘边杀死我，而不是在自由触手可及的现在。我的眼里充满了恼怒的泪水，正在跑动的伊莱谨慎地放慢了脚步。

"你吵醒了我丈夫，愚蠢的玛拉。"苏梅拉拖长的声音里透着亲昵的语气，"我会把你做的一切都告诉他。"

我低头看着脚下，看到地上的小石块在颤动的地面上跳动着，说明冥王已经醒了。

"放开她。"伊莱一边说着，一边停在我们前面五米远的地方。

我的身体虚弱不堪，甚至无力告诉骨雕师，让他赶紧滚远，去保护雅斯娜，就像他和巴拉德许诺的那样。

"我可以放开她。"身后的冥后出人意料地同意了，"如果你跟我走的话。"

这是什么愚蠢的提议？他可不是傻瓜……

"我同意。"

不，他是个傻瓜。

我绝望得想哭。苏梅拉在撒谎，她不会放过我的。

"为什么？"女主宰用甜得腻人的声音问道。

"因为是我找的她，并且答应保护她。"

苏梅拉愤怒得浑身战栗，战栗掠过她的手，传到了我的生命线上。我听到她被这个回答气得发狂，牙齿咬得"咯咯"响。

"莫拉娜居然强迫我儿子这么说！"她喃喃自语，"我们和儿子分离两年后，她把我儿子带了回来，说他自己不想回我们身边。他说的也是这样的废话！那是莫拉娜的恶心的影子，他却把它像个披风一样穿在身上！他说会保护她，是莫拉娜把这该死的念头放进了他的脑袋里！"苏梅拉又怒吼起来。

"我和你一起走，也会脱下披风。"他没听到冥后说的那些隐秘，但却从她的话语中猜出了是什么令苏梅拉恼怒。

她马上平静下来，放松了我的生命线。

"不行。"我声音沙哑地喊道，但莫洛克装作没听到的样子。

我的心跳随着奥泽姆的每一步而变得越来越急迫。我们两人根本无法应付他们两个。

"太好了。"冥后温柔地说着，放开了我的生命线。

我感到了突如其来的自由，笨拙地向前迈了一步，差点儿一头栽到地上。但苏梅拉马上抓住我的肩膀，把我拉了回来。她另一只手抓住我拿匕首的手，把刀锋捅进了我肚子里。她划动刀刃，扩大了伤口，又把匕首抽出来后，我痛苦的大叫声在地道中回荡。苏梅拉抬手想捅出最后一刀，但莫洛克的匕首穿透了她的衣服、骨头和肌肉，插进了她的胸膛。她手里的匕首掉在地上，她也疼得大叫起来。莫洛克的冲击力让她晃了一下，黑色血液顺着她的黄金衣流下来，也证明了我对她的生命实质的猜想。

我用手捂住伤口，但已经感觉不到双腿的存在，顺着墙滑到地上。疼痛像潮水一样漫过全身。我也意识到，想在奥泽姆和苏梅拉的领地上战胜他们是多么愚蠢的想法。

第二十五章

莫洛克

她在假扮莫拉娜。

从苏梅拉的话语中很容易猜出这一点。冥国女主宰像周围的黄金一样漂亮,但在她黑金色眼睛的注视之下,我就像每个凡人站在神灵面前那样,心脏因为恐惧而急剧跳动。很难说玛拉和莫洛克是普通人,但我们和普通农民一样,如果心脏被刀子插入,也会死掉。

"不要!"玛拉的话很坚决。

贝列达。

从巴拉德刚认出她开始,这个名字就一直在我脑海里轰鸣,带着回声。

"把这个凡人带走,我跟在你后面。"

我没有马上明白,她这是在对我说话。从这里到出口很远,即使跑的话,苏梅拉也能在我赶回之前把贝拉撕成碎块儿。艾莉娅公主已经挂在我肩上,勉勉强强地站着,我无论如何也无法同时保护她们两人。

我的手指更加用力地抓着贝拉的肩头。她的选择让我感觉到了绝望,很快又让我感到了狂怒。

"你听到我说什么了吗?"玛拉重复了一句,声音里带着一丝怒气,但她的绿色眼睛里却几乎全是祈求,"带她出去。"

我知道根本没有别的选择,只能抓住了艾莉娅的胳膊。如果我们分头行动,还有一丁点儿的机会。我抓紧公主,尽自己可能快速跑着,此时公主想问巴拉德的事。我在这地下宫殿里感到一种奇怪的忧伤,就好像这地下的黑暗让我感到一丝亲近。不过这个地方的所有东西都让人感到异于人类世界的怪异。

我迅速走过几个大厅、分手的岔路口、成堆的宝石和尸体。对贝拉的担心像寒战一样掠过全身,手套里的双手被冷汗湿透了。当公主看到奇形怪状的尸体后开始痛哭,将要昏倒时,我几乎想把公主留在附近,命令她自己走完剩下的路。我咒骂自己,咒骂从我戏称贝拉为哭灵人和女裁缝的时刻算起,到为了把她带到这些洞穴里而做过的每一个决定。那时就不应该问她的名字,应该直接和她各奔前程。

当我们赶到矗立着蛋白石柱子的大厅时,我感到地面有轻微的颤动,之后又传来了真正的震动。地面左摇右晃,让人根本跑不起来。我不由自主地停了下来,转过头去。苏梅拉看破了贝拉的伪装。

我拼命跑完了剩下的路程。雅斯娜和巴拉德抢着问出了什么事,而我在跑动中直接把艾莉娅抛到了巴拉德手上。

"公主活着,只是没了知觉。你们两个回地面!"我没有多余时间解释,给他们下了命令,但雅斯娜抓住我的手,猛地把我拉了回来。

"贝拉在哪里?"玛拉眼睛里闪烁着不安和愤怒。我很清楚她的心情,因为我心里也充满着这两种情绪。

"苏梅拉醒了,贝拉只能假装莫拉娜。"

当雅斯娜想冲过去给贝拉帮忙时,我拉住了她。

"把巴拉德和艾莉娅带走!没有你他们走不了!"

"我不会留……"

"我去找她!你不把他们带出去,贝拉就白白冒险了!"

雅斯娜愣了一下,我当她同意了,迅速转身向地道跑去。当贝拉出现在地道另一端时,我长出了一口气。她走得很慢,但还活着。这让我感到无与伦比的放松。但当地震把贝拉抛到墙上,而她背后马上闪现出苏梅拉的身影后,放松一下子变成了冰冷的恐惧。提醒的喊声卡在我喉咙里,而贝拉站了起来,却没再准备逃跑。她温顺地站在那里,而冥界女主宰对她低声说着什么。只有紧张的目光和因为紧抓匕首而变得发白的手指暴露了贝拉的倔强。

我走到离她们五米远的地方,意识到了她面临的麻烦,只能迟疑地站住。苏梅拉手里抓着贝拉的三根生命线。我从没见过生命线,但毫不怀疑这就是生命线。而且我知道,如果王后更用力地拉动生命线，会发生什么事情。

"放开她。"我开口说道，不想放过攻击的有利时机，每一块肌肉都绷紧了。

"我可以放开她。"王后出人意料地同意了，"如果你跟我走的话。"

"我同意。"我没用一秒钟就做出了这个决定。

贝拉绝望地看了我一眼。如果不是此时此地的话，我肯定会嘿嘿一笑的。她现在肯定认为我是个十足的傻瓜。

"为什么？"女主宰声音甜腻地问道。

"因为是我找的她，并且答应保护她。"我仍然不假思索地回答。这些话是脱口而出的，每个词都绝对正确，也符合我的感情。

我的感情？

一阵冷战掠过脊背，让我的肩膀紧张地抽动了一下。

"莫拉娜居然强迫我儿子这么说！"苏梅拉喃喃自语，我则困惑地把目光转向她，"我们和儿子分离两年后，她把我儿子带了回来，说他自己不想回我们身边。他说的也是这样的废话！那是莫拉娜的恶心的影子，他却把它像个披风一样穿在身上！他说会保护她，是莫拉娜把这该死的念头放进了他的脑袋里！"

冥后叫喊着。我心不在焉地听着，不知道她为什么说起了自己的儿子，但我现在顾不上这个。我只是记住了她的话，记住了最让她愤怒的那些话。

"我和你一起走，也会脱下披风。"

"不行。"贝拉神情紧张地命令道，但我没有把头转向她。

*一天一个命令就够了。*今天我已经听从了她的命令，把艾莉

娅送走了。

"太好了。"冥后温柔地拖长声音说着,放开了贝拉的生命线。

接下来我们都动了起来。贝拉差点儿跌倒,但苏梅拉把她拉到身边,我则伸出右手去抓背后的剑,左手抽出了莫洛克匕首。匕首刚刚出鞘,贝拉痛苦的叫声就顺着地道传了出去。我不等王后第二次伤害玛拉,就拼尽全力向她扔出了匕首。我是用左手扔出的匕首,所以刀锋没有扎中心脏,而是扎在靠上一点儿的位置。苏梅拉痛得大叫,放开了贝拉,这对我来说已经足够了。

贝拉捂着肚子,顺着墙滑到了地上。我朝前迈了一步,吸引着苏梅拉的注意力。我没有机会转身去看贝拉伤得有多重。我用长剑发起了短促攻击,因为墙壁之间太窄,而洞顶太低。如果我动作太大的话,剑会撞到周围的东西,所以我的机动性有限。冥后委屈地哭着,但闪电般地后撤,避开了我的长剑。她胸部还插着匕首,黑色的血液流到了黄金衣裙上。苏梅拉用颤抖的手抽出匕首,"当"的一声把它扔到了地上。

我又向前踏了一步,王后迅速后撤,满眼恐惧而又鄙视地看着我手里的黑剑。苏梅拉虽然受了伤,但行动却十分迅捷。她的出血很快止住了,伤口也开始愈合。我想把她赶得远一些,然后抱起贝拉,这样才来得及跑出去。然而脚下的震动越来越剧烈,而这根本不是苏梅拉的原因。奥泽姆迈着威严和从容的步伐走向我们。他双眉紧锁,披在肩上的长披风闪闪发亮,几乎碰到了地面。他均匀的步伐伴着黄金权杖撞击地面的声音,就如同铁锤撞击铁砧。也正是因为他的原因,才让整个冥界出现了震动。

我还不至于自大到认为自己可以对付他们两个。苏梅拉察觉到丈夫不断走近，脸上露出报复性的笑容，露出雪白的牙齿，伸手抓住了剑刃。长剑割伤了她的手，黑色的血液顺着指缝流满了手掌，但她执拗地看着我的脸。

"你带走了我女儿，那么你来顶替她吧！"

我不明白她为什么总是提到自己的孩子。我猛地回头，发现雅斯娜又下来了，跑向我们。我相信在她后面肯定跟着巴拉德。贝拉仍躺在墙边，看着我的方向。她身下的血流成一片，让我感到心惊胆战。

我从苏梅拉手里抽出长剑，朝贝拉的方向退了两步。我趁奥泽姆还没加快脚步，猛挥长剑，把长剑向右面的墙壁刺入了一半的长度。地道幸好不是由整块石头挖出的，而主要是由致密的泥土和石灰岩构成的。这种岩石很松软，而莫洛克的长剑则被赋予了特殊力量。苏梅拉困惑不解地看着我的动作，就连冥王奥泽姆看到我愚蠢的行为后，都愣住了。

在有人想明白或猜到我的计划之前，我全身绷紧，把长剑向上划去，一直划到洞顶，接着向左划去，在墙上留下一条深沟。当我划到一半时，被绷紧、拉伸的肌肉痛得让我无法忍受，于是我忍不住一声大喝，终于还是把计划完成了，最后把长剑划到了头顶。我猛地转动剑柄，想扩大墙上的裂缝。

"你不许……"苏梅拉像个凡人一样震惊地嘟哝着，但这时我的长剑因为承受不了巨大的扭力而折断了。

我成功地扩大了墙上的断面，新的裂缝沿着洞顶和墙壁向四面八方扩散开去。我停了下来，奥泽姆和苏梅拉稍稍退开，但断面没再扩大，而我期望的洞顶崩塌没有发生。我的匕首躺在离我三米远的地方，长剑已经折断，大部分剑身留在了洞顶里，我再也没有东西自卫或扩大……

"伊莱……"

我转头看向发出了微弱声音的贝拉。她脸上带着与此刻不合时宜的傻笑，正把自己的小斧头递给我。这是我们剩下的唯一武器。我接过斧头，就像接过了终极武器，因为洞顶的崩塌可以让我们避开冥界主宰，但也会砸死我们。奥泽姆向我冲了过来。他在盛怒之下张开了嘴，于是我也明白了他为什么不出声——他没有舌头。

我手里的断剑不长，可以在地道里挥动，另一只手里握着贝拉的斧头，但普通钢刃砍到对手的黄金衣上会滑开。我的两次攻击都被奥泽姆的权杖挡开，但我用锋利的断剑划破了他的肩膀，于是冥王吃惊地看着自己身上流出的血，就好像震惊于他体内居然会有这种东西。我没有迟疑，把断剑插入了他肋下。奥泽姆踉跄退后，明显感觉到了疼痛，但即使是莫洛克的武器也杀不死他。苏梅拉从侧面发动了攻击，把我撞到了一边，但在我痛得大叫，撞向石头之前，用斧刃钩住了她的脸。她抓着脸，又大叫起来。

我根本没指望打赢他们，因为奥泽姆和苏梅拉是杀不死的。我在他们身上制造的伤口只是让他们吃惊而已，只能稍稍阻止他们。我的全部希望在于拉开和他们的距离，获得两秒钟时间，让我跑远。

趁着冥界主宰们分神的机会，我站起来把斧头砍进了墙里——砍到了裂缝正在收缩的地方，拼命转动着斧柄。肌肉因为剧烈动作而灼热。在我把斧头转了大半圈后，坚硬的斧柄分层裂开，之后折断了。

这次出现的裂缝更深，像蜘蛛网一样向四面扩散，石头和坚硬的土块儿噼里啪啦地从头顶掉落。我扔下斧柄，抱起贝拉，跑向了出口。幸好雅斯娜和巴拉德没有过来，在这狭窄的通道中根本无法战斗。贝拉被我抱在怀里，脸色苍白，但仍眨着眼睛不想放弃。我的手套沾上了她的血，开始打滑，于是我更加用力地把她抱在胸前。

周围的一切都在震动，裂缝扩散的速度比我跑得更快。地面开始震动，整块的墙壁和洞顶在我身前和身后掉落。一大块墙壁倒塌时撞在我们身上，我没站稳，被撞到了墙上，然后倒在地上。脑袋被砸得一阵耳鸣，我伸出胳膊护住了贝拉的头。她说了句什么，但我因为耳鸣没听清。我抱起她，看到了前面的出口。只剩下四十来米了。我又向前跑了二十米，直到洞顶在我面前崩塌。

第二十六章

莫洛克

"伊莱……"

在洞顶坍塌后的几秒钟时间里,我想到我和贝拉终于逃过了死亡,感到有些开心,奥泽姆和苏梅拉肯定追不过来了。但之后我全身感到疼痛,而且我看到通往出口的道路被堵死了。贝拉被空气中弥漫的灰尘呛得咳嗽起来,费力地伸出手指,想摘下我脸上的面具,于是我帮她取下了面具。

"你还好吧?"

她唇边流出血沫,牙齿变成了红色,但这个笨笨的玛拉却拼命把目光聚焦到我脸上。这里没有光源,我一开始觉得面前漆黑一团。但我越是眨眼,就越清晰到看到面前慢慢亮起了光源。墙壁和石块里有很多褐色晶体。它们刚才在昏暗的光线下默默无声，现在都在微弱地颤动着，发出了苍白的光芒。贝拉像个孩子一样好奇地看着它们，即使是旁边的人骨都没让她减弱兴奋劲儿。我看到她因为好奇而闪光的双眼，不由自主地哼了一声，然后低头查看她的腹部。苏梅拉不只把匕首插进了她的肚子，还撕裂了伤口，破坏了她腹内的器官。玛拉的双唇神经质地颤抖着，额头和脖子上都是冷汗，这是因为她正承受着可怕的剧痛。

我后背靠着墙坐了下来，伸出双腿，尽可能小心地把贝拉放在我的膝盖上。她没有反对，相反，把脑袋靠在我肩头上，身体放松了下来。

"我没事。"我帮她按住腹部的伤口，张口说道。

"你脑袋上都是血。"她声音沙哑地反驳。

"我知道。我这个样子确实不太适合和这么漂亮的姑娘约会。"

玛拉费力地哼了一声，把额头和鼻子靠到我脖子上。

"你怎么样？"我问了一声，虽然我已经知道答案。

"我没事。"

我配合着她的掩饰，微微点头。我放肆地摸着她的大腿，用手使劲抓着她的身体，但玛拉毫无反应，说明她已经感觉不到了。我知道自己可以复活她，只要再等一会儿就可以。但我感觉到贝拉的生命力正逐渐离她而去，我的心脏好像缩成了一团。我心里在痛哭，不想看着她死掉。

我可以复活她，也不吝惜自己的生命力，但我不想看到她的胸膛停止起伏，不想看到她的心脏停止跳动。贝拉身体颤抖着，因为疼痛抽泣了一次，抽搐着呼出了一口气。我手里没有任何武器，没法终结她的痛苦，但即使手里有武器，也不见得下得了手。

"你杀了……他们？"

"奥泽姆和苏梅拉？"

贝拉的脑袋只是抽动了一下，我把这看作是肯定的答复。

"不，只是伤了他们。他们之所以退回大厅，更多的是因为不想被崩塌的洞顶砸到。"

"原谅我。"贝拉嘟哝着。

"是因为刚见面时叫我流浪艺人吗？这个不用道歉。"

她又把脑袋靠到了我脖子上，所以我不用再控制脸上的表情。我虽然想开个玩笑，让话语巧妙地带上点儿玩笑的味道，但之后却把牙齿咬得生疼，因为我猜到，我因为无法救她，所以目光里除了愤怒和悲痛之外，再无其他情绪。

贝拉发出的声音听起来像是从远处传来的笑声。

"因为接吻后……打过你的脸。"

我皱起眉头，想起了自己曾强吻过她。她不用为此道歉。我捆绑过她，而且没有问她的意见就吻了她，她应该揍得我更狠才对。

"我不是对你。"贝拉看我沉默了很长时间，开始解释，"那时我想，我……喜欢你。我想……打消这个念头……"

我正抚摸着她的肩膀安慰她，这时手一下子僵住了。我听清了她说的每一个字，却没明白她的意思。我听到了极度渴望的话，但意识却拒绝相信这一切。

"管用吗？"我下意识地问道。

"不管用。"

我把她抱得更紧了，抱住了她的肩膀和脖子。我用脸颊摩擦着她的头发，希望她已经感觉不到疼痛。

"伊莱，我知道，你……想做什么。"她低声说着。我全身紧张，感觉自己不想听到她后面的话。"不用……不要浪费……"

"什么叫'不要浪费'？"当她沉默后，我问道，"为什么'不用'？"

我知道她说的是什么，但她的请求让我恼火，所以我想听她全部说出来。我想听她说更想死去，而不是绑定到我身上。

贝拉没有回答。她一动不动，也不再呼吸。她的心脏没有跳动，鼻息再也没有吹得我的皮肤发痒。我费力地吞下一口黏稠的唾沫。我努力不去看她，双唇吻上了她的额头，然后使劲抱住了贝拉，脑袋抵着她的头发，抱得我胳膊生疼。我花了整整一分钟时间来表达对她的请求的尊重，想找到哪怕一个不能把她复活的理由。

当我发觉找不到任何理由后，我把一只手伸进她的衬衫领子下面，摸到了她的锁骨。巴拉德锁骨的那个位置上有莫洛克印记。让他们的印记一模一样吧。我全身颤抖，但不明白是什么原因，是因为恐惧和恼怒，还是因为我在发烧。

我从没唤醒过别人，但这时的感觉比我想象中更差。我感觉好像有个鱼叉捅进了我的腹部，钩住了我的肋骨，一边拉扯，一边和我建立着联系。刚开始我的眼前跳动着白色斑点，于是我不顾羞耻地发出了痛苦的呻吟，但痛苦的感觉慢慢变弱了，融化了，成了我身体里无法分割的部分。

我向贝拉注入了部分生命力，感觉到了她的存在。她身上的伤口和小的划伤就在我眼前逐渐愈合了，然而黑发的颜色却变浅了，变成了浅灰色。现在她的乱蓬蓬的头发中穿着骨珠的黑色丝带变得十分显眼。

我放松地把头后仰，看到玛拉又开始了呼吸，不过这更多的是她身体的习惯性动作。她的心脏仍在沉默，身体则迅速失温。不过我还是很高兴，因为知道这只是暂时的。我暂时不想唤醒她，想先到外面再说。我把地上的石头搬走，把贝拉留在墙边。但我刚站起来，就马上摔倒了。头晕让我感到极度恶心，我的右腿和裤子都被鲜血浸透了。我一开始以为这是贝拉的血，但随后却困惑地发现自己肋部有个伤口。我的器官一切正常，但这个伤口很深。我不知道自己流了多少血，当我看到翻卷的伤口后，才感到了前所未有的剧痛。

当我从贝拉的披风上撕下一块布，想包扎自己的伤口时，我低声对莫拉娜女神道了个歉。不过当我说到一半时，就停了下来，于是道歉声变成了不满的牢骚声。

她可以挽救追随者的。

我没有绝望，我曾面对各种困境。

该死，我们刚刚就是从奥泽姆和苏梅拉手里逃走的。

我想到自己可能因为窒息或失血而荒唐地死去。这个念头让我神经质地一笑，随后又痛苦地叹了一口气。趁着我还能动，得搬开堵住通道的石头。我刚把贝拉绑定到自己身上，觉得已经救了贝拉。但如果我自己都会死在这里，那这种绑定又有什么用？

有些石头被我轻松地抛远，有的石头太重，只能把它们费力地挪到一边。我干了大约一个小时，只有让我恶心的头痛让我无法思考时才偶尔停一下。我摸了下后脑勺，在那里也找到了一个伤口，流到脖子和头发上的血都已凝固。又过了两个小时，当我搬走一块大石头后，洞顶又开始震动，又有新的石块从上面落下，我感到绝望正朝我一步步逼来。一块石头压住了我的脚，我最后的力量化成了一波肾上腺素和从嘴里喷出的咒骂声。我抬起脚把石头踹开，然后把脸埋进双掌，陷入了绝望中。我刚刚清理出的一半地道，再度被落石堆满了。

我累了，得休息一会儿。我脚步蹒跚地回到贝拉身边，又把她放到自己膝盖上，紧紧抱住她，沉重地叹了一口气。

我的感情……

我脑子里不由自主地浮现出对苏梅拉说过的话。

"是我找的她。"

普普通通的好感什么时候变成了这撕心裂肺的痛苦？

她因我而死。

我不应该支持巴拉德的计划，不应该向玛拉求助，而且更不应该让她们下到这里。

我紧紧抱住贝拉，就好像只要紧紧地和她依偎在一起，我就获得了再度战斗的力量，但实际上我只感到了昏昏欲睡，闻到了鲜血的味道，体会到了心灵上裂开的陌生的鸿沟。玛拉柔软的头发抚慰着我，于是我闭上眼睛，把鼻子贴到了她的头顶上。

第二十七章

莫洛克

"不……哪怕是……"

有人拉扯我的肩膀,想拿走我紧抱在怀里的东西,但当我想起怀里抱的是贝拉后,我抱得更紧了。

"不要这样,伊莱!站起来!"

有人晃动我。我眨了好几次才睁开眼睛,昏暗的光线刺得我又眯起了眼睛。

"你刚绑定了我妹妹,就想一死了之吗?!"巴拉德的声音中更多的是恐惧,而不是他竭力掩饰的恼怒,"快起来!"

我还是什么也看不到,但放心地把贝拉给了他。巴拉德的位置上马上闪出了雅斯娜,我是凭着红披风认出她的。

"张嘴，骨雕师。"

我听话照做，她往我嘴里倒了些苦涩的药汁，但我感到嘴唇因为脱水而干裂，所以迫不及待地咽下了药汁。随后几根草药放进了我嘴里，我有气无力地嚼着，心里希望这是止痛的草药，因为我的每一块肌肉和骨头都在剧痛。

"该死……"雅斯娜警觉地嘟哝了一句。

我眨着眼睛，发现她正查看我的周围。

"站起来，骨雕师。我希望你身体里剩下的血液远远多于流出的。"

我懒懒地哼了一声，不想去看，也不想知道我到底流了多少血，居然让这个牙尖嘴利的玛拉大惊失色。我站了起来，几乎全身都倚到了雅斯娜身上，听到她低声吭哧了两声。

"你们花了多久？"我朝他们清理出的狭窄通道点了下头，声音沙哑地问。

"一天一夜。"

"一天一夜？！"

"是的，所以……谢谢你。"

"为什么？"我有些摸不着头脑。

"为了在我们忙活的时候，你没有死掉。"玛拉的神色中有些羞愧，语气有些勉强。

"嗯，我还是会死的。"我费力地张开嘴，想戏弄一下她，她则恼恨我的玩笑，嘴里愤愤地冷哼了一声。

雅斯娜把我们所有人带出了湖泊。回程并不复杂，只要爬到头顶的水里，水就直接把我们推到了湖面上。艾莉娅在上面等着我们,她一切正常,虽然看上去筋疲力尽。不过我们大家的感觉都不好。我深吸一口气,享受着夹杂松树气息的新鲜的晚间空气。

雅斯娜处理、缝合我的伤口,艾莉娅清洗着贝拉身上的血迹,巴拉德则忙着点篝火。我给大家讲述了刚才的经历,于是大家觉得,在遭遇奥泽姆和苏梅拉之后,在山脉东侧的秽水河边过夜不过是小事一桩。另外我也需要休息一夜,以便明天有体力骑马。

艾莉娅为她的所作所为向大家道歉,之后默默地干活,不过我现在并不担心她。巴拉德和雅斯娜异常坚强地听取了贝拉的死亡经历,他们在面对坍塌的地道时大概曾经绝望过,以为我们已无法生还。

"她为什么还不醒?"当巴拉德抱着妹妹不想放手,而我慢慢喝着熬好的粥时,雅斯娜问道。

热粥有些烫嘴,干裂的嘴唇被烫得有些刺痛,不过现在起码不再流血了。巴拉德帮我包好了头部,又给我喝了镇痛的草药,但后脑勺仍在一跳一跳地痛。

"因为我还没唤醒她。我随时可以唤醒她,但建议先把她带走,等她心脏开始跳动后再立即复活她,这样她就不会记得自己死时的情况。"

"太好了,那就这样。"巴拉德马上点头同意,唇边露出淡淡的笑容。

"不。"

雅斯娜的反对让我们摸不着头脑,我们疑惑地看着她。

"不。"雅斯娜更加坚决地重复道,"你如果没有获得我妹妹的同意，就不要复活她。"

"你在说什么啊？"艾莉娅插言说，"他要复活的是她啊。"

雅斯娜目光阴沉地看了公主一眼，让她十分不自在，缩了下脖子，发窘地闭住了嘴。

"你们谁都不知道，玛拉的生活中有多少限制。我们不会急着躺进坟墓，但不见得有谁会喜欢死后又站了起来。"

"你的意思是我们最好让她死去？"我尽可能平静地问道，却不由自主地咬紧了牙关。

"我说的是你应该问下她是否同意回来。如果她拒绝的话，那就放过她，让她离开。"

"你老糊涂了！"巴拉德把贝拉抱得更紧了，就好像雅斯娜想在他面前杀死贝拉一样，"她当然想活下去！如果你爱她的话，你怎么可以……"

"我恰恰可以！"雅斯娜的耐心终于到了极限，怒吼起来，脸上露出了痛苦和忧伤，"这些年来是我一直在保护她！我比你更了解，她到底克服过哪些麻烦。我很爱她，所以如果她不想继续这样的生活，我准备接受现实放她离开。你自己一直装死，却不给她选择的机会，现在连涉及她生死的问题都不让她自己决定！"

巴拉德表面上十分平静，但这些话却不亚于刺入他身体的刀子，让他的心灵感到痛苦。我理解他，因为我也感受到了同样的痛苦。如果我对这些话置之不理，那么不过是自私而已。我们确实不知道玛拉们如何生活，但哪怕只听传闻都知道她们有很多限制。

我不想相信贝拉是真的想死，她只是接受了无可避免的结局而已，但现在她可以自己决定。

"你说得对。"我同意她的意见,其他人也没有反对,"贝拉可以自己选择。等我们离秽马河足够远,处境不这么糟以后,我唤醒她。"

雅斯娜对我这种息事宁人的做法没有报以微笑,目光里仍带着怀疑和忧伤。

"骨雕师,你要保证接受她的决定,无论她做出什么样的决定。"

我在一片死寂中把勺子放进了半空的碗里,我有种被挤到墙角、被捆起双手的感觉。我根本猜不到贝拉会有什么决定,但内心中拼命抗拒接受这样的条件。

"我保证。"我费力地说出了这句话。

玛拉若有所思地点点头,于是这场谈话就结束了。我们大家都很清楚,我们只是用豪华挂毯把我们脚下随时可能坍塌的腐烂地面遮住了。我们只记得我们成功逃了出来,记得我有复活尸体的力量。我们假装没有损失任何人,但贝拉死了。

※

第二天早晨黎明时分,我们沿着山口踏上了返程道路。我们这次骑马前行。艾莉娅骑着贝拉的马,而巴拉德则把妹妹放在自己马上。我一开始想带她一起走,但想起了他是她的亲哥哥,而且我的肋部也疼得难以忍受,就没有坚持。我们骑马一直赶到了山口前,到了狭窄的岸边才下马步行。

我们回到瀑布旁的林间空地后,在那里休息了整整一个白天。准确地说，是我在休息，其他人则保护、照顾我。我没有掩饰自己的开心。当我甚至懒得起身去端水时，几乎是堂而皇之地戏弄着他们。起初雅斯娜、巴拉德和艾莉娅一听到我痛苦的呻吟就浑身哆嗦一下，手忙脚乱地前后奔忙，但现在只是满脸不快地照顾着身体虚弱的我。

我们按次序洗了澡，把自己的外表收拾干净，决定在最近的村庄里找个旅舍住下，在那里唤醒贝拉。她大概也想把自己收拾干净。

晚餐时我们讨论现在该做什么，最后吵得嗓子都哑了。巴拉德开始时仍拒绝去见韦列斯特王公，但就连我都不认为他这么固执有什么意义。他会是个好王公，能统一整个北方。我们冒着生命危险，把他所爱的艾莉娅救了出来。我最后忍不住，冲他嚷了起来，直言如果巴拉德以后将看着艾莉娅嫁给他人的话，那我们救下公主的冒险将没有任何意义。我们可以编造他的往事，说他确实活了下来，逃了出来，却失忆了。是盖文路过时找到了他，并把他当儿子养大了。

我向巴拉德保证会在王宫所有人面前保守这个秘密，盖文也会保密。同时艾莉娅也会承认他是阿绍尔的巴拉德。贝拉复活后，也会支持哥哥。

我们终于等来了巴拉德的同意，这让我们每个人都很兴奋，而我们的计划看起来就像玻璃制成的精致花瓶一样完美、乐观和透明，我们大家都装作没有看到上面的一个巨大裂纹。

第二十八章

玛拉

我在陌生的床上醒来。我一动不动地躺着，慢慢眨着眼睛，看着天花板。天花板有些老旧，这里的气味也不好闻。不过我在尘土和轻微的霉味中还闻到了现烤面包和肉粥的味道。

我尝试了几次，最后终于坐了起来。全身仍僵硬、麻木。我记得之前发生的事情，虽然那更像是个可怕但十分真实的童话。有人给我换了衣服，好像还用湿布给我擦过身子，但我身上仍散发着鲜血、黄金和地穴的味道。

"你感觉怎么样？"

直到伊莱坐到了我身下吱嘎作响的床边，床铺也被他压得发出悲鸣之后，我才发现他也在房间里。他仔细端详着我的脸，于是我猜到,我身上有问题。

我身上肯定有问题,我记得自己死了。

"你还是这么做了。"我的声音沙哑干涩,不知道自己这样无知无觉地躺了多长时间,"你复活了我。"

"没有。"伊莱的表情十分严肃。

他头上扎着绷带,脸部瘦削,皮肤颜色有些灰白。短须几乎长成了络腮胡子,这引得我淡淡一笑。他虽然也笑了一下,但天蓝色眼睛里的阴影却没有退去。

"其他人都还好吧?!"我一边回想,一边忙乱着,想掀开被子下床,"雅斯娜和巴拉德呢?他们在哪儿?"

"小心点儿。"当我被床上用品缠住,差点掉下床后,骨雕师拦住了我,"他们都很好。我们在旅舍里,他们在吃午饭。"

"艾莉娅呢?"

"和他们在一起。"

我大声叹了一口气,不再忙乱,感觉肩上一直让我揪心的重担终于卸了下来。伊莱继续盯着我,当他看到我露出更加自信的微笑后,皱起了眉头。

"我说了没复活你,贝拉。"他一字一句地说道,"只是把你绑定到了自己身上,不让你去见莫拉娜。你不问为什么吗?"

他的严肃表情让我感觉开心,我不知道因为什么,虽然明显不该如此。我摸了下自己散乱的头发,发现头发颜色有些怪异。我抚摸着头发,疑惑地用手指梳理着,直到手指遇到了纠缠的发绺。

"因为我的心脏没有跳动。"我想起了他曾给我讲过的天赋能力,猜测着。

我的回答令莫洛克十分意外，他机械地张开嘴，又闭上了。

"是的，但……"

我低声笑了一下，打断了他的话。我感觉他接着会说出某些严肃的东西，但我却不想听到。我现在只想稍稍享受一下所有人都活着逃出的念头。

或者说几乎所有人。

"雅斯娜不让我复活你。"

他继续说着，于是我的笑容变得有些尴尬，最后消失了。

"她说你可能自己不想复活。"他抱怨着，声音里透着怨气。

但这是对的，我不想让他复活我。

不想让他替我做出这种选择，因为现在决定权放在我肩上，但我却不想做出这种决定。

"她说得对。"我承认了，不想欺骗伊莱。

他脸上先是露出愤怒的表情，深吸了一口气，在肺里憋了一会儿，然后缓缓吐了出来，最后一句话都没说。他的双肩耷拉下来，看来雅斯娜已经把原因给他讲清楚了。

"留下来吧。"

平时嬉皮笑脸的骨雕师变成了一个陌生人。曾经的刻薄和厚颜无耻不知被丢到哪里去了，让他变得更像脸色阴沉的莫洛克。就好像他不仅把自己的剑留在了地穴里，还把部分生命也留在了那里。

"我觉得你的剑太可惜了。"我说的是真心话。

"我再铸一把新的，给你也做一把新斧头。"

我的苦笑有一半是装出来的，我确实喜欢那把小斧头，它陪伴了我好多年。

"如果它像以前一样漂亮的话，那我同意。"我想了一下，点头同意。

"这么说你要留下来，想看到它？"

他用语言游戏，有意把我引入了圈套里。我温柔地笑了一下，算是回答。

"我就先这样吧。如果我的心脏不跳动的话，反正你什么也做不了。"我支支吾吾地回答他。

"相信我，你很快就不喜欢和我绑定了。"熟悉的笑容突然又回到了他脸上。

"为什么呢？"

我突然举起了左手。我不知道为什么要这么做，我只是举起手，而且一直举着。我心里的慌乱变成了恐惧，我想放下手，却做不到。

"为什么我……"

"不是你。"伊莱打断了我的话，"是我干的。"

我的手终于放了下来。我揉着手腕，检查是否还能控制自己的身体。我朝伊莱投去疑问的目光。

"莫洛克可以控制绑定到他们身上的人。只要我们绑定，我就可以控制你做任何事情。"

"真的是任何事情？"我又怀疑地问了一句。

"是的。"他拖长了声音回答，声音里有一种十分享受的味道，让我的胳膊爬满了鸡皮疙瘩。

我向前探身，举起了右手。我肆无忌惮地用手指抚摸伊莱的脸颊，抚摸着他温暖的皮肤，直到他闭上眼睛，把鼻子埋进我的手掌后，我才意识到，他又使用了自己的魔力。

"你真无耻。"我骂了他一句，但他只是微微一笑，在我的手掌上吻了一下，又把脸埋入我的手掌。

他看起来若有所失。于是我觉得有些羞愧，因为我让他感到心里有愧。我只要选择活下来就可以了，这是自然而然的事情，每个人都会这么做的。

我继续抚摸他的脸，手指先是摸着他的颧骨，然后摸着他的眉毛和额头。我有一瞬间感到不知所措，不知道是被莫洛克所驱使，还是我自己在动作，在享受触摸他皮肤的感觉。骨雕师笑得更欢了，我抽回手掌，知道刚才一直是按自己的意志在动作。

他只是诱导我的手在动作，虽然这并不是必需的，因为他可以操纵我的身体。我马上向他倾过身子，如果我能脸红的话，那我肯定早已满脸通红，因为我的腹部出现了熟悉的颤动。伊莱用漫不经心的动作把我额前的灰色头发撩到了脑后，嘿嘿一笑，迎着我不满的目光，伸手抚摸着我的脸颊，然后吻了我的额头。

"我不是你的玩偶。"我吸了一口气，不满地说道，虽然他的触摸让我开心，我也不想让他停下来，但他还是退到了一边。

"那可不一定。得把你复活，你才不是玩偶。"他假装若有所思地嘟哝着。

"你颧骨上的肿块儿不见了，不过看样子你很想念它。"我学着他厚颜无耻地笑着，回应他的话。

"既然可以用拳头解决问题，那我接受当前情况下的所有后果。我们先从拥抱开始吧。"他拍了一下自己的大腿，提议我坐到他膝盖上，我惊讶地张开了嘴。

我从他开心的表情中看出,他是在故意激发我的各种情绪。他的眼睛还是那么警觉,目光却在不断探查我的脸色。敲门声打断了我们将要开始的斗嘴。

"贝拉,你醒了。"房间很小,雅斯娜两步就跨了过来,推开伊莱,坐到我身边,"别听他的,贝拉!这只能由你自己做决定!忘了骨雕师给你编造的一切。别让他糊弄你!如果想死的话,可以去死!"姐姐紧紧抓着我的两只手,急不可耐地说着。我被她的率直搞得无言以对。

"你给她说什么鬼话?!"伊莱抬高了嗓门,"哪有你这样的姐姐?"

"我比你活的时间长,所以你现在闭嘴。"雅斯娜只是朝他挥了下手,连头都没回。

"我马上二十七岁了!"

"雅斯娜今年秋天就要二十八岁了。"我同情地插了一句,而姐姐朝他投去含义丰富的一瞥,然后用脑袋轻蔑地朝门口指了指。

"你可以随心所欲,贝拉,谁也不能强迫你。如果你想躺进坟墓,我也理解。"雅斯娜接着说道。

而恼怒的伊莱则站了起来:"不行,你跟她说的这些是正经话吗?!"

"她和你几分钟之前做的事有同样的目的。"我了解姐姐,笑着打断他的话。现在不光骨雕师困惑不解,连雅斯娜都愣住了。"她是反着来的,知道我很倔,肯定会选择和她的提议对立的东西。"

"真是个笨蛋!"她转头看向伊莱,"白白把你单独留下来陪她了。我了解贝拉,也有一个完美的计划,结果让你搞砸了!一个招数不能使用两次！"

"其他姐妹怎么受得了你？！"伊莱质问雅斯娜，然后挥了下手，把目光转向我，"你们怎么受得了她？"

我轻声笑着，享受着每一个瞬间。大家都沉默着，大概和我一样，都松了一口气。

"如果你们不能告诉我哪里可以洗澡，那你们两个都从我房间里滚出去吧。"我一边说着，一边把双脚放到木地板上。地板应该很凉，但我的血管里没有热血流动，所以我感受不到地板的温度。

大家聊起了其他话题，不再讨论死亡和复活的问题。他们不再劝我，只是真心装作相信什么都没改变的样子。巴拉德一分钟后进了房间。哥哥抱着我不放，一件件地向我讲起了自己的担心和想法。他独白的时间很长，而且情绪强烈，不过我很放松，不想再听那些藏头露尾的表达，只想静静地听着他的声音。如果这将是我们最后团聚的时刻，那么我不想在争吵和遗憾中度过这些日子。

我和艾莉娅谈得最少。公主虽然爱着哥哥，但她的行为绝对幼稚，让我们大家都身处危险当中。她应该再找我一次，把一切都告诉我。我猜巴拉德曾找过她，请她对自己活着的事情保密。不过他是我哥哥，我可以试着原谅他，但我永远不会喜欢艾莉娅。她应该感到幸运的是，死过一次让我变得不那么强硬了，我不想把时间花在那些鸡毛蒜皮的事情上，不想再去无谓地争论谁犯错更多。

雅斯娜向旅舍主人订了个温暖的浴室，给我找了件干净衣服。我最终在一面老旧的镜子里看到了自己的形象，也明白了为什么大家看到我以后都脸色凝重。我的眼睛看上去有些混浊，就像盖着一层薄膜，黑色瞳孔变得颜色暗淡。另外头发变成了灰白色，而且脸部十分消瘦。我听不到，也感受不到自己的心跳，这让我感觉怪怪的。有时我会因为感到不自在而突然愣住，但随后又想起，问题在于我不是活人。

我听说巴拉德决定回家，想成为下一任王公后，感到十分高兴。我们需要统一。我虽然是玛拉，但这些年来一直无法与家人完全断绝关系。我的心将永远属于北方，也想看到它的统一，否则我的家人们承受的所有苦难都将毫无意义。

我们又一起待了一周时间，一起向西方的阿绍尔进发，陪艾莉娅和巴拉德赶往王公庄园。我们走得很慢，虽然谁也没有提到这一点，但我知道，他们都在等着我的心脏开始跳动及我做出决定的时刻。我们聊了很多，意识到我们无论如何都将各奔前程。艾莉娅和巴拉德会留在阿绍尔，伊莱将前往道克尔，而我和雅斯娜则要回神殿。

我和伊莱把在冥国看到的东西告诉了大家。我讲述了在和苏梅拉的谈话中了解到的有关她的儿子的事，以及不得重生的灵魂被送往的地方。大家听到这些消息后，再无将来前往或接近奥泽姆和苏梅拉宫殿的愿望。我的同伴们沉默地听着我的讲述。莫洛克们意识到自己和冥界王子有着某种联系，而雅斯娜则接受了徘徊在莫拉娜身边的幽冥不可能是她的一部分的说法。

如果说莫拉娜带走了奥泽姆和苏梅拉的儿子，让他和自己做伴，那玛拉和莫洛克们确实有联系。她可能是让王子来陪伴自己，把他看成了助手，也可能是爱上了他，为了保护他而把影子给了他，让他能避开所有攻击，赋予他更多的力量。但无论如何，我越来越确信，这不是凡人们应该了解的事。而这件事是否真实，我们都只能在死后，在遇到女神本人之后才能了解。所以我们决定保守这个秘密。我们手里没有直接证据，而转述暴怒的苏梅拉的言语也不见得令人信服。

我不需要吃饭，也没有饥饿感，但一整天的赶路却令我感到非常疲惫。按哥哥和伊莱的说法，食物虽然是生存所必需的，但我现在和莫洛克绑定了，任何时候都不会死，所以这种联系让我不用吃饭。不过疲惫可以用睡眠和休息来恢复，不用借助和莫洛克的联系，利用他的力量来补充体力。

雅斯娜发现了绑定的这种限制后，不放弃挖苦伊莱的机会。

"吃饭起码还算是种享受，肌肉酸痛和犯困可就不那么舒服了。"

"等你和你们女神见面后，请她让幽冥完善一下这种绑定。"伊莱的话很刻薄，"这样不光不用吃饭，也不用劳累了。"

我骑着马和他们走在一起，听着每天习以为常的斗嘴。我享受着每个温暖的夏日，很高兴没有遭遇雨天。每个村庄的居民都殷勤地用刚摘的浆果招待我们，而我却只能郁闷地看着成熟的草莓，遗憾自己没有品尝的欲望，虽然草莓的香味十分浓郁，甚至当我把它放回小筐后，手指间仍留有余香。

我有时会和巴拉德回忆童年趣事。我们先是欢声笑语，然后就开始争论，最后甚至吵了起来，让同伴们提心吊胆。不过随后又哈哈大笑，后来又开始大喊大叫，而其他人也习惯了我们多变的情绪。在某个时刻，当我们走到阿绍尔边境时，我的心脏开始跳动。

第二十九章

　　刚开始的心跳让我觉得有些新奇和陌生。我有些不知所措，于是没告诉任何人，离开篝火，走到了自己睡觉的地方。我装作在包里翻找东西的样子，想认真体会心跳带来的感觉。心脏最初的几次收缩有些难受，让我感觉酸痛。胸腔里有刺痛感，而血液则流向血管，慢慢给全身带来了热量。我开始感觉到晚风的清凉，脸颊则像是在发烧。

　　由于天色昏暗，篝火也发出了橘黄色的光线，所以没人发现我身上的变化。伊莱不眨眼地目送我离开，就好像第一次看到我有这种奇怪的举动。因此，当我走进森林深处，走到泉水旁时，我毫不奇怪地听到了他悄悄的脚步声。

　　他一言不发，坐在我旁边，看着我把清水灌进几个皮囊里。

大地被夏日的太阳晒得暖暖的，清水却冷得扎手。

"你感觉到了，是吗？"

骨雕师微微点头，他鬓角右边的几条小辫子轻轻晃动着。在我被唤醒的那天，他剃去了络腮胡子，所以现在脸上仍是平时的短须。

"当然，你现在也是活人，但你的命运取决于我在遇到危险时能否全身而退。如果你不想复活的话，可以依靠我们之间的联系一直活到我生命中的最后一刻。"他忽然提议道。

"让你轻而易举地操纵我吗？"我一脸嘲笑地问道。

"如果你不喜欢这样，那随时可以选择另一种方案。"

"好的。"

"如果你同意的话，我再也不会给你制造新的麻烦。"

"我同意。"

"如果你又……你说什么？"

他习惯了被我拒绝，差点儿把刚才的话当成了耳旁风。

"我说了'好的'。"

骨雕师失手把皮囊掉进了水里，然后又马上把它抓了回来。我饶有兴趣地看他琢磨着每个词，猜测我的回答中是不是有陷阱。

"我该做什么？"

"只需要做一件事。"他的回答几不可闻，脸上还有惊讶的痕迹，"不要过了两分钟就改变主意就行了。"

"这个我大概能做到。"我似笑非笑地点头。

我很高兴，也有些忧伤，因为这么简单的词语组合能让他这么幸福。伊莱向我倾过身子，手指抚摸着我的脸颊和脖子，我的心脏则因为他的亲昵而狂跳。他这次没有强迫，我自己向他倾过身子，迎接他的吻。起初这个吻温柔、小心，十分克制。我们两人都不喜欢这样，于是我把双手插进伊莱的头发里，而他则抱紧我的腰，把我拉了过去。我肺里的空气变得灼热，而骨雕师的心跳也迎合着我的心跳。我不太记得自己是什么时候躺在了地上，但清楚地感觉到头晕，感觉喘不上气来。我感到伊莱的手抚摸着我的胸部、腰部和大腿。当他的双唇从我的下巴移到脖子上时，他的头发扎得我的鼻子痒痒的。但当骨雕师碰到了自己受伤的肋部，突然痛苦地叫了出来时，那种轻松浪漫的氛围消失了。

我扶他坐好，自己忙着掩饰因为腹部突然涌起的渴望而发窘的脸色。

"黑头发的你确实更漂亮。"伊莱的笑容像是苦笑，所以我没有立刻明白他的意思。

"这么说，要复活的话需要接吻？"

我端详着自己的辫子，它又变成了黑色。我抚摸着自己的胳膊和腹部，查看有哪些变化，却没有发现任何奇怪之处。而且接吻时我也没有任何不寻常的感觉，不过我的感觉也可能被发热和渴望所蒙蔽。我深深地吸了一口气：我又能闻到所有气味了，而胸口的闷痛则说明我在接吻时有些窒息。空空的胃里突然"咕噜噜"地叫了起来，我许多天来第一次感到了饥饿。

"不，碰一下就可以了，但我觉得以后恐怕没有这样的机会了。"骨雕师恬不知耻地承认了。他猛地又吐出了一口气，他的肋部不再剧痛了，脸色也放松下来。

"这么说，你是利用了这个机会？"

"我已经过了因为迟钝麻木而错失机会的年龄。"

"所以你才来得及吻过道克尔的每一位姑娘？"

"可不是每一位。"骨雕师有些迟疑地反驳，我则推了一下他的肩头。我做这些时很小心，免得碰痛他。他抓住我的手，不让我走开。"但我没爱过她们中的任何一个，贝列达。"伊莱的脸色很严肃，"而且我从没把自己的部分生命给过她们，没有让她们成为我的另一半。"

他的话就像一粒种子扔进了土里，几秒之后就长成了参天巨木，开出了灿烂花朵，根系深深地扎入了我的心底。如果说骨雕师以前的甜言蜜语就像是漂亮的花朵，总被我连根拔起，那么这棵参天巨木永远留在了我心里。

不过当我第二天早晨从哥哥那儿听说，伊莱已在前一晚悄悄离开我们之后，我胸里燃起了满腔怒火，想要烧掉这根鲜花灿烂而又气味芬芳的大树。

我没向别人透露自己对骨雕师的感情，因为我自己都没琢磨清楚。但巴拉德劝我，说伊莱不是能保持长期关系的人，如果我们能短暂分手，反而是件好事。

"我喜欢伊莱，对他就像对哥哥一样。他是好人。但他说，没有他的话你会更好，所以我同意了，他就自己走了。"巴拉德站在王宫门口劝着我。

哥哥握着我的双手，安抚着我一大早就无法平息的怒火。我才不会见鬼地去找这该死的骨雕师呢。他想分手，那太好了！他费尽心思劝我活下来，之后却抛弃了我，这太好了！

两个小时后太阳高挂天空，也就是说，我和雅斯娜回家的路程将在温暖的夏季阳光照耀之下，路上将十分开心。阿绍尔还是那么繁华。房屋墙上的精致雕饰丰富多彩，颜色艳丽，每个窗户贴脸上都有装饰，门口都挂着护符。街上车水马龙，喧闹声让我无法思考。

我意识到要和巴拉德分手了。一开始这个念头吓了我一跳，又让我有些悲伤，但哥哥保证以后不会和我避而不见，每季度都会来一趟神殿见我。他明显对和父亲的见面有些担心，不过我知道，韦列斯特王公会认出这个年轻人就是他儿子。相同的血缘让他们长得十分相似，但为了以防万一，我还是从脖子上摘下了半月项链，交给了巴拉德。

"如果父亲怀疑的话，把这个给他看一下。就说我们已经见过面了，我承认你是我的亲哥哥。"

"你不进去吗？"

"不进去，这是玛拉们的条件。我只能一步也不踏入王宫的领地，她们才允许父亲留在这个地方。"我异常冷淡地说道。

我本以为，当我站在自家门口时会感到十分痛苦，但实际上我没有任何感觉。我的太多不幸都和这个地方有关。

"等我当了王公，你随时都能回家，贝拉。"巴拉德很固执，但旁边的雅斯娜摇了摇头。

"她不能，你的许可没有任何意义。贝拉会遵守规矩，尊重给你们家做出的让步，所以不要强迫她违反规矩。你自己来我们神殿吧。"

我和姐姐不想再拖延时间，一起上了马。我们也想尽快躺到床上休息，但从这里到神殿还有漫长的路程。

"把北方统一，王公，做一位英明的统治者吧。"雅斯娜最后严肃地向巴拉德说道。然后姐姐转头看向艾莉娅公主。经过多次痛苦的历险之后，公主变得很听话。而我和雅斯娜看在巴拉德的面子上，约好不再过多地教训她。不过巴拉德在救下公主后，曾不止一次和未来妻子吵过架。

"而你呢，公主，如果再要逃跑的话，我会亲自找到你，把你扔到有溺水鬼的湖里。"姐姐的语气冰冷而又平静，我的眉毛因为她的语气惊讶地挑了起来。连我自己都说不好，她这是玩笑式的警告还是真正的威胁。艾莉娅不知所措地张开嘴，朝我投来不安的一瞥，但我毫无反应，就让她认为这是警告吧。

"另外，巴拉德，"哥哥正要转身离开，我叫住了他，"你还记得我们小时候争论过的关于幽冥的事吗？"

哥哥犹豫片刻后点点头。

"不管怎么样，你说得对，是莫拉娜自己割下了影子。"

实际上也不完全对，因为被莫拉娜割下的影子没有变成活物，只是披风和面具。但我觉得，我在这种小事上承认错误以后，就朝着我们和平的未来走出了第一步，我们以后会忘了过往的委屈和不睦。

面前的巴拉德不是我想象中的哥哥，那个我总是猜测会长成什么样的哥哥。多年的离别将我们分开，给我们的关系留下了难以磨灭的痕迹，我们大概永远不会再像童年时那样亲近。但巴拉德还活着，而我准备去了解他，去接受现在的他。我想接受在莫洛克中间长大的他。

哥哥露出了开心的微笑，显得容光焕发。

"但你说得也对，幽冥确实护卫着莫拉娜。"

"你说过，莫洛克是怪物。"我故意把哥哥童年时经常引用而让我哑口无言的证据还给了他。

巴拉德神色自若，笑得更开心了，想说明世人的恐惧反而对幽冥之仆更有利，他们对这些传言并不在意。

"你们煮的粥倒是真正的怪物。"雅斯娜插了一句，而我看到她一句话就打掉了哥哥的傲气后，忍不住大笑起来。

伊莱做的饭还能忍受，但巴拉德确实不是做饭的好手。

❧

前往神殿的旅程让我和雅斯娜重新习惯了玛拉的日常生活。每个村庄的居民都请我们吃饭，邀请我们去家里过夜，在几片森林里还遇到了吸血鬼，我们边走边清理。我们白天闲聊，晚上则照料马匹，看着满天繁星。路上雅斯娜说了很多关于巴拉德、艾莉娅、奥泽姆和苏梅拉的事，但总是避免提到伊莱，就好像他从没出现过。姐姐问我，复活之后是否觉得有区别，但如果不考虑对骨雕师的那种难以言说的想念的话，那我没感到有任何区别。

我按着巴拉德和雅斯娜的建议，努力想忘掉伊莱，但无济于事，于是我对自己的愤怒超过了对伊莱的恼恨。不过我能给他什么呢？我们既不会有婚姻，也不会有孩子，更不会有家庭，我们甚至不能住在一起。我们全部的未来不过是短暂的重逢和夜晚的相聚。现在我也好，巴拉德也好，会像普通人一样老去，而作为莫洛克，伊莱的寿命将十分长久，我们确实应该各奔前程。

姐妹们一起出来迎接我们，都因为我们走了很长时间及憔悴的脸色而担心不已。我和雅斯娜看上去确实很狼狈。衣服早就肮脏不堪，头发很久没有梳理过，靴子被踩坏了，大部分武器都丢失了。

我们汇报了这次经历，但向玛拉们讲述时进行了半真半假的修改，因为觉得莫洛克的事会让她们太过恐慌，不见得会被年长的玛拉接受。我们说是自己找到了秽水河，通过山口进入了冥国。我们讲述如何救回了艾莉娅，撒谎说我锁骨上的印记是由于苏梅拉的碰触，我们也解释了为什么我的寿命缩短了。我们倒是详细描述了冥国和山脉那边的世界。

我们的描述中充满了大量离奇的细节，慢慢打消了姐妹们的怀疑，她们也只能相信这些消息，所以她们对失踪的阿绍尔王子巴拉德再度出现的消息没有大惊小怪。我们的讲述中确实有些空白和不确之处，但我们曾花了一周时间来考虑如何讲述，用大量离奇和神话般的情节来掩饰那些令人怀疑的地方，所以谁都没有关注那些奇怪之处。

当我多日以来第一次独自一人坐在房间里时，我感觉自己成了某个杜撰传说里的人物，不过却不知道今后的路该如何走。

第三十章

一个半月之后

我的前两下敲门显得不太自信，但后来我提醒自己不要忘了经历过的所有事情，就用力敲起门来，显得迫不及待。

我全身麻木，僵立不动，屏住呼吸，拼命压抑着在房子主人开门前逃走的念头。但当门打开后，我失望地泄了气。盖文疑惑地扬起了眉毛，从头到脚审视着我。

"看上去不错，公主。"他看着怏怏不乐的我，一边打招呼，一边笑着。

"你知道我的真名？"

"知道。"铁匠的目光停在我仍然举在身前的东西上，"既然你也知道我是什么人，那我就直接拒绝你了。我对你来说太老了，贝列达。"

"骗子！"我想起他一直装作普通人的事，一下子有些恼火。

"噢，不！我确实可以当你爷爷了。"盖文开着玩笑，不过我相信他知道我说的是什么。

我以前没发现他这一点儿，曾经觉得这位肩膀宽厚、胳膊粗壮的铁匠出奇地温柔，甚至脸皮有点儿薄。你只要因为他对勺形响板的嗜好说出某些不赞许的话，就会惹毛他。现在我在他的目光中看到了疑心和警觉，他温和的笑容很快变得十分忧郁。

"我说的不是花环。"我生硬地回答说，"说的是你是莫……"

"嘘——"盖文仍是一脸坏笑地大声冲我嘘了一声，用下巴指了指好奇的邻居们。他们在我紧张地注视之下迅速转身离开，去忙自己的事了。

"雅斯娜也会跟你谈一下的。"我冷冷地提醒他。

盖文皱起了眉头，知道我姐姐可不是一个嘘声就能打发的。

"他在哪儿？"

"'他'是谁？"盖文仍在耍赖。

"伊莱！伊莱在哪儿？"

"那这个花环你是给他做的？"

我勉强忍住没把牙齿咬得"咯咯"响。我在林间空地上的花草旁待了五个多小时，最后开始不停地打喷嚏。我花了五个小时才编好这该死的花环，不止一次割伤了手指，有几次因为手法错误，被细细的桦树枝条抽到了脸上。米拉、雅斯娜和兹拉塔看着前两个花环做得那么丑陋，都哈哈大笑。我恳求她们帮忙，但她们坚持说这东西只能自己亲手去做，然后还大声谈论着，说第一次看到不会编花环的公主。

一切开始于一周前。当雅斯娜厌倦了看着我对骨雕师挥之不去的想念后,把自己的匕首递给我,建议我去找他,晚上把他的喉咙割开。我拿过匕首,然后用它割了些桦树枝条、草茎、浆果和最漂亮的花朵。于是在夏末到来之前,我就这样手举花环站到了道克尔市盖文家的门槛前。

"你们两个人都无法给予对方什么承诺,玛拉。"盖文提醒时脸上带着深深的忧伤,"我理解你的感情,但这个花环只能是个象征。你们不会有孩子,也不会有家庭,你们不在一起会更好。"

我想到伊莱可能就在附近的某个地方,每根神经都因此而不断跳动着。我根本没理盖文的话,因为这些我很清楚。但我在拿过雅斯娜的匕首,听了姐姐开的玩笑后,就突然明白了,我已经厌倦了旁人对我的生活的影响。一伙杀手破坏了我的家庭,几个玛拉把我从家里带走,苏梅拉夺走了我的生命,现在我想亲手创造自己的未来。

"叫他出来。"我生硬地说道。

"他不在这里。"

"那他在哪里?"

"这个我不会说的。"盖文很执拗,我能感受到他与骨雕师之间的父子之情。

但我早就知道不会轻易得手的。我把花环挂到胳膊上,从腰包里拿出一对新的、刻着精致花纹的勺形响板。这对乐器很特别,因为手柄的花纹里镶嵌着细细的金丝。正如我所期待的那样,盖文的双眼开始发光,脸则拉长了。男人迅速冷静下来,费力地把目光从乐器上挪开,脸色阴郁地看着我。

"你不能用礼物来收买我。"

我歪着头,嘴角露出甜甜的笑容,这让对方有些困惑。

"谁说这是礼物了,盖文?"我的声音就像滴着蜂蜜一样,让铁匠不知所措,而当我抓住勺形响板颈部,大拇指按住乐器上最薄弱的地方后,铁匠先是变了脸色,然后露出了恐惧的表情。

"你不敢这样。"他紧张地说道。

"大家总是低估我。"我一边回应他,一边威胁要在他面前把乐器折断。

唯一让盖文发火的一件事,是有天一群孩子当着他的面把勺形响板扔到了火堆里。他们觉得这样好玩,但他们最后被铁匠收拾了一顿。据我所知,他们直到现在路过铁匠家时都会绕一个大圈。

"你不是这样的人,玛拉。"盖文脸上露出了我所需要的乞求表情,低声嘟哝着,朝我走了一步,但我退后一步,仍用手按着乐器颈部。铁匠听着乐器被按压后发出的呻吟声,僵立在那里。

"别忘了,我是雅斯娜教出来的。"我提醒铁匠。男人则骂了一句,因为知道她的脾气。

"伊莱在哪里?"

"你只要……"

"伊莱在哪里?"我威胁地拖长了声音,装作更用力地按压乐器颈部。

"好的,该死,好的!你出了道克尔,沿大路向北走,一直跑到一个岔路口,然后转到普通人不会去的那个方向上。"铁匠讲得很复杂。

"我怎么知道路走得对不对?"

"你是玛拉,一看就知道了。"

我没再听他说些什么,直接把新乐器扔向铁匠,迅速朝自己马儿跑去。我相信,盖文不会忘记被我威胁的事,以后会跟我算账的。

伊莱察觉到了我走过来,虽然我已经尽可能悄悄地走到这片林间空地上。他坐在稀疏的树木间,背朝着我。骨雕师看样子在这里坐了不止一个晚上了,而且今天也不会是最后一个晚上,因为他身边将要燃尽的火堆明显不是新的。他的马没备马鞍,正在旁边休息。太阳还有两个小时才落山,而骨雕师睡觉的地方已经准备好了。

伊莱没穿衬衫,后背上还有水滴,长发的发梢也是湿的。火堆上正烤着鱼。

又去捉鱼了。

骨雕师刚才还弯腰忙着,现在则挺直了后背,倾听着。他没有转身,但已经知道,这里不再是他一个人。我停住脚步,不想让他轻易地凭声音认出是我。

他先是挺直后背坐了一会儿,然后大声哼了一下,又低头忙活起来。他往身边甩着一条长长的鱼皮,然后开始絮絮叨叨地讲话,像南方人那样把每个词都拖长,重复着一句句语义直白的话语。南方人认为，吟唱这些歌曲能唤来玛拉。我翻着白眼儿，听着骨雕师带着明显的讥笑语气唱着：

"玛拉，玛拉，快来吧！吸血鬼跑到这儿来啦！玛拉，玛拉，救命啊！赶紧帮我杀死它！举起手中的利剑……"

"你的幽默感还是太差。"我懒懒地打断他，走到他旁边。他现在可以看到我了，但我们之间至少还有三米远的距离。

"但很有用。"伊莱低声笑着，继续用刀子削着一个木块，"我刚唱了两句，玛拉就出现了。"

"那你以前为什么不唱？"

他的手哆嗦了一下，用力太大，刀子卡在木头里。

"我担心雅斯娜会来，而且带着某种锋利的东西。"伊莱沉默了很长时间，然后又说出了一个可笑的答案。

他没看我，故意低着头，褐色头发垂在他的脸侧。骨雕师仍忙着手里的工作，但动作更生硬，木屑也比刚才飞得更远。

"谁想到的在岔路口立上一块写着'吸血鬼'的路牌？"

"我和巴拉德。"伊莱扬扬得意地说道，"以前这里确实有很多吸血鬼，但我们把它们都清理掉了。"

"那为什么还有牌子？"

"莫洛克需要有个训练的地方，免得被普通人碍手碍脚。所以识字的人都会绕过这个地方，不来打扰我们。我通常在这里处理骨头和木器。"

我点点头，赞同他们的机智行为。通常不会有人为了好奇来这儿一趟，检查这个路牌的信息是否真实。

"伊莱，看着我。"

骨雕师的刀子又停了下来，虽不再雕刻，但没抬起头来。

"你不应该来的。"伊莱说得十分严肃。

"这不是你……"

"你死了，贝列达。因为我的原因，你死了。"骨雕师打断我的话，语气沉重，声音也高了起来。他刻意一字一句地讲出了那些生硬尖锐的话语，周围的鸟儿都停止了鸣叫。

"我把你绑起来，强迫你去了冥界。你因为我的原因丧了命。没人能要求别人付出这样的牺牲。"他选择的词语出奇的精准，就好像刻意想激怒我。我耐心听着，表现得心平气和。

"你给了我一部分*自己的生命*。"

伊莱脸上露出苦笑。

"我只是想补救被我摧毁的东西罢了。我没有完成自己的许诺，让你受到了痛苦的折磨，也没有恢复你*自己的*生命，只是做了可怜的交换。你再不会像其他玛拉一样拥有悠长的寿命。"

骨雕师虽然竭力想表现得平静些，但我能看出，他呼吸急促，拿着木头和刻刀的手指被攥得发白。我越意识到他对自己的愤怒，对他的不满就越小。伊莱成天琢磨这些事，已经把自己惩罚得够多了。他如果日复一日地这样做，那这些情绪对他来说就像毒药一样。

"看着我，伊莱。"我不想让他沉溺于悲伤的回忆中，于是用更严厉的语气重复道。

我不是为了这事而来的。

骨雕师犹豫着，但最终还是慢慢朝我投来了审视的目光。他慢慢打量着我身上的朴素服饰——收腰萨拉凡和衬衫、与萨拉凡颜色相配的红色精制山羊皮小靴子。他看到我除了双手捧着一个花环外，没带任何武器，不过此时花环可能比利剑还要危险。我担心花朵会枯萎，忘了用丝带把头发扎起来，所以头发因为路上跑得太快而蓬松散乱。我相信自己看上去不太漂亮，但我一路寻找骨雕师，不想浪费每一分钟。

伊莱放下木块和刻刀，慢慢站起身来，不错眼地盯着我手里的礼物。骨雕师没穿鞋，只穿着一条裤子，所以他赤着脚，小心地踩着草地，朝我走过来。

我沉默的时间越长，伊莱的目光就越慌张。他的目光从我的脸上移到花环上，又移了回来。我看着他肌肉紧张的双肩、胸部和腹部的肌肉，还是没想起来想对他说什么。当我看到他身上新的伤疤后，我渐渐平静下来。而我身上各种受伤后的痕迹却由于莫洛克的力量都消失了。

"我还是恨你不辞而别。"我看着他的脸，警告他说，"但我来有其他原因。"

"其他原因？"他下意识地重复着，但眼睛没离开花环，就好像担心我会当着他的面把花环扔进火堆一样。

"我不能嫁给你。我不能成为你的家庭成员，也不能每天陪着你。玛拉不能延续种族，我们不能生育，我只能送给你这个花环。"我知道手里拿的是什么，担心脚下绊住，所以嘴里停顿了一小会儿，"我知道，这个报答对你牺牲的天赋能力来说微不足道，我知道你只能在我的姐妹面前掩饰你是莫洛克的事实。但……"

"你自己做的？"伊莱突然打断了我的话。

"是的。"

"我没保护好你,你还送我花环?"

"是的。"

我刚说出这句话,骨雕师就向前迈了一步,钻到我捧着花环的胳膊下面,我还没反应过来,花环就戴到了他头上。

伊莱一动不动地站在我面前:"我不太确信你想给我什么,贝列达,但我爱你,如果你不打算在每次接吻后打断我的鼻子,那我已经同意了。"

他没有大笑,甚至没有微笑,只是用手指小心地抚摸我的脸颊。

"我同意不告诉你的姐妹们我是谁,同意有机会时才和你见面。如果你是我的人,那我将永远只属于你。"

我听他坦诚相告后,也以诚报诚,伸出胳膊抱住他的脖子,把他拉向了自己。

我不知道是因为爱情的原因,还是因为我身上有一半的莫洛克生命,不过我感觉到,我身上的每个细胞都因为拥抱而欢呼雀跃。我靠在身边的树上,贪婪地回应他的热吻。我狂热地抚摸着他的肩膀、胸膛和腹部。伊莱双腿紧贴着我,清楚地表达着他的渴望。当他不满地解着系在我的萨拉凡上的宽大腰带时,目光深沉,呼吸急促。

我没理会天色还很亮,如果有人突发异想来到这片林子里,会看到我们。我没理会粗糙的树皮,它隔着衣服都划伤了我的后背。我感受到的只有伊莱滚烫的身体。当他的双唇移向我的脖子,双手伸进裙子抚摸我的大腿时,我的双膝开始颤抖。

他解开我的腰带，然后解开了裙带，裙子掉在地上。衬衫勉强盖住了我的双腿，伊莱滚烫的手掌在我的大腿内侧滑动。当他的手摸到我的敏感部位后，我呻吟着哆嗦起来。我还没来得及体会他的手指带来的感觉，他就抽回手，脱下了我的衬衫，让我躺到了他睡觉的地方。我感激地抓着他的双肩，因为我已经激动得头晕目眩。我抚摸着骨雕师肌肉紧张的后背，感受着他压在我身上的重量，大声吐出了一口气。伊莱的抚摸一会儿小心而又胆怯，一会儿贪婪而又挑逗，就好像理智让他克制一些，而内心里又忘记了自我控制。

伊莱热情的舌头从我的脖子吻到了胸部，我向他弯起身子，把他拉向自己，而他则用膝盖分开我的双腿。我感受到了他的欲望，激动得喘不上气来，而身体间的摩擦也让我全身难以控制地颤抖。当他的手指深入时，我腹部和双腿的肌肉不由自主地绷紧了，刚才的胆怯和从容不迫变成了贪婪的热吻和放肆的抚摸。他用双唇探索我的全身，吻遍被风吹过而长满寒栗的滚烫皮肤。

随后的一声呻吟响亮得令人心跳，而伊莱似笑非笑，着迷地看着他的手指在我身上游走。

伊莱继续温柔地吻着我的锁骨，我的皮肤感受着他灼热的鼻息。我没想到自己的感受这么欢畅，于是不再克制自己，大声呻吟着。我们的手指交叉在一起，他在我耳边低声坦承对我的热爱，身体动作却一刻也不停，我也同样回应着他。

第三十一章

我们絮絮叨叨，开着玩笑，大声欢笑，争论不已，紧紧地拥抱在一起，就好像这是我们相聚的最后一天。我从未见过伊莱这样无忧无虑、满脸幸福，自己也从未有过这样畅快的感觉。我不错眼地看着他笑容满面，被他开心的笑声所感染。我们前面的道路并不轻松，相处也可能十分短暂，但我们没有花费心思去胡乱猜想，只是享受着现有的一切。

我们又在这个林间空地上待了一整天，之后才一起去了道克尔，然后又赶往神殿。我想把他介绍给姐妹们，让她们了解我们的事，征得她们的同意。这实际上并非必要，但我不想在姐妹们面前隐瞒我们的关系。

雅斯娜迎接我们时笑得很开心，不过当伊莱和其他人一样，因为无法忽略这片神圣土地的主人是谁,因而在神殿门口变得局促不安时,姐姐的微笑变成了嘲笑。姐姐满脸享受地看着发窘的他,直到好奇的神殿女执事们都聚到了院子里才作罢。这些女人虽然年龄不同,但都饶有兴致地看着眼前的男人。我们在多年之后终于迎来了新客人。

伊莱的嘴巴很会哄人,他在几个小时的谈话后就赢得了所有人的好感。不过他也堂而皇之地使用了贿赂的手段,给兹拉塔和艾卡带来了一篮子浆果和骨雕制品。当艾卡看到一块水果糖喜极而泣时,伊莱和雅斯娜交换了相互挖苦的眼神。骨雕师暂时赢了,不过雅斯娜只要说一句他是莫洛克,我们就能看到鲁斯兰娜把他赶出这里。

伊莱送了我们很多新的骨针,保证帮我们解决武器和箭矢的问题。如果我们以后肉不够的话,还可以帮我们打猎。他向姐妹们保证,说他不想做一个无用之人,所以打算在神殿附近建一座房子,让我在闲暇时间可以去他那儿。

姐妹们开始对我们的关系持怀疑态度。这完全不是因为禁令,而是因为痛苦和失望,因为我们是没有未来的。鲁斯兰娜和茵嘉讲了玛拉的事,说以前曾有玛拉恋爱过,但不管怎样,恋爱都在几年后无疾而终。无法一起生活和没有孩子,这一切摧毁了看上去牢不可破的爱情。只要我能继续承担自己的责任,谁都不会反对我和伊莱会面。她们提议骨雕师晚上在神殿里留宿。这只是出于礼貌的提议,相信谁都不会同意这种提议,所以当伊莱接受邀请后,玛拉们都有些不知所措。

扎根在我内心里的幸福感直到第二天黎明都没有消失,一整天都没有减弱。它依然生机勃勃，而且变得更强壮了。幸福的日子就这样一天天积累，慢慢变成了月，突然变成了年。甚至当我在森林里、水塘边清理邪祟生物时，我仍然感到十分幸福，因为知道完事后可以看到伊莱。雅斯娜一再啰唆，说我脸上的笑容太过频繁。她替我高兴，却用玩笑来掩饰开心，我感激她和每个姐妹给我的机会。

巴拉德就像他曾许诺的那样，每季度来一趟神殿，成了第二个接受邀请，在玛拉家里过夜的人。他只会停留两三天，但这已经足够让我们吵过几次，然后又言归于好了。我们的关系又成了老样子。我们也经常在训练场上见面，都想看一下，现在我们两个谁的剑术更高。

我嘟哝着，悻悻地承认哥哥的剑术更强。不过他根本不会掷斧，所以被伊莱骂了个狗血淋头，让他别给老师们丢脸。骨雕师也是巴拉德的老师。

巴拉德比所有玛拉都更反对我们的关系，顽固地认为伊莱不适合我。巴拉德热爱我们两人，但坚决反对我们保持这种关系。我为此向哥哥提起了艾莉娅，提出我也很讨厌她。

一年之后韦列斯特王公传位给巴拉德。又过了半年，巴拉德和艾莉娅举行了婚礼，公主也宣布了自己怀孕的消息。半数玛拉前往王公宫殿祝贺，另一半玛拉，包括我，留在神殿里执行必要的工作。我无论如何是不能前往王公宫殿的。

我和伊莱只要有机会就会见面。我们有时会在一起待上整整一周，有时几周才能见上两面。我从骨雕师那里得知了巴拉德的计划，知道他和其他莫洛克一起，计划把进入奥泽姆和苏梅拉国度的入口用土填死。他们现在已经探查清楚了湖泊的准确深度。填埋的工作需要一定时间，但可以一劳永逸防止活尸从冥界跑出来。我们可以期望伊莱制造的洞穴崩塌能阻止活尸爬出，但不知道能坚持多长时间。不过这不是巴拉德计划的唯一工作。他还想封闭山口，如果可以的话，再把秽水河填住，打消人们由于愚蠢或好奇钻进东部区域的念头。哥哥还想尽可能地抹除有关山脉另一侧的信息：人们对那个地方了解得越少，去那边的愿望就越冷淡。有关山口的传言恰恰是从塞拉特公国流传开来的，这些领土现在属于巴拉德，所以他可以轻易促成上述计划。我完全支持哥哥的决定。

伊莱有时会外出个把月时间，给其他莫洛克传递消息，启动巴拉德的计划。每次漫长的分别都让我有种揪心的感觉，就好像我的身体被割走了一部分。我总是下意识地抚摸自己的胳膊和大腿，想确认这是不是我的想象在作怪。但当我们再度见面后，我们的感情就像那天在森林里那样热烈，我们会一连几个小时都难舍难分。

但当我们幸福地度过了五年时间后，我突然一闻到油炸食物就呕吐不止，这让大家震惊不已。姐妹们听说了我的情况后，先是认为我病了，但时间拖得越长，玛拉们和伊莱就变得越担心，于是他们经常赶来探望我。不过这时一位最年长的神殿女执事却言之凿凿地说，她知道我生病的原因，并且祝贺我和伊莱有了孩子。

这个消息太令人难以置信，把大家都吓坏了。我们都不相信，认为我只是食物中毒而已。玛拉是不能生育的。就连我们当中最年长的鲁斯兰娜都没听说过玛拉怀孕的事,而且在我们图书馆的书册里也从没记录过这种事。但又过了几个月,我们再无法否认事实,于是大家的慌乱就变成了兴高采烈和对新生儿的期冀。我们都知道,神殿里是无法抚养婴儿的,所以孩子就由伊莱抚养,而巴拉德则保证,如果我们愿意的话,他可以把孩子接到宫殿里抚养。

只有我和雅斯娜猜到,问题全在于莫洛克的天赋及他复活了我。而其他姐妹们则猜测这是由于苏梅拉触摸的原因。我们没有争辩,想到如果公开伊莱身份的话,姐妹们可能会对我的孩子有意见,所以我们决定保密。

我很遗憾自己不能成为我的孩子人生中真正的一部分,但他的出现本身就让我和周围的人喜出望外。而伊莱则成天围着神殿转来转去,不想离开。一想到我们将来的幸福生活,我就不由自主地眯起眼睛,就好像被夏季炫目的阳光照到了眼睛上一样。

我不敢自矜自己的功劳，但为了查证全部历史，我曾爬遍了荒废的女神神殿。我希望，她不会愤怒于我的所作所为，因为我做这些是为了获知真实。

我是在所有玛拉消失79年之后出生的，所以当我来到莫拉娜神殿时，这座女神侍从生活的古老神殿已经荒废了一百来年，许多东西都消失了，要么腐烂了，要么被拉斯涅佐夫家族的人拿走了。他们来这里是为了运走安娜的遗体。

但塞拉特的统治者担心女神发怒，所以没有动神殿的图书馆，而小偷们幸好也有着对死亡的恐惧，所以也没有洗劫图书馆。然而那些破旧的羊皮纸还是在我的手中散成了碎块儿，这增加了我寻求真相的难度。我恰恰是在那里确信，那位名叫贝拉的玛拉确实是阿绍尔的贝列达。

某些历史文献记载，公主六岁时死亡，就死在她哥哥和王公家族被袭击的那个晚上。另一些文献中则写道，她在那个晚上活了下来，但一年后死了。

阿绍尔的巴拉德多年之后不仅毫发无损地回到了家里，而且还成了统治整个北方的大公，这段神奇的历史促使我写成了这部书。

贝列达实际上是因为难产而死。她是唯一因为未明原因而诞下新生命的玛拉。根据一位名叫雅斯娜的玛拉的记载，贝列达生下了一个男婴。男婴活了下来，被他的父亲带走抚养。雅斯娜没写下他的名字，只是称这个男人为"骨雕师"，提到他在贝列达不幸死亡后悲痛欲绝。我差不多也是因为这些记载才确信，孩子的生父是骨雕师伊莱。他在巴拉德王公神奇回归七年后出现在他的宫殿里。巴拉德王公没向任何人解释，直接承认伊莱为妹夫，承认他的孩子为亲生外甥。

大贵族和近臣们起初因为这突然出现的王室近亲而惊慌失措，但巴拉德那时已因其公正、睿智的统治而著称于世。另外他父亲，年迈的韦列斯特也支持儿子的决定，也接纳这个孩子加入了家族。

而且还有传言提到玛拉们经常探望孩子，这也让我的猜测更有说服力——这个凭空出现的孩子是阿绍尔的贝列达的儿子。

又过了三年时间，巴拉德王公把整个北方全部统一起来，建立了第一个王国。这样就出现了塞拉特王国。韦列斯特王公答应将让世人记住塞拉特公国，而他儿子则替他信守了诺言。阿绍尔城成了首都，塞拉特城则改了名字，免得人们搞混。

三个南方公国仍处于分散当中，在强大的北方邻国面前不堪一击，开始了南方地区的战争。阿拉肯王公比其他两个王公更强大。他完全占领了索伦斯克，把全城付之一炬。他还占领了亚拉特公国，但在看到繁华的亚拉特市容后，决定把这个城市作为南方的首都。所以现在南方王国被称为阿拉肯王国，首都却是以前的亚拉特城。阿拉肯城现今仍然存在，但许多居民搬去了新首都，于是这座古老的城市没落了，现在更像是南方偏远地区的一个普通村庄。

两个家族的历史就这样开始了。南方战争的胜者成了拉赫马诺夫家族，而阿绍尔的巴拉德在其中年时成为巴拉但·拉斯涅佐夫。

玛拉基·佐托夫
《玛拉和莫洛克轶事》

尾 声

安娜猛地推开了训练室大门。虽然亚历山大和谢维林在训练前谨慎地关上了大门,但年轻的王后很容易就能猜到,在这个房间里可以找到他们两人。

坐在长椅上的阿加塔转头看向妹妹,冲她笑了一下,又把注意力转回拉斯涅佐夫兄弟身上。安娜看到亚历山大正把谢维林的一只胳膊扭到背后,毫无怜悯之心地用膝盖抵着他的后背,用力把谢维林的头按向地板,生气地深吸了一口气。

"亚历山大!放开他!"安娜下了命令。

亚历山大只是懒洋洋地抬头看了她一眼,然后简短地回答。

"不行。"

"放开谢维林,他是你的国王!"

"但他首先是我弟弟,他总是在左侧防守上出现漏洞。"王子反驳道,他平静的语气总是令人恼火。

"你把他压痛了!"安娜仍很激动,而阿加塔则似笑非笑,饶有兴趣地看着他们斗嘴。

"他如果痛了的话,会尖叫的,比如这样。"亚历山大一边说着最后一句话,一边更加用力地扭着谢维林的左臂,而谢维林则一边咬牙骂着,一边用右拳敲击了几下木地板。

安娜看出亚历山大不仅不听她的话,而且还刻意反着去做,恼怒地挥了几下胳膊。

"阿加塔,你能不能不爱他了?!"姑娘转头看向姐姐,"相信我,我给你找一群更好的。马克如果能闭嘴的话,都比他好。"

大家听到了对面墙角里突然发出的声音,都哆嗦了一下。所有人都转头看向马克,他正好不幸地坐在这个房间里。安娜看到,他把刚刚喝到嘴里的水又吐回了杯子里。马克一边擦着下巴上的水滴,一边皱起了鼻子。

"我反对。"他马上表示拒绝。

"你是说我姐姐对你没有吸引力吗?"王后一脸严肃地问道,根本不理会在场的亚历山大,也不理会亚历山大正用审视的目光盯着自己的挚友。

马克盯着杯子里的水,又皱起了鼻子。

"她虽然是活人,但毕竟还和队长绑定着。"马克冲阿加塔点点头,一字一句地说道。她头上还是满头灰发,说明她仍靠与亚历山大的联系生存。

安娜疑惑地扬起了眉毛,暗示这个回答没说明什么。

"看在女神面子上,他是莫洛克啊,我可不想去幽冥之地。所以你们自己解决吧,不要扯上我!"马克举起双手,朝门口溜去,同时也没忘了向被压在地上的国王点头致意。

"你确信不能不爱他?"等马克离开并顺手关上房门后,安娜为保险起见,又重复了这个问题。

阿加塔满脸微笑,抬眼看了会儿装饰简朴的天花板,脑子里盘算着各种可能,最后说出了答案,而聚精会神地盯着阿加塔每个动作的亚历山大正期待着她的回答。

"可惜不能,我试过了。"

年轻人向她报以宽容的微笑。

"我还有个问题。"安娜想起了来此的目的,又开口说道,"亚历山大,你打算什么时候告诉我们,巴拉但·拉斯涅佐夫是莫洛克,而克里斯汀是玛拉的后代?!"

这个消息让阿加塔站了起来,而王子则一脸无奈地看着王后手里的一本黑色小书。他不由自主地放松了压制,而谢维林则马上利用了这个机会:他抽出左手,向旁边翻身,使劲踢在亚历山大的双腿上。亚历山大倒了下去,一只肩膀猛地摔在地上,嘴里忍不住骂出声来。

谢维林若无其事地站了起来,认真整理着身上被揉皱的衬衫,拍打着身上的尘土,不过这对他身上的浅色衣服帮助不大。他脸色平静地用手指把长长的黑发梳到脑后,想把散乱的头发整理好。

"你这一招太卑鄙了。"国王的哥哥嘟哝着,也从地上站了起来。

"别跟我提什么卑鄙不卑鄙的,亚历山大。"谢维林打断他,

"是你先说累了的话,我们先休息一会儿',我接受了你的建议,然后就脸朝下趴到地上了。"

"他说得对,你罪有应得。"阿加塔脸上带着刻意的亲昵微笑,逗弄着亚历山大,然后走到妹妹身边。

"这本书是克里斯汀写了送给我的。安娜,它怎么在你手里?"亚历山大看到安娜手里拿着书,正阅读书里的内容,脸色变得阴沉而又紧张,"你翻我东西了?"

"没有!我是在桌上发现它的。如果你不想让别人看见它,应该把它藏起来。"安娜反驳说。

"它是放在桌子里的!"

"桌上,桌里,有什么区别吗?!你得把它藏好才行。"

阿加塔和谢维林交换了个眼色,同时叹了一口气,他们不是第一次看到这种吵架了。亚历山大像往常一样:双手抱胸,利用自己的身高优势,俯视着安娜。

"你找克里斯汀的笔记干什么?"阿加塔问妹妹。

"我知道你想他了,所以想给你看一下。而且我也想多了解一些莫洛克的能力。"安娜回答说。她和姐姐说话时温柔、亲切,看向亚历山大的目光则充满着审视:"你为什么不告诉大家?"

"我想说来着,但阿加塔三天前刚醒过来,还顾不上这个。"亚历山大一字一句地答道,在安娜插言前又接着说了下去,"顺便说下,谢维林也知道这事,所以你也可以问他。"

谢维林有气无力地笑了一下,算是对哥哥背后插刀行为的反应。

"阿加塔,你记得那个叫贝拉的玛拉的故事吗?"安娜问道。

"那个不知为什么像普通人一样老得很快的玛拉?是的,但她好像英年早逝。"

"是的,她是在生孩子时死的!而且不是普通的孩子,而是他们的亲戚!"安娜责备地朝两个年轻人的方向指了一下。

"但玛拉不能……"阿加塔有些摸不着头脑,转头看向拉斯涅佐夫兄弟,"你们说。"

"我们只是怀疑而已,但克里斯汀确实把所有线索都连了起来,玛拉基·佐托夫的书帮了他很大的忙。当我和你还在阿拉肯时,他就找到了部分线索。"亚历山大一边指了下长椅,提议大家坐下,一边讲了起来。大家听从了他的建议,只有安娜仍一个人站着,不想坐下。"克里斯汀没有马上公布他的发现,而是把自己的想法都写进了这本书里,附上了佐托夫的记载,然后留给了我。他死后我才打开这本书,我当时没想到他写的内容里有我不清楚的。"

"但你们怎么会不知道,你们有一个玛拉所生的亲戚?"阿加塔问道。

"说到贝列达公主,几乎所有提到她被玛拉们带走的记录都被她父亲从各种文献中抹掉了,包括我们自己的文献。记录者留下的是伪造的信息,说她十岁前就死掉了。"谢维林帮着说道,"韦列斯特王公并非以女儿为耻,只是想抹掉所有她成为玛拉的信息,免得南方的统治者加害她。如果无人知道她的来历,就没人打扰她平静的生活。而且在此之前有传言说她脑子受损,她父亲不想让这些流言传播。那些看到玛拉们来接公主的人要么死了,要么遵从王公的命令,对此闭口不言。当然,想要完全抹除所有痕迹是不可能的,所以像玛拉基·佐托夫这样认真的人还是摸清了整件事。不过就连他都不知道,巴拉但和骨雕师伊莱也是莫洛克。这是克里斯汀收亚历山大为徒后,才把这事告诉他的,哥哥随后又告诉了我。"

"巴拉但和伊莱都成了著名的莫洛克,就像你们玛拉都知道的希尔维娅一样出名。"亚历山大赞同他的说法。

安娜脸上露出了吃惊的表情,阿加塔脸上则是震惊。

"克里斯汀提到,莫洛克之间有亲戚关系很常见,但巴拉但·拉斯涅佐夫……他可是建立了塞拉特王国,对吧?"

"确实如此。我和亚历山大是巴拉但和艾莉娅的继承者和直系后代。克里斯汀则是骨雕师伊莱和阿绍尔的贝列达的最后一位后人。"

"但你跟我说他是你的本家大伯。"阿加塔突然想了起来。

"是的,因为我一直也是这么认为的。当他第一次出现在门口时,父亲说他是我们的本家大伯。我们一直不太了解家族里旁支的准确情况,而且我和谢维林当时是小孩,所以也没怀疑父亲的话。我们是在克里斯汀死后,读了他的书以后才知道,我们的血缘关系要上溯到很远。这对克里斯汀本人来说大概都算是大发现吧。"

大家想起了克里斯汀,都沉默不语。大家都很遗憾,再也无法从他嘴里获知全部历史。当安娜伸手捂住肚子,另一只手捂住嘴巴转过脸去时,大家都扭头看向她。

"安娜?"阿加塔走过来,抚着妹妹后背,"你还是不舒服吗?你昨天就觉得恶心。肚子还痛吗?"

年轻的王后大声吸了一口气,然后慢慢吐气出来。她重复了几次深呼吸动作,直到感觉自己好些了。她又转头看向正一脸担心地看着她的兄弟俩。

"这恰恰是我寻找克里斯汀笔记的第二个原因。我想了解一下莫洛克复活死人的天赋能力。我有些怀疑,但在告诉你们之前,我得找到证据。"

阿加塔把妹妹额前的黑发撩到脑后,更加困惑地看着她,等她说下去。

"什么怀疑?"谢维林满脸紧张。

"我们大概要有孩子了。"她害羞地笑着,然后看着所有人都变得目瞪口呆,"我希望他是个普通孩子,这个家里与死神和幽冥的联系太多,已经太挤了。"